Layla Hagen
Flowers of Passion – Verlockende Azaleen

PIPER

Zu diesem Buch

Nachdem seine Ex-Freundin, eine TV-Moderatorin, öffentlich über ihre einstige Beziehung geplaudert hat, muss Reid sich den Artikeln der Klatschmagazine stellen. Zunächst glaubt er, allein mit der unerwünschten Publicity fertig zu werden. Als jedoch seine Familie von der Presse belagert und seine Schwester Bianca von Mitschülern gemobbt wird, muss Reid etwas unternehmen. PR-Managerin Hailey steht ihm zur Seite, auch wenn Reid sich bei ihrem ersten Treffen als wahrer Sturkopf erweist. Dank Haileys Einsatz kann Reids Familie schon bald wieder aufatmen. Und der Hotelier erkennt, dass Hailey für ihn längst mehr ist als eine Mitarbeiterin. Nur seine Ex lässt nicht locker und schmiedet bereits einen Plan, um ihr Glück zu zerstören …

Layla Hagen ist das Pseudonym einer USA-Today-Bestsellerautorin. Sie lebt in Österreich, spricht fließend Englisch, Deutsch und Spanisch, und schreibt am liebsten prickelnde Liebesromane.

Layla Hagen

FLOWERS OF PASSION

VERLOCKENDE AZALEEN

Roman

Aus dem Amerikanischen
von Vanessa Lamatsch

PIPER

Mehr über unsere Autoren und Bücher:
www.piper.de

Wenn Ihnen dieser Roman gefallen hat, schreiben Sie uns unter Nennung des Titels » Flowers of Passion – Verlockende Azaleen« an *empfehlungen@piper.de*, und wir empfehlen Ihnen gerne vergleichbare Bücher.

Alle Titel, die von Layla Hagen im Piper Verlag vorliegen, finden Sie auf Seite 352.

Unser Versprechen für mehr Nachhaltigkeit
- Klimaneutrales Produkt
- FSC®-zertifiziertes Papier
- Hergestellt in Europa

FSC www.fsc.org MIX Papier aus verantwortungsvollen Quellen FSC® C083411

Deutsche Erstausgabe
ISBN 978-3-492-31676-7
Juni 2021

Titel der amerikanischen Originalausgabe:
»Always with You«, Independently published 2019

Redaktion: Anita Hirtreiter
Umschlaggestaltung: zero-media.net, München
Umschlagabbildung: FinePic®, München
Satz: Uhl + Massopust, Aalen
Gesetzt aus der Stempel Schneidler
Druck und Bindung: CPI books GmbH, Leck
Printed in the EU

1 Reid

»Auf keinen Fall«, blaffte ich.

»Reid, mach die Sache nicht komplizierter, als sie ohnehin schon ist.«

»Wir haben eine fähige PR-Abteilung. Lass die das alles regeln. Ich vertraue mein Privatleben keiner Fremden an.« Plötzlich hatte ich das Gefühl, dass die Wände des Büros auf mich zukamen.

Deborah, meine Assistentin, seufzte. »Unsere PR-Abteilung kümmert sich um Firmenthemen, worauf sie spezialisiert ist. Aber die Mitarbeiter sind keine Profis, wenn es darum geht, wie man deinen Namen aus den Klatschblättern heraushält – was der Grund dafür ist, dass du ein gefundenes Fressen für die Medien bist.«

Ich stand von meinem Bürostuhl auf. »Das ist mir egal. Irgendwann wird das Interesse an mir verblassen.« Meine Ex war der Star. Ich war nur der Idiot, der den Fehler begangen hatte, mit ihr auszugehen.

»Die Situation macht alle nervös.«

»Na und?«

»Also habe ich einen Termin mit einer PR-Managerin ausgemacht, die auf… Hollywood-Skandale spezialisiert ist.«

»Sag das Treffen ab.«

»Zu spät. Sie ist bereits auf dem Weg hierher.«

Ich zog die Augenbrauen hoch. »Du hast das hinter meinem Rücken arrangiert?«

»Nein. Ich habe bloß… vergessen, dich zu informieren.«

Mit Mühe unterdrückte ich eine bissige Antwort. Ich respektierte Deborah zu sehr, um sie anzublaffen, und ich wusste, dass sie nur mein Bestes wollte. Sie war früher Dads Assistentin gewesen und hatte mir als unschätzbar wertvolle Mentorin zur Seite gestanden, seitdem ich das Hotel-Business übernommen hatte. Deborah hielt mir immer den Rücken frei. Oder zumindest war es bis jetzt so gewesen.

»Ihr Name ist Hailey Connor. Sie ist dein nächster Termin. Sei nett zu ihr«, meinte Deborah.

»Das entspricht nicht meinem Charakter.«

»Bemüh dich.«

»Deborah, sag den verdammten Termin einfach ab.«

»Zu spät. Oh, Bianca hat angerufen und mich gebeten, dich an ihre Aufführung zu erinnern.«

»Ich werde kommen.« Meine Mundwinkel hoben sich. Ich traute meiner kleinen Schwester durchaus zu, dass sie in mein Büro stürmen und mich zur Rede zu stellen würde, sollte ich ihren Auftritt verpassen.

»Okay. Dann lasse ich dich mal allein.«

Ich hatte nicht genau verfolgt, was meine Ex Marion alles in der Klatschpresse gesagt hatte. Wie schlimm war das Problem geworden, dass Deborah sich genötigt gefühlt hatte, die Angelegenheit selbst in die Hand zu nehmen?

Hatte meine Familie etwas mitbekommen? Bianca las den neuesten Klatsch im Internet. Ich konnte mir nicht sicher sein, dass Mom und Dad das nicht auch taten. Frustriert fuhr ich mir mit der Hand durchs Haar, dann ließ ich mich wieder auf meinen Bürostuhl sinken. Meine Familie hatte seit Dads Schlaganfall vor zehn Jahren darauf vertraut, dass ich die richtigen Entscheidungen traf, und ich hatte sie nicht enttäuscht. Zu Beginn hatten wir noch gehofft, dass Dad sich vollständig erholen würde; doch als klar wurde, dass diese Hoffnung unrealistisch war, hatte es sich zu einem echten Wettlauf mit der Zeit entwickelt, mich schnell genug in das Geschäft einzuarbeiten, bevor Spekulanten uns ruinierten.

Dad hatte immer darauf geachtet, seine Kinder aus dem Rampenlicht zu halten, obwohl ich als der Sohn des Besitzers von Hollywoods größten und renommiertesten Hotels aufgewachsen war. Auch als Erwachsener hatte ich immer darauf geachtet, dass niemand etwas über mein Privatleben erfuhr – was der Grund war, warum ich nicht wollte, dass eine Fremde sich um die Angelegenheit kümmerte. Meine eigene PR-Abteilung, in der ich jede Personalentscheidung bestätigt hatte, war etwas anderes.

Ich wollte niemanden um mich haben, der regelmäßig mit Hollywood-Gestalten verkehrte. Schließlich steckte ich nur deswegen überhaupt in diesen Schwierigkeiten.

Bis heute war mir schleierhaft, wie ich in Bezug auf meine Ex-Freundin so blind hatte sein können. Wieso ich auf Marions Gerede hereingefallen war und mir eingeredet hatte, sie wäre tatsächlich in mich verliebt. Das Ergebnis war, dass sie jetzt mein Privatleben öffentlich gemacht hatte. Gefiel mir das? Natürlich überhaupt nicht.

War ich der Meinung, dass ich die Dienste einer Hollywood-PR-Expertin in Anspruch nehmen musste? Nein, verdammt!

2 Hailey

Ich strich mein Haar und meine Bluse glatt, während ich das Business-Hotel Davenport vor mir anstarrte. Es war ein modernes zehnstöckiges Gebäude mit Balkonen bis in den fünften Stock. Reid Davenport besaß zwei Hotels in Los Angeles. Das erste stand genau in der Mitte von Hollywood … und dann gab es noch dieses neuere Gebäude, in dem sich auch die Büros der Verwaltung befanden.

Da ich eine Viertelstunde zu früh angekommen war, nutzte ich die Zeit, um meinen Bruder Landon anzurufen. Ich hatte angeboten, heute Abend auf meine Nichte Willow aufzupassen, damit er seine Frau Maddie zum Abendessen ausführen konnte.

»Hey, Bruderherz«, sagte ich, als er abhob.

»Hailey! Ich wollte dich gerade anrufen.«

»Hast du es dir in Bezug auf heute Abend bereits anders überlegt?«, zog ich ihn auf.

Er lachte. »Das hängt ganz davon ab. Was hast du geplant?«

»Nur … Shopping.«

»Oh, ich verstehe. Du willst sie zu einer Shopaholic machen, habe ich recht?«

Verdammt. Landon hörte es meiner Stimme meistens schon an, wenn ich ein schlechtes Gewissen hatte. Das durfte ich nicht vergessen. Ich hatte fünf Geschwister. Wir waren alle ziemlich gut darin, uns gegenseitig zu durchschauen, aber Landon konnte niemand etwas vormachen.

»Stimmt. Das wird dir das Leben als Dad nicht leichter machen, da will ich gar nichts beschönigen. Wann soll ich sie abholen?«

»Um sechs?«

»Abgemacht.«

»Was genau willst du ihr kaufen?«

»Stell keine Fragen, wenn du die Antwort lieber gar nicht hören willst. Ich muss jetzt los. Ich treffe mich mit einem potenziellen Klienten.«

»Oder du versuchst lediglich, meinen Fragen auszuweichen.«

Ich grinste. »Das werde ich weder bestätigen noch abstreiten.«

Sobald ich aufgelegt hatte, strich ich mir noch mal mit der Hand über mein glattes dunkelbraunes Haar. Es war so lang, dass es mir fast bis auf die Ellbogen fiel, und der starke Wind hatte es verknotet. Als der nächste Windstoß mir Schmutz in die Augen wehte, bis sie tränten, beschloss ich, nicht länger hier draußen herumzustehen.

Die Lobby des Hotels war in Schattierungen von Erdbraun und Dunkelgrün eingerichtet, ein willkommener Kontrast zur grauen Fassade. Ich ging direkt zur Damentoilette, um kurz in den Spiegel zu blicken.

Ich hatte meine Mascara nicht verschmiert, und mein hellgoldener Lidschatten betonte wunderbar meine Augen. Gut. Es konnte losgehen.

Als mein Chef mich gefragt hatte, ob mein Terminplan es zuließ, dass ich noch einen Klienten annahm, hatte ich eigentlich erklären wollen, dass ich ziemlich ausgelastet war. Stattdessen hatte ich mich aber für folgende Antwort entschieden: »Für ein Projekt kann ich vielleicht noch Platz schaffen.«

Schon eine halbe Stunde später – nach Lektüre der aktuellsten Klatschseiten – fürchtete ich, meine Zustimmung zu schnell gegeben zu haben. Grundsätzlich mochte ich Herausforderungen … aber mit diesem Fall mutete ich mir vielleicht doch etwas zu viel zu. Reid Davenport, ein zweiunddreißigjähriger Hotelmogul, hatte ein ruhiges Leben geführt, bevor seine Ex-Freundin das Aus ihrer Beziehung durch alle Medien zerrte. Jetzt wusste jeder in Hollywood, wer dieser Mann war.

Und ehrlich, sie wussten auch, wer er *nicht* war. Allein die Wahrheit von den Lügen zu trennen dürfte eine Herausforderung darstellen. Seitdem ich mich Camerons PR-Agentur angeschlossen hatte, arbeitete ich an einer Reihe von Projekten und hatte sie alle erfolgreich abgeschlossen. Ich musste mich selbst daran erinnern, dass auch einige von diesen Projekten zu Beginn wie hoffnungslose Fälle gewirkt hatten, genau wie dieses hier. Bisher war kein Vertrag unterschrieben, aber ich wollte Cameron nicht enttäuschen. Er war in vielerlei Hinsicht eine Vaterfigur für mich. Also musste ich wohl einfach die Ärmel hochkrempeln und mich dieser Sache Schritt für Schritt annehmen.

Oberstes Ziel des heutigen Treffens war es, herauszufinden, ob Reid Davenport zu unserer PR-Agentur passte.

Fünf Minuten vor meinem Termin stellte ich mich der Rezeptionistin vor. Sie reichte mir einen Besucherausweis und teilte mir mit, dass ich im siebten Stock erwartet wurde.

Daraufhin stieg ich zusammen mit einigen Männern und Frauen in Business-Kleidung in den Aufzug; drei von ihnen stiegen zusammen mit mir aus.

Ich wurde von einer Frau mit grauem Haar empfangen.

»Ms Connor, ich bin Deborah, Mr Davenports Assistentin. Ich freue mich, Sie kennenzulernen.«

»Ebenso.«

»Mr Davenport erwartet Sie. Bitte folgen Sie mir.«

Sie führte mich einen langen Flur mit einer Menge Türen entlang, bis wir ein Büro am Ende erreichten.

»Hier ist es.«

Sie klopfte kurz, dann betraten wir den Raum.

»Reid, Ms Connor ist da.«

Nachdem Deborah uns allein gelassen hatte, nickte Reid mir kurz zu und deutete auf die Ledercouch neben seinem Schreibtisch. »Ms Connor.«

Er stand vor dem großen Fenster hinter seinem Schreibtisch. Trotz der öffentlichen Aufmerksamkeit, die auf ihn gerichtet war, hatten ihn die Paparazzi noch nicht ins Visier genommen, also stammten die wenigen Bilder, die öffentlich kursierten, von Events, die er mit seiner Ex-Freundin besucht hatte. Außerdem gab es noch das Profilbild von seiner Webseite. Reid Davenport erinnerte an einen dieser alten Hollywood-Stars. Ich konnte ihn mir mühelos als Held in jedem Film vorstellen … oder vielleicht auch als

Bösewicht – die Art Schurke, die schnell zum Liebling der Fans aufsteigt, weil er die Gefahr sexy und anziehend wirken lässt. Er strahlte diese Aura finsterer Attraktivität aus, die von Risiko sprach.

Reid beobachtete mich schweigend, als ich mich auf die Couch setzte. Er hatte dunkelbraunes, fast schwarzes Haar und blaugraue Augen, die so kalt wirkten, dass sich mir der Eindruck aufdrängte, er wollte mich nicht hierhaben. Über die Jahre hatte ich gelernt, solche nonverbalen Signale zu deuten. Kooperationsunwillige Klienten waren reine Zeitverschwendung. Ich konnte nur hoffen, dass mein Gefühl mich täuschte. Reid setzte sich auf den Ledersessel, der im rechten Winkel zur Couch stand, dann senkte sich für mehrere Sekunden unangenehmes Schweigen über den Raum.

»Mr Davenport, Ihr Team hat mir Ihr Problem in groben Zügen dargelegt. Ich habe auch online recherchiert, aber es wäre am besten, wenn Sie mir mit Ihren eigenen Worten schildern könnten, wie es zu dieser Situation gekommen ist.«

»Was genau wollen Sie wissen?«

»Entsprechen Marions Behauptungen der Wahrheit?«

»Ich lese keine Klatschseiten oder Klatschmagazine, aber Sie können grundsätzlich nichts von dem glauben, was Marion behauptet.«

Offensichtlich hatte er nicht vor, mir meinen Job einfacher zu machen. Ich rutschte auf der Couch herum. Reid strahlte eine Energie aus, die ich deutlich spüren konnte, obwohl er ein Stück entfernt saß. Intensiv. Überwältigend.

Ich hoffte immer noch auf mehr Informationen. »Wann

hat die Beziehung zwischen Marion und Ihnen begonnen sich zu verschlechtern?«

»Das ist irrelevant.«

Bei seinem scharfen Tonfall zuckte ich leicht zusammen, dann nahm ich die Schultern zurück. »Diese Information ist sehr wohl relevant, sonst hätte ich nicht danach gefragt. Ich versuche herauszufinden, was das alles ausgelöst hat.«

»Ausgelöst? Wollen Sie damit unterstellen, ich hätte etwas getan, um diese Behandlung zu verdienen?«

»Keineswegs. Wie schon gesagt, ich brauche Fakten ...«

»Dann fragen Sie jemanden aus meinem Team. Ich bin mir sicher, man wird Sie gerne aufklären. Fragen Sie Deborah. Meine PR-Abteilung. Jeden, der bereit ist, mit Ihnen zu reden. Das, was sie wissen, wird ausreichen.«

Meine Intuition hatte mich nicht getrogen. »Sie wollen mich nicht hierhaben.«

»Nein. Jemand aus meinem Team hat ohne meine Zustimmung Kontakt zu Ihnen aufgenommen und diesen Termin angesetzt. Ich würde vorschlagen, Sie kommunizieren mit dieser Person.«

»Ich habe viele Fälle wie diesen bearbeitet, Mr Davenport. Ich weiß, wie man solche Feuer eindämmt. Und noch wichtiger, ich weiß auch, wie man sie löscht, bevor zusätzlich auch noch Unschuldige darunter leiden.«

Ein Gefühl blitzte in seinen Augen auf – ich konnte es nicht genau bestimmen, aber es war keine Verärgerung. Das war das erste Mal, dass ich ein Gefühl jenseits von Feindseligkeit von ihm auffing. Tatsächlich wirkte er für einen Moment fast verletzlich.

Ich tat diesen Gedanken als ein Hirngespinst ab, als er

sich aus dem Ledersessel erhob, zu seinem Schreibtisch ging und sich mit diesem knackigen Hintern dagegenlehnte, um die Arme vor der Brust zu verschränken. Die ganze Zeit über sah ich ihm in die Augen, weil ich mich weigerte, meinem Blick zu erlauben, über diese muskulösen Arme oder die beeindruckende Brust zu gleiten. Dann stand ich ebenfalls auf.

»Sprechen Sie mit Deborah oder irgendjemand anderem. Mir ist egal, mit wem.«

Arschloch. »Um den Fall so schnell und schmerzlos wie möglich abzuschließen, brauche ich Ihre volle Kooperation, und Sie müssen meine Anweisungen befolgen. Allerdings wirken Sie in jeder Hinsicht abgeneigt.«

»Sie scheinen mich gut einschätzen zu können.« Erneut erkannte ich nichts als Kälte in seinen blaugrauen Augen.

Er löste sich vom Schreibtisch und kam auf mich zu, um direkt vor mir stehen zu bleiben. Da ich High Heels trug, war er nur ein kleines Stück größer als ich, aber aus irgendeinem Grund hatte ich trotzdem das Gefühl, dass er die Situation dominierte. Die Anspannung, die Reid Davenport ausstrahlte, beeinflusste auch mich und ließ mich deutlich empfinden, wie nahe er mir war. Ich vermochte meine Augen nicht abzuwenden, ohne wie ein Feigling zu wirken, doch gleichzeitig schien den Blickkontakt zu halten auf eine Art und Weise gefährlich, die ich nicht beschreiben und noch weniger verstehen konnte. Reid war wie aus dem Ei gepellt. Die Haut an Gesicht und Kinn war glatt, und ein Hauch von Aftershave verriet, dass er sich heute Morgen rasiert hatte. Sein graues Anzugsjackett betonte perfekt seine Schultern und Arme.

»Ich arbeite nicht gut mit Fremden zusammen, und ich tue niemals, was andere mir sagen«, erklärte er leise.

»Dann fürchte ich, dass ich nur Ihre Zeit verschwende. Und Sie meine.«

Er reagierte gereizt. Ich hätte darauf gewettet, dass es kaum jemanden gab, der es wagte, diesem Mann zu sagen, dass *er anderer Leute* Zeit verschwendete. Ich wartete darauf, dass er mich herausforderte, weil ich mir sicher war, dass noch mehr folgen würde, doch er musterte mich nur eingehend. Die Muskeln in meinem Unterleib spannten sich an, und mir stockte der Atem. Allerdings war ich entschlossen, mir nicht anmerken zu lassen, wie sehr dieser Mann mich beeinflusste. Ich war wütend auf mich selbst, weil ich Reid trotz seiner Feindseligkeit attraktiv fand. Eigentlich war ich niemand, der sich von gutem Aussehen blenden ließ. Ich suchte immer nach einer echten Verbindung. So etwas gab es hier nicht, aber trotzdem spürte ich den Drang, zu bleiben und zu helfen, obwohl er mich offensichtlich nicht hierhaben wollte.

»Nun, Ms Connor, dann ist es sicherlich klüger, wenn wir getrennte Wege gehen. Auf diese Art verschwendet niemand die Zeit von irgendwem. Sie können mir die heute aufgewendete Zeit in Rechnung stellen.« Damit kehrte er zu seinem Schreibtisch zurück, um sich erneut dagegenzulehnen.

»Das ist nicht notwendig.«

Er war wirklich ein harter Knochen, hm? Ein Vertrag war sinnlos. Cameron würde mir zustimmen. Schwierige Klienten kosteten nur Zeit.

Ich hätte einfach gehen sollen, doch ich stand wie angewurzelt da.

Vielleicht lag es daran, dass Marion in meinen Recherchen wie eine manipulative Goldgräberin gewirkt hatte; oder daran, dass keine öffentliche Reaktion für gewöhnlich bedeutete, dass die schweigende Partei entweder total überrascht worden war oder immer noch trauerte.

Natürlich konnte es auch sein, dass ich die Situation vollkommen falsch einschätzte. Reid konnte durchaus der unsensible Mistkerl sein, als den Marion ihn darstellte. Mit jeder Minute, die verging, wurde die Mistkerl-Theorie glaubwürdiger, doch ich fühlte mich verpflichtet, einen letzten Versuch zu starten. Statt also einfach das Zimmer zu verlassen, ging ich auf ihn zu, zog eine Visitenkarte aus meiner Tasche und legte sie neben ihn auf den Schreibtisch.

»Ich bin sehr gut in meinem Job, Mr Davenport. Für den Fall, dass Sie Ihre Meinung ändern … hier ist meine Nummer. Aber bitte rufen Sie nur an, wenn Sie bereit sind, ein wenig nachzugeben.«

3

Reid

»Oooh. Ist dir eigentlich klar, dass mir nur in solchen Momenten wirklich bewusst wird, wie sehr du mich liebst?«, fragte Bianca, als sie den breiten Gürtel schloss und sich im Spiegel betrachtete.

»Und den Rest der Zeit weißt du das nicht?«

»Nun, doch. Aber ich weiß, wie sehr du Shopping hasst, und trotzdem … bist du hier. In letzter Zeit habe ich fast das Gefühl, dass niemand außer mir dich aus deiner Höhle locken kann.«

»Bee-Bee«, warnte ich, auch wenn sie mit ihren Worten nicht ganz unrecht hatte.

Sie stach mit dem Finger in meine Richtung. »Ich habe dich gebeten, mich nicht so zu nennen. Was würden meine Freunde sagen, wenn sie dich hören könnten?«

»Dass dein älterer Bruder auf deiner Seite steht und sie dir besser nicht dumm kommen sollten.«

»Hmmm. Damit gewinne ich sicher eine Menge Freunde. Oooh, schau. Das will ich auch noch anprobieren.«

Ich seufzte. Ich hatte mir das selbst eingebrockt, also

konnte ich niemand anderem die Schuld geben. Ich war mit Bianca zum Shoppen auf dem Rodeo Drive. Das war ihre Lieblingsbeschäftigung – und ich machte sie gerne glücklich. »Lass uns in die Abteilung für Abendkleider gehen. Ich verspreche dir, das ist der letzte Laden.« Sie klimperte flehend mit den Wimpern.

»Das hast du vor drei Geschäften auch schon gesagt.«

»Nun, wir sind danach gut vorangekommen, oder nicht?«

Ich nickte. Sie eilte in die Abendkleiderabteilung und hielt direkt auf eine Verkäuferin zu. Mit siebzehn Jahren war Bianca immer noch so voller Energie wie als Kleinkind. Der Altersunterschied zwischen uns war groß, weil Bianca eine Art Wunderkind für meine Eltern gewesen war. Ich war fünfzehn Jahre älter als sie … und von dem Moment an, in dem meine Eltern sie nach Hause gebracht hatten, hatte ich sie geliebt. Mir fiel nur schwer zu glauben, dass meine kleine Schwester jetzt Kleider für ihren Abschlussball anprobierte. Inzwischen war sie eine junge Frau, obwohl sie viel jünger aussah, wenn sie ihr schwarzes Haar zu einem unordentlichen Pferdeschwanz gebunden hatte wie heute.

»Hmmm … keines der Kleider hier ist schön genug für den Abschlussball. Aber dieses kleine Schwarze hier könnte ich für Moms Partys kaufen. Was denkst du?«

»Nimm es, wenn es dir gefällt.«

Sie wackelte grinsend mit den Augenbrauen.

»Wie läuft es in der Schule?«, fragte ich, nachdem ich gezahlt hatte und wir gemeinsam in die gleißende Nachmittagssonne traten.

»Oh, du weißt schon. Wie immer. Stinklangweilig.«

Der angespannte Unterton in ihrer Stimme verriet mir, dass irgendetwas nicht stimmte.

»Macht dir jemand Ärger?«

Sie wich meinem Blick aus und verbrachte stattdessen viel zu viel Zeit damit, die Schnalle an ihrer Tasche zu schließen.

»Sag es mir.«

»Ich will dich nicht aufregen.«

Verdammt. Was ging hier vor sich?

»Bianca, was ist los?«

»Na ja… seitdem Marion all dieses Zeug über dich behauptet, haben ein paar Idioten in der Schule auf dir rumgehackt, um mich auf die Palme zu bringen.«

»Bianca, du weißt schon, dass das alles nicht stimmt, oder?«

Ich hatte mich nicht mit allem beschäftigt, was Marion der Presse erzählt hatte. Nachdem der erste Artikel erschienen war, hatte ich kein einziges weiteres Wort mehr lesen wollen. Ich ging davon aus, dass ich das nicht musste, weil ja sowieso nichts davon stimmte.

Bianca richtete sich höher auf. »Natürlich weiß ich das. Und ich habe es ihnen gezeigt!«

»Was meinst du damit?«

Sie wandte den Blick ab. »Ähm… ich bin suspendiert worden, weil ich mich geprügelt habe.«

Ihre Worte trafen mich wie ein Schlag. »Bianca…«

Meine Schwester hatte sich noch nie in Schwierigkeiten gebracht. Sie war ein anständiges Mädchen. Zwar ging sie lieber ins Kino als in die Schule, und ihre Noten waren nicht allzu toll, aber bis jetzt hatte sie sich nie geprügelt. Und sie war auch nie suspendiert worden.

Sie zuckte mit den Achseln. »Keine große Sache. Waren nur drei Tage.«

»Wann ist das passiert?«

»Ist schon eine Weile her.«

»Wieso hast du es mir nicht erzählt? Wieso haben Mom und Dad mir nichts davon gesagt?«

»Wir waren alle der Meinung, dass du bereits genug um die Ohren hast. Es ist wirklich keine große Sache.«

Doch, war es. Das war unfassbar. Schulhoftyrannen hatten meinetwegen meine Schwester ins Visier genommen. Ich atmete tief durch, aber das half auch nicht, mich zu beruhigen. Wie hatte ich es so weit kommen lassen können? Ich hatte die Klatschblätter ignoriert, weil mir egal war, was Marion behauptete oder was irgendwer über mich dachte. Doch ich hätte mir nie ausgemalt, dass die Situation so eskalieren könnte. Mussten sich meine Eltern ebenfalls mit unangenehmen Fragen herumschlagen? Hatten sie das vor mir geheim gehalten, um mir keine Sorgen zu bereiten? Ich war zweiunddreißig. Sie mussten mich nicht mehr beschützen.

Ich musste das in Ordnung bringen.

Hatte Hailey Connor so etwas gemeint, als sie erklärt hatte, Unschuldige könnten darunter leiden?

Fast gegen meinen Willen hatte ich Haileys Visitenkarte in meinen Geldbeutel geschoben, nachdem sie letzte Woche mein Büro verlassen hatte. Ich lächelte, als ich daran zurückdachte, wie unverfroren diese Frau mir Kontra gegeben und dabei die braunen Augen zusammengekniffen hatte. Mir gefiel, wie scharf sie darauf gewesen war, ihren Job zu erledigen. Ich bewunderte ihre Beharrlichkeit, auch wenn ich wütend auf mein Team gewesen war, dass sie mich mit diesem Termin überrumpelt hatten. Aber Hailey hatte sich von mir nicht einschüchtern lassen. Das war unglaublich sexy gewesen. Und die Art, wie ihr dunkles Haar bis auf ihre Brüste fiel und damit ihre schmale Taille betonte, hatte mir noch besser gefallen.

Als sie die Karte auf meinen Schreibtisch legte, hatte ich mich davon abhalten müssen, einen Arm um ihre Taille zu schlingen und sie an mich zu ziehen, um sie zu küssen. Offensichtlich war ich wahnsinnig geworden.

Doch das änderte nichts an der Tatsache, dass ich die Situation vollkommen falsch angegangen war. Ich hatte gedacht, ich müsste mich nicht um den Skandal kümmern, weil er von alleine verschwinden würde. Ich war immer noch davon überzeugt, dass sich nach einer Weile schon alles beruhigen würde, aber wenn das Risiko bestand, dass vorher die Leute verletzt wurden, die mir nahestanden, würde ich tun, was eben nötig war.

»Hast du gehört, was ich gerade gesagt habe?«, fragte Bianca, als wir zum Auto gingen.

»Tut mir leid, ich war in Gedanken.«

»Hmmm … hast du an eine Frau gedacht?«

»Nein.«

»Hast du wohl. Du hast viel zu schnell verneint.«

»Kümmere dich um deinen eigenen Kram, Bee-Bee.«

»Lass uns eine Abmachung treffen: Du hörst auf, mich so zu nennen, und ich höre auf, dich zu nerven. Aber wenn ich so darüber nachdenke … nein, ich nerve dich einfach zu gerne. Also … an wen hast du gedacht?«

»Bee-Bee«, sagte ich warnend.

»Schön, behalte dein Geheimnis für dich. Ich hoffe nur, ich lerne sie bald kennen.«

Ich antwortete nicht, denn ich wollte die Hoffnungen meiner Schwester nicht enttäuschen. Bianca war zu jung, um zu verstehen, wie schrecklich ein solcher Verrat in einer Beziehung war; dass man wahnsinnig enttäuscht und verletzt sein und sich deshalb einfach nicht mehr vorstellen konnte, sich jemals wieder jemandem zu öffnen.

Ich hoffte inständig, dass sie auch nie erfahren würde, wie sich so etwas anfühlte. Als großer Bruder würde ich mein Bestes geben, um sicherzustellen, dass kein Mistkerl ihr jemals das Herz brach. Andererseits war es offensichtlich mit meiner Menschenkenntnis nicht allzu weit her, sonst hätte ich Marion ihr Theater nicht abgekauft.

Sobald ich meine Schwester zu Hause abgesetzt hatte, rief ich Deborah an.

»Reid, ich will gerade das Büro verlassen. Brauchst du noch etwas von mir?«

»Hör mal, Bianca hat mir gerade etwas Beunruhigendes erzählt. Es gibt Kinder in der Schule, die wegen der Klatschartikel auf ihr herumhacken.«

»Ah ...«

»Bist du dir absolut sicher, dass sich niemand in unserer PR-Abteilung um das Problem kümmern kann?«

»Sie wären nicht halb so geschickt wie jemand, der regelmäßig mit Klatschseiten und Klatschmagazinen zu tun hat. Ich habe eine Liste anderer Agenturen, die auf solche Probleme spezialisiert sind. Ich werde eine davon anrufen und einen Termin für dich ausmachen, da das mit Ms Connor und dir ja offensichtlich nicht funktioniert hat.«

Ich packte das Lenkrad fester, als ich über diesen Vorschlag nachdachte. Angesichts der Tatsache, dass ich bei Hailey Connor als Erstes an ihren Hüftschwung beim Verlassen meines Büros dachte, sollte ich Deborah wahrscheinlich besser jemand anderen beauftragen lassen. Doch ich konnte das Gefühl nicht unterdrücken, dass Hailey die Richtige für diesen Job war.

»Nein, ist schon okay. Ich werde Ms Connor selbst kontaktieren.«

Ich musste dieses Chaos in Ordnung bringen. Und der erste Schritt musste heißen, Hailey Connor versöhnlich zu stimmen.

4 Hailey

»Val, dein Käsekuchen macht süchtig«, sagte ich.

»Hey, danke, Schwesterherz.«

Ich nippte an meinem Chardonnay und rieb mir den Bauch. Meine Familie hatte sich zum freitäglichen Abendessen im Haus meiner ältesten Schwester versammelt. Wir hatten uns gerade im Wohnzimmer das Dessert schmecken lassen. Wie so oft in letzter Zeit sprachen wir über bevorstehende Vermählungen. Die Hochzeitssaison war eröffnet.

Mein Bruder Jace würde im kommenden August heiraten, nachdem erst vor drei Wochen die letzte Hochzeit stattgefunden hatte. Val hatte an Weihnachten erfahren, dass sie von ihrem Freund Carter im dritten Monat schwanger war, woraufhin sich die beiden entschieden, noch schnell Mitte Februar zu heiraten.

Die Neuigkeit hatte mich begeistert. Ich wusste, wie sehr meine Schwester sich ein Kind wünschte. Und wenn ich ehrlich war, freute auch ich mich auf ein neues Baby in der Familie. Ich drückte meiner Nichte Willow einen Kuss auf den Kopf. Sie saß auf meinem Schoß, damit ich ihr Haar flechten konnte. Inzwischen war sie schon zweieinhalb Jahre alt, und ich dachte wehmütig an die Zeit zurück, als sie noch ein Baby war. Meine Nichte Evelyn, die Tochter meiner Schwester Lori, war noch klein – aber ich war der Meinung: je mehr Babys, desto besser.

»Also, Hailey, hast du vor, jemanden zur Hochzeit mitzubringen?«, fragte Jace.

Außer mir war keiner von uns Geschwistern mehr Single. Will war der Einzige, der noch keine Heirat plante, obwohl er mit einer fantastischen Frau verlobt war. Aber ich rechnete jederzeit damit, dass sie ein Datum festsetzten.

Ich bemühte mich sehr, ernst zu klingen. »Ja, habe ich.«

Jace und Will wechselten einen Blick. Selbst Landon richtete sich ein wenig höher auf und sah mich an. Oh, Brüder.

»Kennen wir ihn? Muss etwas Ernstes sein, wenn du glaubst, dass es ihn im August noch geben wird«, meinte Will.

»Wir müssen ihn zuerst der Bruder-Behandlung unterziehen.« Jace lächelte, doch ich wusste, dass seine Aussage zum Teil durchaus ernst gemeint war.

Als Landon beiläufig sagte: »Du kannst ihn ja vor der Hochzeit mal zum Abendessen mitbringen«, wusste ich, dass ich auspacken musste.

Ich konnte mein Lachen einfach nicht mehr zurückhalten. »War nur ein Witz. Ich wollte euch bloß auf den Arm nehmen. Ich hatte bei Vals Hochzeit keine Begleitung. Wie sollte ich inzwischen jemanden gefunden haben?«

Jace grinste. »Verdammt. Du wirst immer besser darin, uns zu verarschen.«

»Allerdings. Oh, Val, ich hatte dir doch gesagt, dass sie mir auf den Leim gehen werden.«

»Stimmt.«

»Wir hätten darauf wetten sollen.«

Val schüttelte sich gespielt theatralisch. »Auf keinen Fall, Schwesterherz. In letzter Zeit gewinnst du jedes Mal.«

Nun, was sollte ich dazu sagen? Das stimmte. Die Angewohnheit meiner Brüder, bei jeder Gelegenheit zu wetten, hatte auf uns abgefärbt. Es machte Spaß. Besonders, wenn ich gewann.

Willow inspizierte ihren Zopf, dann drückte sie mir einen feuchten Kuss auf die Wange, bevor sie von meinem Schoß glitt und zu ihrer Mom lief. Vor ein paar Tagen hatte ich ein wunderbares Blumenmädchenkleid gesehen, das der Kleinen perfekt stehen würde.

Mir machte es nichts aus, allein auf die Hochzeiten meiner Geschwister zu gehen.

Diese Feiern waren eine sehr gute Gelegenheit, akzeptable Junggesellen zu treffen und auszutesten. Sowohl auf Landons als auch auf Loris Hochzeit hatte ich mir Dates gesichert, obwohl sich daraus nichts weiter ergeben hatte. Keiner der beiden Kandidaten war zum freitäglichen Abendessen eingeladen worden. Aber man konnte nie wissen, wann man vielleicht den Richtigen traf. Also freute ich mich schon auf Jace' Hochzeit.

Nachdem ich das Haus meiner Schwester verlassen hatte, wurde ich ein wenig melancholisch. Mom und Dad hätten all diese Hochzeiten geliebt. Sie waren gestorben, als ich elf Jahre alt war. Landon und Val hatten uns andere großgezogen. Sie waren wunderbare Vorbilder gewesen, aber selbst mit neunundzwanzig vermisste ich meine Eltern sehr, besonders bei Hochzeiten.

Sobald ich zu Hause war, setzte ich mich auf die Couch, bereit für einen Abend mit meiner Lieblingsserie auf Netflix. O ja. Es ging doch nichts über sexy Rechtsanwälte, um der Woche einen angenehmen Abschluss zu verleihen.

Davor zog ich aber noch schnell mein Handy aus der Tasche, um kurz nach dringenden Anrufen oder Nachrichten zu schauen. Das war einer der Nachteile meines Berufes. Skandale konnten jederzeit hochkochen, und eine zeitnahe Reaktion war unerlässlich. Doch um ehrlich zu sein, hatte mein ehemaliger Job als Unternehmensberaterin auch oft von mir verlangt, dass ich bis spät in die Nacht arbeitete. Zumindest machte mir meine aktuelle Tätigkeit wirklich Spaß.

Ich fand eine Nachricht von einer unbekannten Nummer.

Unbekannt: Wir hatten einen holprigen Start. Könnten wir noch mal neu anfangen?

Hailey: Wer sind Sie?

Erst nachdem ich die Nachricht bereits abgesendet hatte, bemerkte ich, dass ich von derselben Nummer auch einen verpassten Anruf und eine Mailboxnachricht hatte.

Unbekannt: Stauchen Sie potenzielle Klienten oft zusammen?

Ah, langsam ahnte ich, wer der Absender war.

Hailey: Wenn sie förmlich darum betteln, ja.

Da seit dem Termin in Reid Davenports Büro eine Woche vergangen war, hatte ich ihn als Klienten eigentlich abgeschrieben. Das hatte mich allerdings nicht davon abgehalten, noch eine Online-Recherche über ihn zu starten. Eventuell hatte ich das getan, um mehr Bilder von ihm zu finden. Eventuell. Aber wer konnte mir das übel nehmen? Der Mann war unglaublich heiß.

Genau wie bei meiner ersten Recherche hatte ich auch diesmal nicht viel herausgefunden. Nur, dass er in sehr jungem Alter die Hotelgeschäfte von seinem Vater übernommen und dessen Erwartungen nicht nur erfüllt, sondern sogar noch ein zweites Hotel eröffnet hatte.

Abgesehen davon, war er ein Rätsel. War er vielleicht eine Art Einsiedler?

Falls ja, musste er sich bewusst dazu entschieden haben. Andere Hotelbesitzer in der Stadt ließen sich oft mit Stars sehen und waren dementsprechend Lieblinge der Medien.

Mein Magen machte einen Sprung, als mein Display aufleuchtete. Er rief mich an.

»Hallo.«

»Ms Connor, hi. Hier spricht Reid Davenport.«

»Hatte ich mir schon gedacht.«

Seine Stimme war tief und sinnlich. Am Telefon klang sie

noch verlockender als bei unserem persönlichen Gespräch. Mein gesamter Körper reagierte darauf. Meine Haut kribbelte.

»Wegen letzter Woche… Sie haben mich auf dem falschen Fuß erwischt, und ich möchte mich entschuldigen. Könnten wir noch mal von vorne anfangen?«

»Wieso haben Sie Ihre Meinung geändert?«

»Das ist kompliziert.«

»Ich verstehe. Ich werde immer noch um jede Information ringen müssen, habe ich recht?«

Er lachte. »Wahrscheinlich, aber das geht nicht gegen Sie. Ich bin es einfach nicht gewöhnt, mit Fremden über mein Privatleben zu reden.«

»Aber Sie sind bereit, es zu versuchen.« Ich hatte meine Äußerung absichtlich nicht als Frage formuliert, aber trotzdem erwartete ich eine Bestätigung. Als er nicht antwortete, hakte ich nach. »Ein weiteres Treffen hat wirklich keinen Sinn, wenn ich nicht davon überzeugt bin, dass Sie die Sache durchziehen wollen.«

Er lachte wieder, ein tiefes, raues Geräusch. Sexy. Was war nur in mich gefahren? Der Mann hatte mich in seinem Büro bestmöglich gegen sich aufgebracht. Es konnte einfach nicht sein, dass ich mich von ihm angezogen fühlte.

»Sie gehen hart mit mir ins Gericht, Hailey. Das bewundere ich. Ich bin überzeugt, dass dies der richtige Weg ist. Aber ich warne Sie besser gleich, dass es wahrscheinlich dennoch nicht einfach wird.«

»Damit kann ich arbeiten. Ich werde in meinen Terminkalender schauen und mich dann bei Ihnen melden. Vermutlich kann ich irgendwann nächste Woche ein Treffen einschieben. Könnte allerdings sein, dass es eher Abend wird.«

»Wir können uns auch gerne an einem anderen Ort treffen, wenn Ihnen das besser passt.«

»Oh?«

Seine plötzliche Großmut machte mich misstrauisch, da er sich in seinem Büro wie ein Idiot aufgeführt hatte. Ein atemberaubender, hochattraktiver Idiot, aber trotzdem ein Idiot. Was war geschehen?

»Sie sind den ganzen Weg bis zu meinem Büro gefahren, und ich war nicht kooperativ. Wie kann ich das wiedergutmachen?«

»Ist das eine Fangfrage? Meine Gunst zu gewinnen könnte sich als anstrengend entpuppen. Ich kann sehr fordernd sein«, zog ich ihn auf. Das war zwar nicht besonders professionell von mir, aber ich konnte einfach nicht anders. Außerdem hatte ich noch gar nicht entschieden, ob ich ihn wirklich als Klienten annehmen wollte.

»Soll das eine Warnung sein?«

»O ja.«

»Was genau haben Sie für mich auf Lager?«

»Da bin ich mir noch nicht sicher.«

»Dann werde ich mich besser auf alle Eventualitäten vorbereiten, Ms Connor.«

Meinte er das doppeldeutig, oder bildete ich mir das nur ein? Ich leckte mir die Lippen, als mir bewusst wurde, dass der grüblerische, mysteriöse Reid Davenport mich aufzog. Vielleicht war er ja doch kein Idiot. Vielleicht hatte er insgeheim was von Mr Darcy.

Verdammt, nein! Wo kam dieser Gedanke her? Ich hatte

eine echte Schwäche für Mr Darcy: grüblerischer, missverstandener Traummann. Aber so war Davenport nicht. Ich stellte ihn mir eher als Wolf im Schafspelz vor, weil ich ihm seine totale Kehrtwende einfach nicht abkaufte.

»Ich werde in meinen Terminkalender schauen und mich melden.«

»Ich wäre Ihnen sehr dankbar, wenn Sie so bald wie möglich Zeit für mich finden könnten.«

In meinem Kopf begannen Alarmglocken zu schrillen. Es musste definitiv etwas vorgefallen sein, dass er seine Haltung so geändert hatte. Hatte sein Team ihn irgendwie unter Druck gesetzt?

Ich war in Versuchung, bereits am Telefon nachzuhaken, doch gleichzeitig konnte ich mich des Gefühls nicht erwehren, dass er noch damit beschäftigt war, sich selbst von der Richtigkeit seiner Handlungen zu überzeugen. Wenn ich zu früh Druck ausübte, würde er nur wieder dichtmachen. Reid war nicht mein erster schwieriger Klient. Abwehrverhalten war nichts Neues für mich.

Für gewöhnlich lernte ich meine Klienten zu Zeiten kennen, in denen sie sehr verletzlich waren und ihre Instinkte darauf drängten, sich in einem Schneckenhaus zu verkriechen, daher war ich bereit, ihnen einen Vertrauensbonus einzuräumen. Vielleicht war Reid doch kein Idiot. Vielleicht hatte er sich nur tiefer in seinem Schneckenhaus verkrochen, als ich bisher verstanden hatte.

»Ich werde eine Lösung finden«, versprach ich.

»Ich freue mich auf unsere Zusammenarbeit. Ich wünsche Ihnen ein schönes Wochenende.«

Da kam mir eine Idee. »Ich habe dieses Wochenende

nichts vor. Wir könnten uns morgen oder am Sonntag treffen.«

»Wenn es Ihnen nicht zu viele Umstände macht?« Er war definitiv verzweifelt.

»Möchten Sie sich in der Hotelbar treffen?«, fragte ich.

»Um meine Privatsphäre zu wahren, wäre mir ein weniger öffentlicher Ort lieber. Mein Penthouse?«

Mich überraschte sehr, dass er bereit war, sich in seinem Zuhause mit mir zu treffen, aber ich deutete das als Zeichen, dass er es wirklich ernst meinte und nicht noch mal meine Zeit verschwenden würde.

»Gerne. Wo muss ich hin?«

»Ich wohne im Hotel.«

»Oh. Okay.« Jetzt sah ich ihn wirklich als Einsiedler, mit dem Hotel als seiner Festung. Wenn er in dem Hotel mitten in Hollywood leben würde, wäre es ihm schwerer gefallen, das Rampenlicht zu meiden. »Morgen Abend um acht?«

»Im Hotel findet eine Veranstaltung statt, daher wird die Tiefgarage voll sein. Ich werde Ihnen einen Fahrer schicken.«

»Das ist nicht nötig.«

»Doch, ist es. Ich schicke Ihnen einen Wagen.«

Ein Schauder lief mir über den Rücken. Ich konnte mich dem Vorschlag widersetzen, aber wahrscheinlich würden wir noch oft genug aneinandergeraten. In diesem Punkt wollte ich nachgeben, um ihm die Illusion zu vermitteln, er hätte das Sagen. »Sagen Sie ihm, dass er um halb acht an meinem Haus sein soll. Vielen Dank.«

»Wir sehen uns dann morgen Abend. Ich … stehe in Ihrer Schuld.«

»Vorsicht mit solchen Aussagen. Ich werde das im Kopf behalten.«

Er lachte wieder. »Etwas anderes hätte ich von Ihnen auch nicht erwartet, Ms Connor. Schicken Sie mir Ihre Adresse per SMS.«

Als ich auflegte, atmete ich flach. Du lieber Gott. Wie konnte ein einfaches Telefonat mich so aus der Fassung bringen? Mich so nervös machen?

Ich hatte keine Ahnung, was mich morgen erwartete. Aber vielleicht würde Davenport sich erneut wie ein Idiot benehmen und es mir so leicht machen, ihn nicht als Klienten anzunehmen.

5 Reid

Bahnen zu schwimmen beruhigte mich und half mir, meine Gedanken zu ordnen. Ich war nie ein Fan von Fitnessstudios gewesen, auch wenn ich jeden Nachmittag auf meinem Hometrainer Fahrrad fuhr. Aber Schwimmen liebte ich. Als ich meine drei Kilometer geschwommen war, wurde die Zeit langsam knapp. Ich eilte zurück ins Penthouse und hatte gerade meine Jeans geschlossen, als die Rezeptionistin anrief.

»Reid, Ms Connor ist soeben in den Aufzug gestiegen.«

»Danke.«

Ein paar Sekunden später bimmelte der Fahrstuhl. Mir stockte der Atem, als Hailey Connor ausstieg.

Ich steckte in echten Schwierigkeiten.

Ich hatte mir eingeredet, meine Reaktion auf sie in meinem Büro wäre eine einmalige Sache gewesen. Doch ich hatte mich geirrt. Ich konnte den Blick nicht von ihr abwenden. Sie trug ein einfaches weißes Kleid und dazu wie beim letzten Mal mörderisch hohe High Heels, sodass ich mir einfach vorstellen musste, wie sie die Beine um mich schlang.

Ich streckte ihr die Hand entgegen. »Ms Connor, danke, dass Sie hergekommen sind, und das auch noch am Wochenende.« Ich schüttelte ihr die Hand, entschlossen, mich an die Anstandsregeln zu halten und die plötzliche Enge in meinen Jeans zu ignorieren. Allerdings schnitt ich mir damit ins eigene Fleisch, denn sobald ich sie berührt hatte, wollte ich sie näher an mich ziehen.

»Kein Problem. Bei unserem Telefonat klang es, als wollten Sie die Sache so schnell wie möglich ins Rollen bringen, also hielt ich es für das Beste, uns baldmöglichst zu treffen. Das Eisen schmieden, solange es heiß ist und all das. Bevor Sie Ihre Meinung noch mal ändern.« Ihr Tonfall verriet mir deutlich, dass sie mir noch nicht verziehen hatte.

»Ich möchte mich noch einmal entschuldigen. Meine Assistentin hatte mich ungefähr fünf Minuten vor Ihrem Erscheinen über das Treffen informiert. Zweifellos wollte sie verhindern, dass ich den Termin absage. Allerdings mag ich es überhaupt nicht, überrumpelt zu werden.«

»Das ist offensichtlich. Lassen Sie uns ein paar Dinge gleich klarstellen. So wird unsere Zusammenarbeit laufen: Ich werde Ihnen Fragen stellen. Einige davon mögen Ihnen unangenehm sein. Es ist unabdingbar, dass Sie trotzdem antworten. Und Sie müssen absolut ehrlich sein. Außerdem müssen Sie meine Ratschläge befolgen. Das sind meine Bedingungen.« Sie schenkte mir ein herausforderndes Lächeln. Ich konnte die Leute, die es wagten, mir zu widersprechen oder mich wirklich herauszufordern, an einer Hand abzählen.

»Das sind Ihre Bedingungen?«, fragte ich ungläubig.

»Ja.«

»Das hier läuft zu meinen Bedingungen. Ich bin der Klient.« Ich trat näher an sie heran und beobachtete angetan, wie sie sich die Unterlippe leckte.

Sie richtete sich höher auf und schob das Kinn vor, doch gleichzeitig röteten sich ihre Wangen. »Nein, sind Sie nicht. Nicht, bis ich beschließe, den Vertrag zu unterschreiben.«

Ihre braunen Augen blitzten bei dieser Aussage. Ihre gesamte Körpersprache verriet mir, dass sie nicht von ihren Forderungen abweichen würde. Und je länger ich ihr in die Augen sah, desto entschlossener wurde ihr Blick.

Die Zusammenarbeit mit ihr würde sicher nicht einfach. Davon war ich überzeugt. Ich hätte ihr erklären sollen, dass ich jederzeit eine andere PR-Agentur kontaktieren konnte, aber stattdessen wünschte ich mir nichts anderes, als den Abstand zwischen uns zu überwinden, sie zu *meinen* Bedingungen zu küssen und dafür zu sorgen, dass sie sich *meinen* Regeln beugte.

»Ich habe versprochen, mich kooperativ zu verhalten. Also werde ich das auch tun.« Ich trat einen Schritt zurück und deutete Richtung Wohnzimmer. »Kommen Sie rein. Möchten Sie einen Drink?«

»Warum nicht, schließlich muss ich ja nicht Auto fahren.«

Ich führte sie zu der langen Bar, die durch eine Glasscheibe vom Rest des Wohnzimmers abgetrennt war. Das Penthouse war eingerichtet worden, um Gäste zu empfangen – was ich allerdings nie tat. Ich war schon immer zurückhaltend gewesen. Noch so ein Punkt, den Marion an mir gestört hatte. Ich lebte allein aus dem Grund hier, weil es praktisch war. Schließlich brauchte ich nur drei Minuten, um in mein Büro zu kommen.

»Was möchten Sie?«

»Können Sie mir einen trockenen Martini mixen?«

»Natürlich. Lassen Sie mich nach den Zutaten schauen.«

Ich fand alles, was ich brauchte, im zweiten Hängeschrank. Dann mischte ich ihr einen Martini und goss mir selbst einen Whiskey ein.

Als ich mich umdrehte, um ihr das Glas zu reichen, bemerkte ich, dass sie die Aufnahmefunktion an ihrem Handy geöffnet hatte, und erstarrte.

»Was wollen Sie damit?«

»Ich nehme Gespräche gerne auf, für den Fall, dass ich etwas vergesse.«

»Nein.« Das Wort drang scharf und beißend über meine Lippen, und ich rechnete damit, dass Hailey mich deswegen zur Rede stellte. Doch zu meiner Überraschung wurde ihr Blick weich.

»Okay. Ich werde unser Gespräch nicht aufzeichnen. Aber ich würde gerne Notizen machen, wenn das in Ordnung ist? Nur Stichpunkte. Jemand anderem werden sie nichts sagen … Sie verstehen, bloß für den Fall, dass meine Aufzeichnungen in die falschen Hände geraten.«

Wunderbar. Jetzt fasste sie mich mit Samthandschuhen an. Ich nickte, auch wenn ich mich dämlich fühlte. *Sie ist hier, um dir zu helfen. Nicht, um dich an die Presse auszuliefern.*

»Möchten Sie mir verraten, wieso Sie Ihre Meinung zu unserer Zusammenarbeit geändert haben?«

Ich zögerte.

Sie hob eine Hand. »Wissen Sie was? Sie müssen es mir nicht sagen, wenn es nichts mit dem Auftrag zu tun hat.«

»Es hat etwas damit zu tun.« Ich zwang mich dazu, weiterzusprechen. »Seitdem diese ganze Sache angefangen hat, hatte meine Schwester Probleme in der Schule. Für mich ist sehr wichtig, dass Bianca und meine Eltern aus der Angelegenheit herausgehalten werden. Mir ist ziemlich egal, was irgendwer über mich schreibt… außer, es verletzt meine Familie. Und anscheinend ist genau das der Fall.«

Irgendetwas in Haileys Blick veränderte sich. Er wirkte immer noch weich, aber anders als bisher.

»Ich verstehe. Das ist ein unangenehmer Nebeneffekt von Skandalen. Manchmal müssen sich auch die Familien mit den Konsequenzen herumschlagen. Oft werden sie von Reportern verfolgt.«

Meine Haltung wurde steif. »Glauben Sie, dass das passieren wird?«

»Schwer zu sagen. Sie sind nicht das, wonach sich Reporter für gewöhnlich die Finger lecken. Aber da Marion ein Promi ist…«

»Das darf nicht passieren. Wie kann ich das in Ordnung bringen?«

»Eins nach dem anderen. Ich werde mit Ihrer Schwester reden und ihr ein paar Tipps geben, wie sie auf verbale Angriffe reagieren kann.«

Damit hatte ich nun echt nicht gerechnet.

»Das ist streng genommen kein PR-Problem… hier geht es eher um Schulhoftyrannen.«

»Ich kann ihr trotzdem Ratschläge geben.«

»Wieso sollten Sie das tun?«

»Ich kann den Gedanken nicht ertragen, dass Kinder gemobbt werden.«

Sofort spürte ich eine tiefe Verbundenheit mit Hailey. Ich mochte diese Frau wirklich.

»Wie ich schon sagte, ich kann ihr ein paar Tipps geben.«

»Das wüsste ich sehr zu schätzen. Das liegt außerhalb meines Erfahrungshorizonts.«

»Ich kann Ihre Schwester und Ihre Eltern auch präventiv darauf vorbereiten, wie sie mit Reportern reden sollen, sodass sie im Fall einer Kontaktaufnahme von deren Seite aus wissen, wie sie reagieren sollen.«

»Ich will sie nicht beunruhigen, wenn das nicht unbedingt nötig ist.«

Hailey schürzte die Lippen. Verdammt, sie waren schön und bettelten förmlich danach, geküsst zu werden.

»Darauf werden wir später noch einmal zurückkommen.«

Ich lächelte. »Ist das Ihre Vorstellung eines Kompromisses?«

Sie schenkte mir ein freches Lächeln, bevor sie an ihrem Drink nippte. Dann fuhr sie mit den Fingerspitzen den Glasrand entlang. Wusste sie überhaupt, wie unglaublich sexy das war? Wie sexy sie war? Ich konnte mich kaum davon abhalten, näher an sie heranzutreten.

Doch ihre nächsten Worte erinnerten mich daran, warum sie wirklich hier war.

»Lassen Sie uns über Marion reden.«

Ich brummte und packte mein Whiskeyglas fester. Hailey Connor war hier, um mich als Klienten zu gewinnen. Sonst nichts.

»Sie behauptet, Sie hätten ihr den Geldhahn abgedreht und sie von ihren Freunden ferngehalten. Wie sehen Sie das?«

Ich sah Hailey ins Gesicht, weil ich nicht vorhatte, das öfter als einmal zu sagen, und deutlich machen wollte, dass ich die Wahrheit sagte. »Sie hat mich betrogen. Mit meinem Freund, dem ehemaligen Geschäftsführer dieses Hotels, Lincoln. Als ich es herausfand, schaute ich mir die Abrechnungen der Kreditkarte an, die ich ihr gegeben hatte. Es stellte sich heraus, dass sie diverse ihrer Stelldicheins mit meinem Geld bezahlt hatte. Ich habe ihr sofort den Zugriff auf mein Konto verweigert und ihn gefeuert.«

Das alles hatte ich noch nie laut ausgesprochen. Gegenüber niemandem. Und ich musste zugeben, dass es sich gut anfühlte, fast reinigend. Gleichzeitig fühlte ich mich allerdings wie der größte Schwachkopf der Welt.

Hailey erstarrte.

»Wieso haben Sie keine Pressemeldung mit diesem Inhalt herausgegeben?« Ich wusste zu schätzen, dass sie mich nicht bemitleidete, mir keine leeren Phrasen anbot wie *Tut mir leid* oder *Das stinkt zum Himmel*.

»Und wie hätte mich das dastehen lassen?«

»Als hätten Sie den falschen Leuten vertraut.«

»Als wäre ich ein Idiot, der nicht mitbekommt, was direkt vor seiner Nase geschieht. Die beiden haben diese Farce zwei Jahre lang aufrechterhalten. Zwei volle Jahre! Und wissen Sie, was Marion gesagt hat, als ich ihr endlich auf die Schliche gekommen war? Dass ich quasi darum gebettelt hätte.«

»Das hat sie nicht!«

Vielleicht lag es daran, dass Hailey in meinem Namen empört war, aber ich konnte einfach nicht aufhören zu reden. »Sie hat gesagt, ich hätte nie dafür gesorgt, dass sie

Spaß hat. Und verdammt, was weiß ich schon? Vielleicht hatte ich es nicht anders verdient. Ich hatte Lincoln gebeten, sie zu unterhalten, wenn ich auf Geschäftsreise war oder bis spätabends arbeiten musste … einfach, weil die beiden sich gut verstanden haben. Jetzt weiß ich, warum.«

Zuerst hatte ich kein Wort zu dem Thema sagen wollen, und nun fasste ich meine schlimmsten Ängste in Worte. Wie war das geschehen?

»Reid, einem Freund und der eigenen Partnerin zu vertrauen, macht Sie nicht zum Idioten. Ich kann Ihnen natürlich nicht vorschreiben, was Sie empfinden sollen … aber objektiv betrachtet, sind Sie hier derjenige, dem unrecht getan wurde.«

»Ich will nicht, dass das öffentlich wird. Tatsächlich möchte ich Sie bitten, diese Informationen für sich zu behalten.«

Hailey nickte. »Ich werde mit niemandem darüber reden, das verspreche ich Ihnen. Aber wenn Sie nicht bereit sind, Ihre Seite der Geschichte zu schildern, macht das die ganze Angelegenheit komplizierter.«

Ich schloss die Augen. »Ich will keine Vergeltung üben. Ich möchte einfach nur, dass die Geschichte in der Versenkung verschwindet.«

Haileys Schweigen verriet mir, wie unrealistisch dieser Wunsch war. Sie tippte mit ihrem Stift auf den Block, auch wenn sie bisher kein Wort notiert hatte.

»Wieso genau haben Sie Marion finanziell unterstützt? Sie hatte einen gut bezahlten Job als TV-Moderatorin und arbeitet inzwischen als Unterwäschedesignerin.«

»Schon, aber sie gibt mehr aus, als sie verdient.«

»Ah. Das erklärt, warum sie so darauf drängt, ihre eigene Model-Show zu bekommen. Die Trennung in der Klatschpresse breitzutreten fördert ihren Bekanntheitsgrad. Das ist eine fragwürdige Taktik, aber unglücklicherweise durchaus Erfolg versprechend.« Hailey rieb sich die Schläfen und starrte für einen Moment zu Boden, bevor sie mich wieder ansah. »Okay. Nun, für heute Abend bräuchte ich lediglich noch die Telefonnummer Ihrer Schwester. In Bezug auf alles andere werde ich mich bald melden.«

Damit hatte ich nicht gerechnet. Ich hatte erwartet, dass Hailey mich noch stundenlang mit Fragen löcherte.

»Ich dachte, dieser Termin würde länger dauern.«

»Ich brauche ein wenig Zeit, um mir Lösungen für die Situation zu überlegen. Für gewöhnlich bekämpfe ich Feuer mit Feuer. Ich verstehe durchaus, warum Sie das nicht möchten, aber aus dem Stegreif fällt mir nichts anderes ein. Vorerst möchte ich nur mit Ihrer Schwester reden.«

Verdammt, ich wollte, dass sie noch blieb. Mir war egal, ob wir über meine Probleme sprachen oder nicht. Tatsächlich wäre es mir sogar lieber, wenn wir stattdessen über sie geredet hätten. Ich wollte wissen, warum sie sich für diese Karriere entschieden hatte; warum sie darauf bestand, sich mit meiner Schwester zu unterhalten. Engagierte sie sich für all ihre Klienten so oder nur für mich?

Hailey stand auf. »Da wäre bloß noch eine Sache. Der Vertrag. Lesen Sie ihn. Sie können ihn mir zumailen, sobald Sie ihn unterschrieben haben.« Sie zog einen Stapel Papiere aus der Handtasche und legte ihn auf den Tisch.

»Also habe ich mir offiziell das Privileg verdient, Ihr Klient zu werden?«

Sie schenkte mir ein freches Lächeln. »Nun ja. Sie haben heute wirklich Eindruck auf mich gemacht.«

»War der Eindruck gut genug, um Sie davon zu überzeugen, noch einen weiteren Drink mit mir zu nehmen?«

»O nein. Niemals vorschnell handeln.«

»Würde mir im Traum nicht einfallen.«

»Ein Drink hat gereicht.«

»Ach wirklich?«

Sie senkte kurz den Blick, dann sah sie mich wieder an und schob sich eine Strähne hinters Ohr. War ich ein Mistkerl, weil mir das gefiel? Genauso wie die Tatsache, dass ihre Wangen sich röteten, als ich näher an sie herantrat, bis uns nur noch wenige Zentimeter trennten? Und da war noch die Art, wie sie den Blick abwandte, als ich sie gebeten hatte, noch zu bleiben … als fürchte sie, zuzustimmen, wenn sie mich ansah.

»Ich werde mich melden. Schicken Sie mir die Handynummer Ihrer Schwester und den unterschriebenen Vertrag so schnell wie möglich zu.«

Hailey hatte wieder in den Geschäftsmodus geschaltet, und ihr Blick wanderte zum Aufzug. Sie wollte hier so schnell wie möglich verschwinden. Wahrscheinlich war es das Klügste, aber trotzdem wünschte ich mir, ich könnte einen Grund finden, um sie in meinem Heim zu halten.

»Werde ich tun.«

»Ich wünsche Ihnen noch einen schönen Abend, Reid.«

Damit eilte sie zum Aufzug. Ich konnte mich kaum davon abhalten, ihr zu folgen. Herrgott noch mal. Nach der Konfrontation in meinem Büro hätte ich wirklich niemals mit so etwas gerechnet.

6 Hailey

Mein gesamter Körper kribbelte, als ich mich wieder auf die weiche Lederrückbank des schwarzen Mercedes schob.

Das Auto roch nach Sandelholz und Kiefer. Das war mir schon auf der Hinfahrt aufgefallen. Doch jetzt verband ich diesen Duft mit Reid, obwohl er keinen Duft getragen hatte.

Ab dem Moment, in dem ich aus dem Lift getreten war, waren all meine Sinne angesprochen worden.

Das Penthouse war der Inbegriff subtiler Eleganz. Edle Parkettböden, Arbeitsflächen aus Granit, das Sofa und die Sessel aus schwarzem Leder.

Reid in Jeans zu sehen war ein Schock gewesen, aber sie standen ihm gut. Und sein Hemd hatte ein wenig feucht gewirkt, als hätte er sich nicht perfekt abgetrocknet, bevor er es angezogen hatte.

Für einen kurzen Moment hatte sich unser Gespräch zu einem Willenskampf entwickelt. Reid hatte eine sehr dominante Persönlichkeit, was mich instinktiv ansprach. Er wollte bestimmen, was geschah, und fast hätte ich das auch zugelassen. Reid Davenport stellte eine Gefahr für mich dar. Es wäre viel zu einfach, die unsichtbare Linie zu überschreiten, und sehr schwer, mich danach wieder auf sicheres Terrain zurückzuziehen.

Heute Abend waren wir nicht so weit gekommen, wie ich gehofft hatte, aber ich hatte einfach nicht mit der Befragung fortfahren können. Als ich mich nach Marion erkundigt hatte, hatte ich erwartet, dass er etwas von unüberbrückbaren Differenzen erzählte oder davon, er hätte einfach nicht mehr ertragen können, was für eine Diva sie war. Ich hatte nicht damit gerechnet, in eine schwärende Wunde zu stechen. Allein Reids rauer Tonfall hatte verraten, wie sehr er immer noch unter dem Verrat litt. Auf keinen Fall hatte ich weitere Fragen stellen können, denn ich wollte nicht noch mehr Salz in die Wunde streuen.

Ich würde einen anderen Weg finden müssen, an die Sache heranzugehen, sodass ich nicht automatisch sein Selbstbewusstsein untergrub. Sicher, wahrscheinlich war das genauso unmöglich, wie es klang, aber ich würde mein Bestes geben.

Und spätestens, als er über seine Familie gesprochen hatte, hatte ich beschlossen, dass ich ihm helfen würde – selbst wenn ich mich dafür auf Schritt und Tritt mit ihm streiten musste. Ich hatte eine Schwäche für Männer, denen ihre Familie am Herzen lag, und sie waren ein seltenes Gut.

Am Montag summte die Luft im Büro vor Energie. Einmal die Woche hielt Cameron ein Team-Meeting ab, bei dem wir uns gegenseitig über die neuesten Klienten informierten. Hin und wieder, wenn sich ein Fall als schwieriger entpuppte als erwartet, mussten auch zusätzliche Leute darauf angesetzt werden.

Ich liebte es, für eine PR-Firma in Hollywood zu arbeiten. Die Arbeit war genauso vielfältig wie die Klienten. Nach dem College hatte ich ein neunmonatiges Praktikum in einer Immobilienagentur gemacht und im Anschluss noch mal ein halbes Jahr bei einer Ölfirma gearbeitet, bevor ich schließlich jahrelang als Unternehmensberaterin gearbeitet hatte.

Das war mir logisch erschienen, weil ich immer analytisch gedacht hatte und gut Probleme lösen konnte. Doch der Job hatte mich mit der Zeit total ausgelaugt. Bei der Unternehmensberatung drehte sich alles nur um Reisen, Tabellenkalkulationen und Stichtage, die dafür sorgten, dass ich bis spätnachts arbeiten musste. Die Bezahlung allerdings war herausragend gewesen, also hatte ich den Absprung nicht geschafft.

Cameron hatte mir eine Chance gegeben, und die Anstellung hatte sich als mein Traumjob entpuppt, denn meine Problemlösungsfähigkeit konnte ich darin perfekt anwenden.

Ich ging mit Gedanken an Reid in die neue Woche. Dieser Mann faszinierte mich, anders konnte ich es nicht ausdrücken. Ich wollte seine harte Schale knacken, ihn wirklich kennenlernen. Und das musste ich auch, wenn ich eine Chance haben wollte, seine Probleme zu lösen. Doch ich wollte mich selbst nicht anlügen: Mein Interesse war keineswegs rein beruflich.

Die Art, wie er mich angesehen hatte, als er mich gebeten hatte, noch auf einen zweiten Drink zu bleiben … Gott, das hatte sich angefühlt, als stünde er kurz davor, mich anzuweisen, mich auszuziehen. Als stünde er kurz davor, mich selbst auszuziehen.

Bei der Erinnerung daran überlief mich ein angenehmer Schauder, dann atmete ich tief durch. Ich hatte so kurz davorgestanden, Ja zu sagen.

Aber was dann? Wieso musste ich mich von ihm angezogen fühlen? Wieso konnte ich nicht stattdessen mit Severin ausgehen, dem Kerl von der Firma auf der anderen Straßenseite? Weil entspannt und fügsam mich nicht ansprachen. Grüblerisch, verführerisch heiß und jederzeit bereit, sich mit mir anzulegen? Das war genau mein Ding.

Nach dem Team-Meeting ging ich zurück zu meinem Schreibtisch, ließ mich in meinen Stuhl sinken und drehte mich einmal im Kreis. O ja. Das würde eine tolle Woche werden. Noch bevor ich mir meinen Terminkalender ansehen konnte, betrat Cameron den Raum.

»Hailey, hättest du ein paar Minuten Zeit?«

»Sicher, Boss.«

»Wann ist es dir gelungen, Davenport doch noch von einer Zusammenarbeit zu überzeugen?«

Ich hatte im Meeting erwähnt, dass ich ihn als Klienten gewonnen hatte, nachdem ich Cameron letzte Woche mitgeteilt hatte, dass das ein Ding der Unmöglichkeit war.

»Samstag.«

Cameron lächelte. »Du machst in dem Fall jetzt bereits Überstunden? Eines Tages wirst du diese Agentur leiten, Hailey.«

Ich richtete mich auf und schaffte es nur mit Mühe, ein Grinsen zu unterdrücken.

»Bereitet er dir Kopfschmerzen? Davenport?«

»Er ist nicht unbedingt der einfachste Klient«, gab ich zu.

»Wäre es dir lieber, wenn ich den Fall jemand anderem übertrage? Du hast ohnehin schon eine Menge zu tun, und eine Menge neue Klienten bitten speziell darum, von dir vertreten zu werden. Wenn Davenport zu viel Zeit verschlingt, lass ihn gehen.«

Ich dachte kurz darüber nach. Meine Sinne waren immer noch überwältigt von unserem Treffen am Samstag. Den Fall an jemand anderen zu übertragen hätte sicher dafür gesorgt, dass jegliche Komplikationen verschwanden… aber ich war kein Feigling.

Außerdem hätte die Übergabe an einen Kollegen oder eine Kollegin bedeutet, dass Reid seine Geschichte noch einmal erzählen müsste. Es hatte ihn bereits Überwindung genug gekostet, sich mir gegenüber zu öffnen.

Was spielte es schon für eine Rolle, wenn ich ihn attraktiv fand? Ich würde einfach darüber hinwegkommen müssen.

»Ich kriege das hin, Cameron. Mach dir keine Sorgen um mich. Ich habe alles im Griff.«

»Das hast du immer. Melde dich, wenn du Hilfe brauchst.«

Das hatte ich noch kein einziges Mal getan, seitdem ich in der Agentur angefangen hatte. Ich rutschte auf meinem Stuhl hin und her, plötzlich erfüllt von Energie.

Also krempelte ich die Ärmel hoch und machte mich an die Arbeit. Ungefähr eine Stunde später schickte Reid mir eine Nachricht mit der Nummer seiner Schwester und ihren Pausenzeiten in der Schule.

Mein Magen machte sofort einen Sprung. Lächerlich.

Biancas Mittagspause begann genau zu der Uhrzeit, als ich gerade in mein Auto stieg, um mich mit einem Klienten zu treffen. Ich schaltete die Freisprechanlage ein und rief sie an.

»Hallo. Wer ist da?«

»Hi, Bianca. Hier ist Hailey Connor. Ich bin …«

»O ja. Reid hat mir schon gesagt, dass Sie anrufen würden. Warten Sie, ich bin in der Cafeteria. Ich gehe kurz nach draußen, damit niemand mithören kann.« Ein paar Sekunden später verschwand der Hintergrundlärm auf Biancas Seite. »Jetzt ist es besser.«

»Okay. Also, Reid hat mir ein paar Sachen schon erzählt, aber mir wäre es lieber, wenn du mir alles noch mal aus deiner Sicht schilderst.«

Ich hatte mich auf ihre Probleme mit unangenehmen Mitschülern bezogen. Stattdessen hörte ich mir erst einmal eine fünfminütige Tirade darüber an, dass Marion eine herzlose Diva war, der man kein Wort glauben durfte. Ich lauschte geduldig, ohne sie zu unterbrechen. Das Mädchen musste das offensichtlich dringend loswerden. Sobald sie fertig war, lenkte ich das Gespräch sanft in Richtung der Schulproblematik. Bianca wirkte sofort bedrückt. Ich konnte mir förmlich vorstellen, wie das Mädchen in sich zusammensackte. Am liebsten wäre ich persönlich zur Schule gefahren und hätte diesen Mobbern ein paar Takte erzählt.

Ich verstand einfach nicht, wie es ihnen gelang, die schlimmsten Ängste und Unsicherheiten ihrer Opfer zu erahnen. Sie sorgten dafür, dass man sich klein und unwichtig fühlte, als stimmte irgendetwas mit einem selbst nicht.

»Das Geheimnis liegt darin, selbstbewusst aufzutreten.

Ignorieren hilft nicht, weil sie das nur dazu bringt, dich mehr zu bedrängen, um dich zu einer Reaktion zu zwingen.« Ich diktierte ihr ein paar allgemeine Antwortsätze, die ich gestern für sie formuliert hatte.

»Das klingt recht unkompliziert«, meinte Bianca vorsichtig.

»Ruf mich an, wenn du weitere Ratschläge brauchst.«

»Wirklich?«

»Ja.«

»Und, haben Sie auch schon einen Plan für meinen Bruder?«

»Ich arbeite daran.«

»Kann ich helfen?«

Das war eine interessante Wendung. »Wie würdest du denn gerne helfen?«

»Nun, ich weiß, dass mein Bruder nicht sehr gesprächig ist… besonders, wenn man ihn gerade erst kennengelernt hat.«

»Damit hast du den Nagel auf den Kopf getroffen.«

Ich hätte Bianca nach ihm ausfragen können. Es war klar, dass sie sich danach verzehrte, mir alles zu erzählen. Gleichzeitig wusste ich jedoch instinktiv, dass Reid etwas dagegen hätte. Er wollte seine Familie bestmöglich aus der Sache heraushalten. Aber Bianca sprach weiter, ohne dass ich nachhaken musste.

»Hören Sie, Reid bleibt gerne für sich und hat klare Regeln für so gut wie alles, aber er ist ein toller Bruder. Er geht mit mir shoppen, obwohl er es hasst. Im Grunde ist er ein prima Kerl… nur ist er anfangs immer generell gegen alles, aber das gibt sich mit der Zeit.«

Ich hatte Blicke auf den Mann erhascht, den Bianca mir beschrieb, doch nur flüchtige.

»Er hat einfach bloß einen schrecklichen Frauengeschmack. Ich habe keine Ahnung, was er an Marion gefunden hat. Andererseits habe ich auch noch nie verstanden, wieso irgendwer mit den fiesen Mädchen an meiner Schule ausgehen sollte, aber alle Jungs überschlagen sich fast, um sich Dates mit ihnen zu sichern. Ich nehme an, so läuft es im Leben eben.«

»Bianca, ich verspreche dir, das Leben wird nach der Highschool so viel besser.«

Wer sollte das besser wissen als ich?

»Ich bin nur froh, dass Reid sie nicht geheiratet hat.«

Stimmt. Aber egal, ob mit oder ohne Ring, der Verrat hatte ihn tief getroffen.

»Hmmm, lassen Sie mich nachdenken. Gibt es noch was, was Sie wissen möchten?«, meinte Bianca.

»Ich glaube, für den Moment reicht das«, antwortete ich. »Danke dir, Bianca. Und ich meine es ernst: Wenn du noch Fragen hast oder einfach mal mit jemandem reden willst, kannst du mich jederzeit anrufen.«

»Das werde ich machen.«

Nachdem ich aufgelegt hatte, dachte ich darüber nach, Reid eine Nachricht zu schreiben, doch ich hatte immer noch keine echte Strategie entwickelt, also konzentrierte ich mich stattdessen auf die Straße. Als ich an dem Restaurant ankam, in dem ich mich mit meinem Klienten treffen sollte, bemerkte ich, dass Reid mir eine Nachricht geschrieben hatte.

Reid: Bianca hat angerufen. Danke, dass Sie mit ihr gesprochen haben.

Hailey: Kein Problem. Sie ist ein nettes Mädchen.

Reid: Ich weiß.

Hailey: Außerdem betet sie Sie an und hat mich reichlich mit Informationen versorgt.

Eine Sekunde später rief Reid an.

»Hailey.«

Das war das erste Mal, dass er mich nicht Ms Connor nannte. Mein gesamter Körper schien in Flammen zu stehen. Was ging hier vor sich?

»Reid, hallo.«

»Also, was genau hat Bianca gesagt?«

»Sie hat ein Loblied auf Sie gesungen. Hat mir ihre Sicht der Dinge geschildert und mir so einen besseren Einblick über Ihren Charakter verschafft als Sie selbst. Übrigens habe ich nicht nachgefragt. Sie hat einfach …«

»Losgelegt? Ja, das kann sie gut.« Er klang, als würde er lächeln. »Ich machen Ihnen Ihren Job wirklich nicht leicht, oder?«

»Nun, Bianca hat es perfekt in Worte gefasst. Sie sind nicht sehr gesprächig.«

»Autsch.«

»Kein Problem. Bianca redet gerne.«

»Sie haben so viele Informationsquellen über mich, aber ich weiß überhaupt nichts über Sie.«

»Sie sind der Klient«, erinnerte ich ihn. »Sie müssen nichts über mich wissen.«

»Da irren Sie sich«, erklärte er voller Autorität. Ging er allen Ernstes davon aus, dass ich nicht widersprechen würde?

»Inwiefern?«

»Ich öffne mich Menschen leichter, wenn ich sie kenne.«

Ich biss mir auf die Unterlippe. Ich hatte Klienten gehabt, die zu Freunden geworden waren, und es hatte immer auf dieselbe Weise angefangen: Ich hatte mich ihnen persönlich annähern müssen, damit sie mir vertrauten. Doch irgendetwas verriet mir, dass ich mich bei Reid damit auf gefährliches Terrain begab.

»Das hat mir Bianca auch verraten.«

»Meine Schwester kennt mich gut. Sie haben mir diesen zweiten Drink verweigert, aber ich bin mir sicher, wir können eine Aktivität finden, an der Sie Spaß haben.«

Oh, ich hätte da schon ein paar Ideen. Du könntest damit anfangen, dass du diese Lippen einsetzt … Nein, solche Gedanken durfte ich nicht zulassen.

»Ich habe diese Woche einen engen Zeitplan. Laufen Sie?«

»Nur unter Zwang.«

Ich lachte. »Wieso nicht? Es ist entspannend.«

»Um mich zu entspannen, schwimme ich lieber.«

Also, das hätte ich gerne gesehen. Reid Davenport in Badehose? Da war ich sofort dabei.

»Aber ich bin flexibel. Was haben Sie sich vorgestellt?«

»Ich nehme am Mittwoch an einem Lauf teil, der auf die Gefahren von Alkohol am Steuer hinweisen möchte. Ist eine lockere Sache. Jogging. Kein Zeitlimit oder irgendwas. Um drei Uhr geht es los.«

»In einer Menge anderer Leute laufen? Klingt schauderhaft.«

»Ich verstehe. Sie sind Anhänger der *Die Hölle sind die anderen*-Philosophie?«

»Ich glaube, dieses Zitat wurde für mich erfunden.«

»Wie weichen Sie den Hotelgästen aus, wenn Sie schwimmen gehen?«

»Ich stehe um fünf Uhr auf und schwimme, bevor das Bad für die Gäste geöffnet wird.«

»Ah, ich verstehe.«

»Wo findet dieser Lauf statt, von dem Sie reden?«

»Im Echo Park. Der Eingang, an dem wir uns alle treffen, liegt nicht allzu weit vom Hotel entfernt.«

»Ich weiß, wo er ist. Ich werde um drei Uhr dort sein.«

Wow. Das überraschte mich wirklich.

»Sie könnten ein wenig mehr Begeisterung vorspielen«, zog ich ihn auf.

»Oh, ich bin durchaus begeistert. Nur nicht vom Gedanken an den Lauf.«

Plötzlich fühlten sich meine Handflächen feucht an. Ich benahm mich schon wieder albern. Es war ganz einfach: Reid wollte Vertrauen zu mir aufbauen, mehr nicht. Ich deutete bloß deswegen mehr in die Sache hinein, weil ich einfach nicht anders konnte.

Außerdem war es ein guter Vorschlag, sich noch mal zu treffen. Mir war gerade eine Idee gekommen, wie wir in seinem Fall vorgehen konnten, und wollte die Taktik mit ihm besprechen. Ich wusste jetzt schon, dass er sich erst einmal verweigern würde. Doch ich hatte nicht vor, einen Rückzieher zu machen und na ja … solche Kämpfe führte ich immer am besten persönlich.

Nur deswegen freute ich mich auf Mittwoch. Genau. Das war der einzige Grund. Und das breite Grinsen auf meinem Gesicht, als wir das Telefonat beendeten und ich aus meinem Auto stieg? Nun … darüber wollte ich gerade nicht genauer nachdenken.

Am Mittwoch kam ich als Erste an. Ich begann mit meinen Dehnübungen, während ich Ausschau nach Reid hielt. Der Lauf fand jedes Jahr in der dritten Märzwoche statt. Schon nach dem Tod meiner Eltern hatte ich teilnehmen wollen, doch Kinder wurden nicht zugelassen. Seit meinem fünfzehnten Geburtstag hatte ich mein Bestes gegeben, den Lauf nicht zu verpassen.

Da meine Eltern bei einem Unfall mit Fahrerflucht gestorben waren, wussten wir nicht sicher, ob der Fahrer betrunken gewesen war, aber … es war trotzdem wichtig, dieses Thema in die Öffentlichkeit zu tragen.

Das Wetter heute war perfekt: sonnig und angenehm warm.

Reid erschien kurz vor dem Beginn des Laufes. Bei seinem Anblick stockte mir der Atem. Ach du Schande! Vielleicht würde ich Reid nie in Badehose sehen, doch Laufkleidung ging auch in Ordnung. Der enge, dehnbare Stoff lag eng an seinen Armen und seiner Brust an. Natürlich hatte er einen Waschbrettbauch. Er stand mit dem Gesicht zu mir, also konnte ich mir seinen Hintern nicht ansehen, aber ich hatte vor, diesen Umstand so bald wie möglich zu korrigieren. Ich hätte gewettet, dass sein Hinterteil genauso durchtrainiert war wie der Rest seines Körpers. Und das alles nur vom Schwimmen, hm?

»Hey! Ich dachte schon, Sie würden kneifen«, sagte ich neckend.

»Ich muss wirklich etwas unternehmen, damit Sie eine bessere Meinung von mir bekommen, oder?«

»Na ja, Sie sind aufgetaucht.« Grinsend fuhr ich mit meinen Dehnübungen fort. »Dehnen ist wichtig. Außer natürlich, Sie versuchen immer noch, einen Grund zu finden, einen Rückzieher zu machen.«

Ich fühlte, wie er hinter mich trat, als ich mich aufrichtete und meinen Kopf von rechts nach links bewegte.

»So leicht wirst du mich nicht los, Hailey.«

Meine Zunge schien mir den Dienst zu verweigern, und ein leichter Schauder lief mir über den Rücken. War es ein Fehler gewesen, ihn heute einzuladen?

Ich hatte geglaubt, damit zwei Fliegen mit einer Klappe zu schlagen: ihn von meiner Strategie zu überzeugen, während ich gleichzeitig eine Person mehr für den Lauf gewann. Doch langsam drängte sich mir der Eindruck auf, dass ich hier nicht das Sagen hatte.

Reid blieben nur ein paar Minuten für seine Dehnübungen, dann erklang der Startschuss. Reid war fit. Verdammt, der Mann war so sexy. Wir liefen einen schmalen Weg zwischen Palmen und gelben Azaleenbüschen hindurch. Rechts von uns lag der See in der Mitte des Parks. Die Kulisse hätte nicht schöner sein können! Vor allem der Anblick der farbigen Blütenpracht gefiel mir sehr.

»Danke, dass du mit Bianca gesprochen hast«, sagte er nach einer Weile. Anscheinend waren wir inzwischen beim Du angekommen.

»War mir ein Vergnügen. Sie hat meine Ratschläge gerne angenommen. Damit hatte ich nicht gerechnet.«

»Nun, meine Schwester ist ganz anders als ich.«

»Also ist sie nicht stur und verstockt?«

Ich sah aus den Augenwinkeln zu ihm, nur um festzustellen, dass er mich ebenfalls ansah. Und er zwinkerte mir zu. Meine Knie wurden weich, weil er eine solch unwiderstehliche Energie ausstrahlte. *Memo an mich selbst: Blickkontakt vermeiden.*

Ihn aufzuziehen war ziemlich gefährlich, aber ich konnte einfach nicht anders.

»Glaubst du, die Situation in der Schule wird sich verbessern?«, fragte er.

»Ich hoffe es. Tyrannen aller Art denken immer gleich.« Wir liefen langsam genug, um ein Gespräch möglich zu machen.

»Woher weißt du das?«

»Ich hatte es in der Schule nicht leicht.«

»Warum?«

»Meine Eltern sind gestorben, als ich elf war. Danach habe ich mich in mich selbst zurückgezogen und mit kaum jemandem gesprochen. Die anderen Kindern… nun, sie waren nicht besonders verständnisvoll. Haben auf mir rumgehackt. In diesen Jahren war es, als gäbe es eine unsichtbare Wand zwischen mir und allen anderen. Die Lehrer waren ein paar Monate lang bereit, Rücksicht auf mich zu nehmen, aber danach haben sie erwartet, dass ich ›darüber hinwegkomme‹. Ich wurde als Problemkind eingestuft, und aus dem ›Herumhacken‹ wurde Mobbing. Meine Belastungsgrenze war erreicht, als ich eines Nachmittags meinen Spind geöffnet habe, bloß um zu sehen, dass jemand das Wort ›Freak‹ auf meine Kleidung gemalt hatte. Ich besaß damals nicht viele Anziehsachen, und Val – meine Schwester – hat darauf bestanden, dass ich meine guten Klamotten in die Schule anzog, damit ich weniger auffiel. Wenn sie gewusst hätte … Ich habe ihr nie von dem Mobbing erzählt, doch an diesem Nachmittag habe ich den ganzen Heimweg über geweint. Ich wollte Val alles gestehen und sie anflehen, mir zu erlauben, zu Hause unterrichtet zu werden.«

»Und, hast du das getan? Sie darum gebeten?«, fragte er und unterbrach damit meinen Monolog. Du lieber Gott. Wieso hatte ich ihm das alles erzählt? Ich sprach fast nie über diese Zeit, und definitiv nicht mit Klienten. Und trotzdem redete ich weiter.

»Nein. Als ich zu Hause ankam, kochte Val gerade, während sie gleichzeitig Lori beibrachte, wie man einen Pullover strickte. Und mit dem Abendessen war der Tag für Val noch lange nicht vorbei. Danach musste sie noch bis nach Mitternacht im Pub arbeiten. Meine Geschwister hatten bereits so viel um die Ohren. Ich habe es einfach nicht über mich gebracht, Val und Landon noch mehr Probleme aufzuladen.«

»Du bist unglaublich«, flüsterte er.

»Weil ich meinen älteren Geschwistern ihre Aufgabe nicht noch schwerer machen wollte?«

»Wegen allem, was du mir gerade erzählt hast. Du bist stark.«

Ich blinzelte, dann zuckte ich mit den Achseln, obwohl seine Worte mich tief berührt hatten.

»Ich habe mir einfach ein dickes Fell zugelegt. Hat bis zur Highschool gedauert, als ich endlich ein Ziel gefunden habe, auf das ich hinarbeiten konnte: aufs College gehen. Aber ich glaube, das hat mir geholfen. Das dicke Fell, meine ich. Besonders in diesem Beruf.«

»Wie bist du zur PR gekommen?«

»Ich bin eine Problemlöserin, und dieses Arbeitsfeld sah aus, als könnte es mir Spaß machen. Und das tut es. Sicher, das dicke Fell vergrault ein paar Leute …«

»Ich mag es.«

Fast gegen meinen Willen sah ich ihn an. »Dieses Gefühl hatte ich in deinem Büro nicht.«

Er grinste, als hätte ich etwas Wichtiges übersehen. Doch er sagte nur: »Ich mochte es.«

Nun gut. Jetzt war der richtige Zeitpunkt gekommen, ihm meine Strategie darzulegen, besonders da wir uns dem Zieleinlauf näherten. Wir verlangsamten unsere Schritte noch mehr.

»Also, ich habe dir ja gesagt, dass ich eine Strategie entwickelt habe.«

»Ich bin ganz Ohr.«

»Ich möchte, dass du ein Interview gibst. Eine einfache Abfolge von Fragen und Antworten, in denen du über dich selbst und deine Beziehung mit Marion sprichst. Keine Schuldzuweisungen oder Gehässigkeiten. Du musst nicht erwähnen, dass du betrogen wurdest, könntest aber kurz darauf hinweisen, in welchen Punkten ihr nicht zusammengepasst habt. Stilvoll, aber informativ. Wir würden das Interview nicht in einem Klatschheft veröffentlichen. Ein Wirtschaftsblatt wäre natürlich auch nicht die richtige Adresse, ich habe allerdings Kontakte zu ein paar Lifestyle-Magazinen.«

Ich hatte schnell gesprochen, um ihm keine Chance zu geben, mich zu unterbrechen, doch jetzt wartete ich mit angehaltenem Atem auf seine Antwort.

»Nein.«

»Reid …«

»Vergiss es.«

Das war ungefähr so gelaufen, wie ich erwartet hatte. Reid beschleunigte seine Schritte, als vor einem leuchtend gelben Azaleenbusch das Schild erschien, das den letzten Kilometer ankündigte. Hmmm … er ging doch nicht wirklich davon aus, dass ich das Thema einfach fallen ließ, oder? Ich ließ zu, dass er sich ein Stück von mir absetzte, weil er offensichtlich seine Gedanken sortieren musste. Als zusätzlichen Bonus bot er mir damit einen fantastischen Anblick. Ich hatte absolut recht gehabt. Sein Hintern war genauso knackig und durchtrainiert wie der Rest seines Körpers.

Ich lief ebenfalls schneller und jubelte mit allen anderen, sobald ich die Ziellinie überquerte, dann verlangsamte ich meine Schritte und atmete tief durch. Reid wartete neben einem Azaleenbusch in der Nähe des Sees auf mich und trank tief aus einer Wasserflasche. Selbst aus der Ferne fing ich *gefährliche Schwingungen* von ihm auf.

Gefährlich sexy Schwingungen, flüsterte eine Stimme in meinem Kopf. Ich beschloss, sie zu ignorieren. Stattdessen stellte ich mich direkt vor ihn und verschränkte die Arme vor der Brust.

Mit der dünnen Schweißschicht auf seiner Haut wirkten seine Arme sogar noch muskulöser. Noch nie hatte ich einen Mann mit einer so maskulinen Ausstrahlung getroffen. Ich musste mich wirklich zusammenreißen. Ihn bewundernd anzustarren würde mir nicht dabei helfen, ihm meine Strategie zu verkaufen.

»Ich mache das nicht«, sagte er.

»Du erinnerst dich an meine Bedingungen?«

Seine Augen blitzten auf, und er trat näher an mich heran. »Deine Bedingungen? Was ist damit?«

»Meine Ratschläge befolgen war eine davon.«

Seine Mundwinkel hoben sich zu einem Lächeln, als er noch näher an mich herantrat, als wüsste er genau, welchen Effekt er auf mich hatte, und wolle das zu seinem Vorteil ausnutzen. Der gelbe Azaleenbusch hinter ihm strahlte förmlich mit ihm um die Wette. Gott, wie verlockend beides war – nicht nur die wunderschönen Blumen, sondern auch dieser wahnsinnig tolle Mann!

»Ich bin nicht gerade ein Fan deiner Bedingungen.«

»Ich habe dir gesagt, dass die ganze Sache keinen Sinn macht, wenn du nicht bereit bist, auch einmal nachzugeben.«

»Ich bin nicht gut darin, nachzugeben, Hailey. Weißt du, worin ich wirklich gut bin?«

»Nein, worin denn?«

»Andere dazu zu bringen, nach meinen Regeln zu spielen und sich meinen Forderungen zu beugen.«

Sein Blick senkte sich auf meine Lippen. Ich schnappte nach Luft. Die Situation geriet vollkommen außer Kontrolle. Ich hatte keine Ahnung, was hier vor sich ging, warum ich so durcheinander war. Dieses Knistern zwischen uns eskalierte, und ich wusste nicht, was ich dagegen unternehmen sollte.

Ich räusperte mich. »Reid, das wird nicht so schlimm, wie es vielleicht in deinen Ohren klingt.«

»Wieso gibst du nicht in meinem Namen eine Erklärung ab? Wäre das nicht das übliche Vorgehen?«

»Sicher, aber das würde den Klatsch nur befeuern. Sie nehmen jeden Satz solcher PR-Meldungen auseinander und interpretieren alles, sodass du nur länger in den Schlagzeilen bleibst.«

»Und du meinst, dass ein Interview nicht denselben Effekt hätte?«

»Nicht im selben Maß. Ich kann dir Statistiken zeigen. Themen verschwinden nach längeren Interviews schneller aus den Schlagzeilen. Ich glaube, es hat etwas damit zu tun, dass eine Wortmeldung die Situation normaler wirken lässt … banaler.«

»Mit einem Fremdem zu reden …«

Ich hob einen Finger. »Dafür habe ich schon eine Lösung gefunden. Ich würde das Interview führen und redigieren und dann an das Magazin weiterleiten.«

»Solche Magazine schicken gerne ihre eigenen Leute.«

Ich schenkte ihm ein verschlagenes Lächeln. »Du zahlst mich dafür, dass ich Lösungen finde, mit denen du leben kannst.«

»Klingt wie ein Schlupfloch.«

»Ist es auch. Ich umgehe Vorschriften gerne.«

»Tust du wirklich, hm? Keine Ahnung, wieso mich das überrascht.«

Er starrte erneut meinen Mund an. O Gott, wann war er noch näher gekommen?

»Also, denk darüber nach und sag mir, was du entschieden hast. Aber warte nicht zu lange, weil ich bald mit den ersten Verlagen sprechen will.«

Mich auf die nächsten Schritte unseres Vorgehens zu konzentrieren war der richtige Weg, um zu verhindern, dass diese Situation hier eskalierte… mal wieder. Ich wusste nicht mal, was hier wirklich vor sich ging, doch ich hatte so ein Gefühl, dass ich damit auch besser dran war.

»Und wenn ich Nein sage?«

Ich stieß den Atem aus. »Dann versuchen wir es auf einem anderen Weg, wie Marion wegen Verleumdung zu verklagen. Aber das dürfte die Sache nur in die Länge ziehen, und ehrlich, einen Prozess wirst du nicht gewinnen. Im besten Fall lässt sie sich mit einer Zahlung abspeisen.«

»Ich verstehe.« Er trat zurück und nahm noch einen Schluck aus seiner Flasche.

Ich war dankbar für die Atempause. Seine sexy Schwingungen wurden mir langsam zu viel.

»Wirst du darüber nachdenken?«

Er nickte. Ich hatte das Gefühl, einen Sieg errungen zu haben. Obwohl er immer wieder davon sprach, nicht nachgeben zu wollen, machte ich Fortschritte. Das war auf alle Fälle die schmerzloseste Lösung für ihn, auch wenn er das selbst wahrscheinlich nicht erkennen konnte.

Wäre es einfach, einem Magazin ein vorgefertigtes Interview zu verkaufen? Verdammt, nein. Aber ich würde es schaffen. Ich war so in Gedanken über die möglichen Verlage vertieft, denen ich das Interview anbieten konnte, dass ich nicht darauf achtete, wo ich hintrat, und in einem Loch landete. Ich kippte in den Azaleenbusch. Reid versuchte noch, mich aufzufangen, aber er war nicht schnell genug, also knallte ich mit dem Hintern auf den Boden und mit dem Kopf gegen einen Ast. Mein Knöchel tat weh, doch besonders heftig erwischte es mein Handgelenk.

»Aua!«

Reid ging neben mir in die Hocke. Mein Handgelenk pochte. Vorsichtig bewegte ich es und verzog das Gesicht.

»Ist es gebrochen?«, fragte Reid.

»Nein.«

»Wir haben im Hotel eine Krankenschwester. Sie wird sich das ansehen.«

»Mach dich nicht lächerlich. Ich bin einfach nur gestolpert.«

Reid sah mich böse an, bevor er meinen Arm ergriff und mein Handgelenk genauer musterte.

»Tut es weh? Sei ehrlich.«

Sein Ton war so gebieterisch, dass mir nicht mal in den Sinn kam zu lügen.

»Ein bisschen«, gab ich zu, ehe ich eilig den Blick abwandte. Nicht, dass ich auch gleich noch zugab, wie gut seine Berührung sich anfühlte.

»Du hast dir auch einen Kratzer am Knöchel zugezogen, der gereinigt werden muss.«

Ich senkte den Blick. Das erklärte das Brennen.

»Okay. Wir machen Folgendes: Du wirst deinen nächsten Termin absagen und mit mir ins Hotel kommen.«

»Nein, werde ich nicht.«

»Hailey.«

»Du kannst mich Hailey nennen, solange du willst. Ich sage gar nichts ab.«

»Sorg nicht dafür, dass ich dich über meine Schulter werfe und einfach zum Hotel trage.«

»Und was willst du dann tun? Mich in deinem Schlafzimmer gefangen halten? Mich an dein Bett ketten?«

Er beugte sich vor, bis seine Lippen fast meinen Mund berührten. »Führ mich nicht in Versuchung.«

Er sprach die Worte langsam und deutlich, voller Entschlossenheit. Plötzlich fühlte ich mich überwältigt von ihm und all den Empfindungen, die er in mir auslöste. Von der Berührung seiner Finger an meinem Arm, seinem heißen Atem auf meinen Lippen.

Ich hatte noch nie einen Mann getroffen, der mich so mühelos aus dem Gleichgewicht bringen konnte. Reid senkte den Blick und strich sanft eine Azaleenblüte aus dem Haar. Dann beugte er sich vor und ließ seine Lippen über meine gleiten.

Mein gesamter Körper kribbelte vor gespannter Erwartung. Als seine Hand an meinen Hinterkopf glitt, öffnete ich den Mund und ließ ihn ein.

Die Art, wie er meinen Mund eroberte … o verdammt. Dieser Kuss war unwirklich.

»Miss, geht es Ihnen gut? Ich habe einen Erste-Hilfe-Kasten.«

Die Stimme drang wie durch dichten Nebel an mein Ohr, doch auch das reichte aus, um mich aus meinem Taumel zu reißen. Ich zog mich zurück und vermied es, Reid anzusehen.

Ein junges Mädchen mit einem T-Shirt, das sie als freiwillige Helferin des Laufes auswies, stand neben uns, einen Erste-Hilfe-Kasten in der Hand. Ich konnte immer noch spüren, wo Reid mich berührt hatte.

»Oh, danke. Ja. Ich müsste diesen Kratzer reinigen und vielleicht mein Handgelenk verbinden. Kannst du dir das einmal ansehen?«

Sie ging in die Hocke. Nachdem sie mein Handgelenk gedreht und gebogen hatte, sagte sie: »Nicht mal verstaucht. Der Schmerz müsste spätestens in einer Stunde verschwinden.«

»Danke.«

Ich konnte nicht anders, als zu Reid zu sehen. Er hatte die Augen zusammengekniffen, als stünde er der Einschätzung des Mädchens skeptisch gegenüber.

Sobald das Mädchen verschwunden war, reinigte ich die Kratzer an meinem Knöchel mit den Desinfektionstüchern, die sie mir gegeben hatte. Erneut spürte ich dieses Kribbeln auf der Haut und war mir sicher, dass Reid mich beobachtete. Er erweckte etwas in mir zum Leben, das noch kein Mann vor ihm angesprochen hatte.

Als ich fertig war, streckte Reid mir die Hand entgegen und half mir auf die Beine.

»Siehst du? Ein Besuch bei deiner Krankenschwester ist nicht nötig. Mir geht es gut.«

Reid neigte den Kopf, und ich erkannte ein schalkhaftes Glitzern in seinen Augen.

»Wirst du dich allem widersetzen, was ich sage?«

»Hängt ganz davon ab, was du planst.«

»Rate einfach mal wild drauflos.« Das Glitzern in seinen

Augen blieb, doch je länger er mich ansah, desto sinnlicher wurde sein Blick.

Hey, Mister. Was soll ich sagen? Allein in deiner Nähe zu sein sorgt dafür, dass mein gesamter Körper glüht. Mit dir allein sein? Das wäre wirklich ein Spiel mit dem Feuer.

»Ich soll gleich wild drauflosraten, hm? Wirst du versuchen, dafür zu sorgen, dass ich zu spät zu meinem nächsten Termin komme?«

»Mit all meiner Kraft.«

Ich lachte, wusste aber nicht, was ich dazu sagen sollte. Ich konnte nicht mal den Blick abwenden, weil er eine solche Macht über mich ausübte. »Nun, ich kann ihn beim besten Willen nicht absagen. Wie wäre es, wenn wir dieses faszinierende Gespräch ein anderes Mal weiterführen?«

Er lächelte, als wüsste er genau, welche Richtung meine Gedanken gerade eingeschlagen hatten. Ich spielte hier definitiv mit dem Feuer, denn ich war jetzt schon persönlich involviert. Für gewöhnlich telefonierte ich nicht mit den Schwestern von Klienten. Reid sah mich an, als wolle er mich unbedingt in sein Bett kriegen. Ich war mir ziemlich sicher, dass er in dieser Hinsicht einiges zu bieten hatte, aber gleichzeitig würde das nur alles verkomplizieren. Vielleicht hing er immer noch an Marion; was wusste ich schon?

»Von mir aus. Und wann wird das sein?«

Das alles wäre so viel einfacher gewesen, wenn Reid keine solche Verlockung dargestellt hätte. Und wenn er mir nicht das Gefühl vermittelt hätte, ich könne ihm all meine Geheimnisse anvertrauen.

»Eins nach dem anderen. Denk über meine Interview-

Idee nach und teile mir deine Antwort mit. Dann sehen wir weiter.«

»Nein, werden wir nicht. Ich will zuerst eine Antwort von dir.«

Ich schwieg.

»Ich habe dir doch gesagt, dass ich mich wohler fühle, wenn ich die Leute kenne, mit denen ich zu tun habe. Wenn ich also bei dem Interview etwas gesprächiger sein soll ...«

»Heißt das, du stimmst dem Interview zu?«, fragte ich hoffnungsfroh.

Er grinste. »Probieren kann man es ja mal, hm?«

Nun, es war einen Versuch wert gewesen. Ich rieb mir das Gesicht. »Das ist seltsam.«

»Was? Dass ich deine Gegenwart genieße?«

»Na ja, schon irgendwie. In deinem Büro hast du mich angesehen, als hättest du dir gewünscht, ich würde mich einfach in Luft auflösen.«

Und wenn ich so darüber nachdachte, war das viel sicherer gewesen. Inzwischen sah er mich an, als hoffe er inständig darauf, meine Kleidung würde sich in Luft auflösen.

Sein Blick verdunkelte sich. »Das tut mir leid. Es war nicht persönlich gegen dich gerichtet. Ich werde nur nicht gerne überrumpelt. Ich verspreche dir, dass ich kein Arschloch bin.«

Das hatte ich mir selbst bereits zusammengereimt. Er war wirklich eher so ein Typ wie Mr Darcy.

»Außerdem bist du ungeduldig«, sagte er.

»Ist das so offensichtlich?«

»O ja.«

»Hast du vor, das zu ändern?«

»Sicher. Ich werde auf deine Nachricht warten. Aber warte nicht zu lange, sonst nehme ich die Angelegenheit selbst in die Hand.« Er schenkte mir ein strahlendes Lächeln und zwinkerte mir zu.

7 Hailey

Am Montagmorgen rief ich als Erstes einen meiner Kontakte bei *L. A. Lifestyle* an, um ihm die Idee zu verkaufen, ein Interview zu veröffentlichen, das ich mit meinem Klienten führte. Ich erwähnte Reids Namen nicht, weil er bisher noch nicht zugestimmt hatte, wollte aber für alle Fälle bereit sein. Mein Kontakt stimmte halbherzig zu, aber das war immer noch besser als eine klare Zurückweisung. Sicher wäre er begeistert, sobald er erfuhr, dass der betreffende Klient Reid war … da es bisher niemandem gelungen war, ihn zu einem Interview zu bewegen.

Als alle anderen ins Büro kamen, hatte ich die schwierigste Aufgabe des Tages bereits hinter mich gebracht.

Ich schaute immer wieder auf mein Handy, in der Hoffnung, dass Reid mir eine Nachricht schickte. In den letzten Tagen hatte ich ihn immer wieder bedrängt, und es war durchaus möglich, dass die letzte Nachricht von gestern Abend eher wie ein Ultimatum geklungen hatte. Doch wir mussten die Sache ins Rollen bringen, daher brauchte ich heute vor neun Uhr eine Antwort.

Um 8:55 Uhr leuchtete eine Nachricht auf meinem Handydisplay auf.

Reid: Okay. Ich mache das Interview.

Ich seufzte und hätte mir vor Erleichterung am liebsten das Handy an die Brust gedrückt. Damit waren wir einen großen Schritt weitergekommen.

Hailey: Danke. Ich werde alles organisieren. Wir müssen uns irgendwann diese Woche treffen.

Reid: Ist mir immer ein Vergnügen.

Und schon schossen meine Gedanken in eine vollkommen unangebrachte Richtung. Mir blieb auch keine Zeit, die Details mit Reid zu klären, weil Cameron uns zum wöchentlichen Meeting rief.

»Du bist ja super drauf!«, meinte meine Kollegin Alena, als wir nebeneinander in den Sitzungssaal gingen. »Schönes Wochenende gehabt?«

»Könnte man so sagen.«

Wir präsentierten unsere Highlights. Als ich drankam, informierte ich alle über die neuesten Entwicklungen in Reids Fall. Cameron lächelte mich an. Ich liebte es, den Boss zu beeindrucken. Aber in der letzten Woche eines Monats war das besonders schwierig, weil wir außerdem unsere Erfolgsquote mit der des vorangegangenen Monats verglichen. Jedes Mal, wenn er mir Anerkennung zollte, war das für mich, als hätte ich mir selbst ein weiteres Mal bewiesen, dass es richtig gewesen war, ins PR-Business zu wechseln. Dafür hatte ich Gehaltseinbußen in Kauf genommen, doch mein alter Job war einfach zu stressig gewesen. Ich hatte sowieso schon kurz vor der Kündigung gestanden, weil ich einfach zu wenig Zeit für meine Familie hatte. Aber es gab einen Vorfall, nach dem ich meinen Entschluss endgültig gefasst hatte. Wir hatten an einem riesigen Auftrag gearbeitet, der uns alle nächtelang im Büro festhielt. In einer dieser Nächte war ich sterbenskrank geworden. Ich hatte Schweißausbrüche bekommen und mich mehrfach übergeben. Meine Kollegen hatten mich in die Notaufnahme gebracht, wo sich ein mürrischer älterer Arzt um mich gekümmert hatte. Er hatte mich gefragt, wie viel Kaffee ich getrunken hatte. Ich hatte ihm erklärt, dass ich nach der achten Tasse aufgehört hatte zu zählen.

Daraufhin hatte er mir die Leviten gelesen und mir erklärt, mein Blutdruck wäre so hoch gewesen, dass ich kurz vor einem Schlaganfall gestanden hätte. Schon in der folgenden Woche hatte ich angefangen, mich nach einem anderen Job umzusehen.

Kurz vor der Mittagspause betrat Cameron auf seiner Runde mein Büro.

»Ehrlich gesagt, hätte ich nicht gedacht, dass du tatsächlich zu Davenport durchdringst. Aber ich hätte wissen müssen, dass du nicht lockerlässt.«

»Er ist nicht so unerbittlich, wie er sich gibt. Man muss einfach nur eine Herangehensweise finden, die ihm behagt … wie zum Beispiel, dass ich das Interview führe, statt ihn von einem Fremden befragen zu lassen.«

Oder, dachte ich peinlich berührt, ihm erlauben, mich leidenschaftlich zu küssen.

»Wie hast du ihn dazu überredet?«

»Cameron, es ist besser, wenn du das nicht weißt.«

»Wie hast du es geschafft, *L. A. Lifestyle* davon zu überzeugen, dass du ihnen den Artikel zuschickst, statt selbst einen Reporter zu schicken?«

»Das willst du auch lieber nicht wissen. Aber sei versichert, ich habe keine Brücken hinter mir abgebrochen.«

Er lachte. »Na gut. Ich bin die restliche Woche bei meiner Schwester in Houston. Glaubst du, du kannst hier für mich die Stellung halten?«

»Aber natürlich. Viel Spaß.«

Sobald Cameron verschwunden war, ließ ich meine Fingerknöchel knacken, dann warf ich einen Blick auf mein Programm und klebte einen blauen Punkt neben *Reid und L. A. Lifestyle zusammenbringen*.

Dieses Belohnungssystem war vielleicht ein wenig albern, aber ich empfand jedes Mal tiefe Befriedigung, wenn ich am Ende des Tages die angesammelten Punkte ansah. Besonders hilfreich war das System, wenn ich es mit Fällen zu tun hatte, die sich über Monate hinzogen und in denen es nur wenig Fortschritte gab. Es half mir dabei, die täglichen oder wöchentlichen Erfolge im Blick zu behalten, selbst wenn sie im großen Ganzen unwichtig erschienen. Außerdem schrieb ich meinem Kontakt bei *L. A. Lifestyle* eine Mail und erwähnte Reids Namen.

Kurz nach Mittag gönnte ich mir meine erste richtige Pause. Ich rieb mir die Augen. Avocado-Bohnen-Salat. Das sollte mein Mittagessen werden.

Ich verließ das Büro und genoss den wunderbaren Sonnenschein. In L. A. zu leben war einfach toll. Ich hatte die Stadt immer geliebt, doch dieses Gefühl hatte sich noch verstärkt, nachdem ich als Unternehmensberaterin viel herumgekommen war. Die Sonne, gepaart mit der permanenten Ferienlaune, verlieh der Stadt eine lebensfrohe Stimmung, die ich bisher nirgendwo anders gefunden hatte. Ich war gerade auf dem Weg zu einer kleinen Salatbar am Ende der Straße, als mein Handy brummte. Ich konnte ein Grinsen nicht unterdrücken, als ich sah, dass Reid mich anrief.

»Hey! Freut mich, dass du dich meldest. Danke, dass du dem Interview zugestimmt hast. Ich hatte schon vor deiner Nachricht mit *L. A. Lifestyle* gesprochen. Sie werden das Interview veröffentlichen.«

»Du warst dir so sicher, dass ich zustimmen würde?«

»Ich bin gerne vorbereitet. Für alle Fälle.«

»Was hättest du getan, wenn ich Nein gesagt hätte?«

»Dich überzeugt.«

»Und wie genau hättest du das angestellt?«

»Nun, ich kann doch nicht meine Geheimnisse verraten, oder?«

»Es wird mir ein Vergnügen sein, dir all deine Geheimnisse zu entlocken, Hailey.«

Ich räusperte mich, plötzlich froh, dass ich nicht im Büro saß. Meine Wangen brannten. »Zuerst einmal muss ich deine Geheimnisse lüften, erinnerst du dich?«

»Ungern, aber ja.«

»Wann willst du das durchziehen? Es wird ein paar Stunden dauern.«

»Samstag?«

»Ich arbeite nicht am Wochenende.«

»Aber du warst schon einmal an einem Samstag bei mir.«

Ich lachte und ignorierte das Knurren meines Magens. »Manchmal mache ich Ausnahmen.«

»Bin ich eine weitere Ausnahme wert?«

»Vielleicht.« Ich setzte mich auf eine Bank und schlug die Beine übereinander. »Ich erkenne da ein gewisses Verhandlungspotenzial.«

»Du stellst jetzt schon Forderungen?«

»Nur eine. Mach die Sache nicht unnötig kompliziert.«

»Das hängt allein von dir ab.« Seine Stimme war tief und so sündhaft sexy, dass mich sofort Hitze durchfuhr.

»Was meinst du damit?«

»Dass ich dir vollkommen ausgeliefert bin, Hailey Connor.«

8 Reid

»Jungs, ich habe gerade die Eingangstür gehört. Bianca ist zu Hause. Lasst mein Roastbeef nicht kalt werden. Wir haben für heute genug übers Geschäft geredet«, sagte Mom und erhob sich aus dem Ledersessel. Wir waren in der Bibliothek im Haus meiner Eltern.

»Ja, Ma'am.« Dad gluckste amüsiert. Es war eine Tradition, dass wir uns erst einmal über die Hotels unterhielten, wenn ich sie zum Essen besuchte. Zumindest, bis Bianca aus der Schule zurückkam. Ich hatte meine Eltern auf den neuesten Stand gebracht, was das Business betraf. Dad sollte sich so wenig Stress aussetzen wie möglich, weil er sonst Bluthochdruck und damit einen weiteren Schlaganfall riskiert hätte, weswegen ich genau auswählte, was ich ihm erzählte. Er musste nichts von den täglichen Herausforderungen hören, die mir Kopfschmerzen verursachten, weil er sowieso nichts mehr dagegen tun konnte.

»Reid, du wirkst besorgt«, meinte Mom. Wie für gewöhnlich musste sie nur einen Blick auf mich werfen und wusste Bescheid. Sandra Davenport war die beste Mutter, die ich mir hätte wünschen können. Sie war freundlich, aufmerksam und kümmerte sich um jeden in der Familie.

»Wie läuft es mit der PR-Agentur?«, fragte Dad.

Ich achtete darauf, so unbeschwert zu klingen wie möglich. »Sie sind sehr professionell. Ich bin mir sicher, das Problem wird bald verschwinden.«

»Bianca erzählte, Hailey hätte auch ihr sehr geholfen«, meinte Mom.

Meine kleine Schwester schenkte mir ein neunmalkluges Lächeln. Nein, Moment, das war eher ein selbstgefälliges Lächeln. Mist, wieso war sie selbstgefällig?

»Also, Reid, erzähl doch mal. Wie war der Lauf am Mittwoch?«, fragte sie unschuldig.

Meine Eltern starrten mich entgeistert an.

»Du hast an einem öffentlichen Lauf teilgenommen?«, fragte Mom.

»Ja, hat er. Freiwillig«, warf Bianca pseudohilfreich ein. Ich hatte keine Ahnung, was sie vorhatte, aber bei mir schrillten alle Alarmglocken. Ich musste das Thema wechseln.

»Hailey und ich mussten gewisse Details besprechen, und das war das einzige Zeitfenster, das für mich zur Verfügung stand.«

Das war eine lächerliche Ausrede. Ich wusste es. Sie wussten es. Sie sagten nichts, doch Moms Lächeln wirkte jetzt genauso selbstgefällig wie das von Bianca.

Okay. Vielleicht war ich ja wirklich ein ziemlicher Einsiedler … aber ich mochte mein Leben. Diese Jahre nach Dads Schlaganfall hatten mich geprägt. Sie hatten mich gezwungen, ein paar Entscheidungen zu treffen, die ich sonst vielleicht nicht auf diese Art getroffen hätte. Ich stellte allerdings fest, dass sie mir gutgetan hatten. Die Disziplin, die Konzentration aufs Wesentliche. Marion hatte mir deswegen vorgeworfen, ich wäre ein Roboter und würde es ihr unmöglich machen, das Leben zu genießen.

Denn wie sollte sie mit mir Spaß haben, wenn ich mich für nichts anderes interessierte als für die Hotels? Also hatte sie sich anderweitig nach Unterhaltung umgesehen. Und langsam begann ich zu glauben, dass jede Frau dasselbe tun würde.

Nach dem Abendessen zogen sich meine Eltern in die Bibliothek zurück, wie sie es schon seit meiner Kindheit taten.

Sobald ich mit Bianca allein war, schaltete sie von selbstgefälliger Zurückhaltung in den Angriffsmodus.

»Also, Hailey hat mir wirklich sehr geholfen. Ich habe noch mal mit ihr gesprochen und ein paar ihrer Strategien ausprobiert. Selbst Felton hält seither die Klappe.«

»Das freut mich wirklich, Bee-Bee.«

Ich konnte nicht glauben, wie viel Hailey tat. Andererseits hatte ich nicht vergessen, dass Biancas Dilemma sie persönlich ansprach. Als sie mir von ihrer Schulzeit erzählt hatte, hatte ich den Drang verspürt, mich schützend vor sie zu stellen, damit niemand sie verletzen konnte. Wieso reagierte ich so auf sie?

»Außerdem wird sie mir dabei helfen, ein Kleid für den Abschlussball auszusuchen.«

»Was? Weshalb?«

»Weil ich sie darum gebeten habe.«

»Wieso hast du nicht Mom gefragt? Oder mich?«

Sie verdrehte die Augen. »Weil du wirklich keine große

Hilfe bist. Und Moms Vorstellung eines schönen Kleides beinhaltet lange Ärmel und Spitzenbesatz, am besten in Neonfarben.«

»Sei nicht gemein, Bianca.«

Mom war geschäftlich immer Dads rechte Hand gewesen. Sie war klug und ehrgeizig, stammte aber nicht aus dem alten Geldadel – was meinen Großeltern gar nicht gefallen hatte. Laut Dad hatte Mom auf diese Ablehnung reagiert, indem sie versuchte, sich klassisch-elegant zu kleiden, obwohl ihr persönlicher Stil eher zum Exzentrischen neigte – wie Bianca bereits erwähnt hatte, meistens in Neonfarben.

»Hailey hat früher als Modeberaterin bei Macy's gearbeitet. Wusstest du das?«, fuhr Bianca fort.

»Nein.« Ich sah sie mit offenem Mund an. Ich musste mir genau überlegen, wie ich jetzt weiter vorgehen wollte. »Du kannst Hailey nicht einfach um solche Sachen bitten.«

»Sie hat es angeboten.«

Anscheinend musste ich ein paar Takte mit Hailey sprechen.

»Gefällt dir ihr persönlicher Stil? Ich habe bisher nur das Bild auf der Webseite der Agentur gesehen. Sie ist wirklich schön.«

Ich antwortete nicht, also sprach Bianca weiter.

»Ich finde, ihr beide solltet miteinander ausgehen.«

»Bianca«, meinte ich warnend.

»Was? Du magst sie.«

»Wie bist du denn zu diesem Schluss gekommen?«

»Als Mom sich nach der PR-Agentur erkundigte, hast du ausgesehen, als hättest du deine Zunge verschluckt.«

Ich starrte meine kleine Schwester böse an.

»Und hast du nicht für sie an einem öffentlichen Lauf teilgenommen?«

Dieser Abend verlief nicht so, wie ich es erwartet hatte.

»Außerdem finde ich, es ist Zeit, dass du deinen Frauentyp änderst.«

»Ich habe keinen Typ.«

Bianca zog die Augenbrauen hoch. »Jede einzelne Freundin, die du uns je vorgestellt hast, war blond, groß und nur auf ihren eigenen Vorteil bedacht.«

Darauf hatte ich keine Antwort, weil es stimmte, was Bianca sagte. Lag es daran, dass diese Frauen einfach mehr auffielen? Oder hatte ich mir einfach nie die Mühe gemacht, genauer hinzusehen?

»Also, wann triffst du dich das nächste Mal mit Hailey?«

»Samstagabend.«

Ich hatte dem Interview zugestimmt. Widerwillig und nur, weil mir auch keine andere Lösung eingefallen war.

»Oh, das bedeutet, sie wird nicht zur After-Party bleiben.«

»Was für eine After-Party?«

»Sie geht zu der Privatvorführung von *Der Löwe*. Du weißt schon, diese Preview, für die du wahrscheinlich auch eine Einladung bekommen hast, weil du so erfolgreich und wichtig bist.«

»Klugscheißerin.«

»Ich weiß. Ich bin einfach genial, nicht wahr?«

Ich hatte tatsächlich eine Einladung bekommen. Ich hatte sie nur vollkommen vergessen, da ich solche Einladungen gewohnheitsmäßig ignorierte. Wieso also dachte ich jetzt darüber nach, die Vorführung zu besuchen? Über die Antwort auf diese Frage musste ich nicht lange nachdenken.

Hailey.

War ich wahnsinnig geworden? Sie und ich waren viel zu unterschiedlich. Sie war ein geselliger Mensch: nahm an Läufen für Aufklärungskampagnen teil, ging zu Privatvorführungen von Filmen. Sie liebte das Leben und schien auf keinen Fall etwas verpassen zu wollen. Das gehörte zu den Punkten, die mich an ihr anzogen. Doch mein Leben fand eigentlich nur im Büro und meinem Penthouse statt. Nicht gerade aufregend für jemanden wie sie. Was mich allerdings nicht davon abhielt, sie zu begehren.

»Du wirst hingehen, nicht wahr?«, fragte Bianca fast quietschend.

Natürlich schaufelte ich mir da gerade mein eigenes Grab, dessen war ich mir bewusst, aber ich wollte nicht lügen. »Ich denke darüber nach.«

Ich konnte mich einfach nicht von Hailey fernhalten, oder? Es wurde wirklich Zeit, in dieser Hinsicht etwas zu unternehmen.

9

Hailey

Ich liebte schicke Events. Und noch mehr liebte ich es, mich dafür herauszuputzen. Es war fast ein Ritual. Ich zog mehrere Kleider aus dem Schrank und nahm mir Zeit, mich für das perfekte Outfit zu entscheiden. Dann schminkte ich mich passend dazu und rundete alles mit der passenden Frisur ab.

Ich musterte mich im Spiegel: kurzes, goldfarbenes Kleid mit tiefem Ausschnitt. Mein Haar wogte wild um meine Schultern. Mein Make-up war so kultiviert wie das jeder Hollywood-Schönheit. Ich liebte es. Obwohl die Vorführung am Nachmittag stattfand, war der Anlass für mich feierlich genug, alle Register zu ziehen. Ich liebte die Vorteile meines Jobs – all die Einladungen zu exklusiven Veranstaltungen. Ich liebte Privatvorführungen, weil sie zu den wenigen Terminen der Stadt gehörten, zu denen die Presse nicht eingeladen wurde, damit vorab keine Details über den Film bekannt wurden. Die Vorführungen waren hauptsächlich Kritikern und glücklichen Menschen wie mir vorbehalten.

Nach der Preview bliebe mir noch genug Zeit, um nach Hause zu fahren und mich umzuziehen, ehe ich zum Hotel aufbrach. Wieso hatte ich mich nur dazu überreden lassen, den Samstagabend mit Reid zu verbringen?

Bevor ich mich auf den Weg machte, schickte ich meinem Bruder Will eine Mail mit der Info, dass ich einen Ersatz für mich gefunden hatte, um Modestyling im Bildungszentrum zu unterrichten. Will und seine Verlobte Paige führten eine Stiftung, die sich darauf konzentrierte, bildungsfernen Menschen Fähigkeiten zu vermitteln, die sie im Beruf brauchen konnten. Bis jetzt hatte ich Modestyling unterrichtet und im Anschluss den Teilnehmern geholfen, Praktika bei Macy's zu bekommen. Doch mit den vielen neuen Klienten, die Cameron mir zugeteilt hatte, fehlte mir inzwischen einfach die Zeit dafür.

Freudestrahlend trat ich aus dem Haus. Ich liebte Lakeview Terrace. Wir waren am Rand des Viertels aufgewachsen. Meine Geschwister waren inzwischen in schickere Gegenden umgezogen, doch mir gefiel es hier immer noch. Außerdem war mein Haus hier billig genug gewesen, dass nur ein paar jährliche Bonuszahlungen einen ausreichenden Eigenkapitalanteil ergeben hatten.

Als ich beim Lichtspielhaus ankam, drehte ich mich einmal breit grinsend im Kreis, um alles in mich aufzunehmen. Es war ein wunderschönes Art-déco-Gebäude mit Kristallleuchtern an der Decke. Die Teppiche und Stühle zeigten eine Mischung aus Rot und Gold.

Natürlich war die Leinwand ganz vorne, und im hinteren

Teil gab es private Logen … in die ich bisher allerdings noch nicht eingeladen worden war. Aber eines Tages würde ich das schaffen. Ich setzte mir gerne ehrgeizige Ziele.

Der Beginn der Vorführung war erst in einer Stunde. In der Zwischenzeit waren wir alle eingeladen, uns am Büfett mit Häppchen und einem Glas Champagner zu bedienen, was ich auch tat.

Ich wäre fast über meine eigenen Füße gestolpert, als mein Blick auf dunkelbraunes Haar fiel. Bildete ich mir nur ein, dass Reid hier war? War das ein Wunschtraum? Ich ging näher heran und musterte den Mann unauffällig. Er stand mit dem Rücken zu mir, doch als er sich umdrehte, stockte mir der Atem.

»Das ist ja eine Überraschung, dich hier zu sehen!«, gelang es mir zu sagen. »Ist das Zufall?«

»Bestimmt nicht.«

»Ich dachte, du wärst Anhänger der *Die Hölle sind die anderen*-Philosophie? Was tust du hier?«

»Ich wusste, dass du hier sein würdest, und wollte dich sehen.«

O wow. »Du hättest mich doch heute Abend sowieso gesehen.«

»Ich wollte mehr Zeit mit dir verbringen.«

Reid verschlang mich förmlich mit den Augen und machte auch keinen Hehl aus seinem Interesse. Sein sündhafter Blick glitt über meine Hüften und verweilte auf meinen Beinen. Dann schaute er langsam wieder hoch. Ich zitterte, weil ich mich fühlte, als hätte er seinen Mund von meinem Nabel bis zu meinen Brüsten gleiten lassen. Als unsere Blicke sich trafen, konnte ich ihm nur ein paar Sekunden in die Augen sehen, bevor ich den Kopf abwandte, weil ich fürchtete, mich sonst zu verraten.

»Du hast nicht erwähnt, dass du hier sein würdest.«

»Ich wollte dir keine Chance geben, deine Meinung zu ändern.« Er wippte kurz auf den Ballen, dann trat er näher an mich heran. Mein Mund wurde trocken, und instinktiv leckte ich mir die Unterlippe. »Selbst wenn ich mich dafür … alldem hier stellen musste.«

»Und? Ist es so schlimm, wie du es dir vorgestellt hast?«

»Ein absoluter Albtraum. Würdest du mich gerne retten?«

Ich lachte, obwohl ich wusste, dass er es tatsächlich so empfand. Gleichzeitig war es vermutlich aber auch ein Trick, doch ich brachte einfach nicht die Kraft auf, Nein zu sagen. Nicht, solange er mich mit diesem glühenden Blick ansah.

»Sicher. Halte dich an mich, und alles wird gut.«

»Nach Ihnen, die Dame.«

Jede Zelle in meinem Körper kribbelte, als wir nebeneinanderher gingen. Woher hatte er überhaupt gewusst, dass ich hier sein würde? Oh, wahrscheinlich von Bianca. Nun, das machte alles ein bisschen komplizierter. Ich war nicht darauf eingestellt gewesen, ihn so schnell wiederzusehen. Ich hatte mich darauf verlassen, dass mir noch ein paar Stunden Zeit blieben, mich zusammenzureißen.

Als uns ein Mann mit grauem Haar aufhielt, blieben wir stehen.

»Davenport, ich bin überrascht, Sie hier zu sehen. Ist doch eigentlich nicht Ihr Ding. Ich glaube, man hat Sie seit Jahren nicht in der Öffentlichkeit gesehen. Ein paar von uns haben sich schon gefragt, ob Sie tatsächlich existieren oder nur ein Mythos sind.«

Reids Lächeln erreichte nicht seine Augen. »Ich bin noch da.«

»Wie geht es Ihrem alten Herrn?«

»Er genießt den Ruhestand.«

»Ich wette, er ist stolz auf Sie. So jung schon den Wölfen zum Fraß vorgeworfen, aber Sie haben es allen gezeigt. Ich muss sagen, ich gehörte zu denjenigen, die gedacht hätten, Sie würden versagen. Ein Jahr hatte ich Ihnen gegeben, bevor Sie verkaufen.«

Was zum Teufel sollte das?

»Ich habe immer noch nicht vor zu verkaufen. Darf ich Ihnen Hailey Connor vorstellen?«

Ich schüttelte dem Mann die Hand, obwohl ich ihn wahnsinnig unsympathisch fand.

»Wer war das?«, fragte ich, sobald er weitergegangen war.

»Ein geschäftlicher Rivale. Ihm gehört eines der anderen Traditionshotels der Stadt.«

»Worauf hat er sich mit der Frage nach deinem Vater bezogen?«

Reid runzelte die Stirn. »Es ist nicht allgemein bekannt, aber Dad hatte vor zehn Jahren einen Schlaganfall.«

»Oh, das tut mir leid. Wie geht es ihm jetzt?«

»Er hat sehr lange gebraucht, um sich zu erholen, und ist nie wieder ganz der Alte geworden, also kommt Arbeiten nicht mehr infrage.«

»Deswegen hast du das Geschäft übernommen?«

»Ja.«

»Du warst damals zweiundzwanzig, oder? Wow. Das ist eine Menge Verantwortung.«

Wir nahmen uns jeweils ein Glas Champagner, bevor wir uns eine ruhigere Ecke suchten.

»Eigentlich hatte ich nie vor, im Hotel zu arbeiten.«

»Wieso nicht?«

Er zögerte.

»Du musst es mir nicht erzählen.«

»Aber ich möchte es. Irgendwas hast du an dir.«

Er ließ die Fingerspitzen über meine Wange zu meinem Ohr gleiten. Seine Berührung war auf mehr als nur eine Weise gefährlich, doch ich schaffte es einfach nicht, mich ihm zu entziehen.

»Ich bin Legastheniker. Berichte, Zahlen… sie haben mir immer Probleme bereitet. Im College habe ich mich irgendwie durchgeschlagen, aber wenn man die Verantwortung für Hunderte Millionen Dollar trägt, ist Durchwursteln keine Option. Eigentlich wollte ich Schreiner werden. Wollte mit den Händen arbeiten. Dad hatte in dem Jahr, in dem er den Schlaganfall hatte, eine riskante Geschäftsentscheidung getroffen, um das Hotel zu erweitern, und die Banken saßen ihm im Nacken. Sie waren bereit, das Hotel an den Höchstbietenden zu verkaufen, wenn die Zahlen einbrachen. Er wollte jemanden am Ruder sehen, dem er vertraute.«

»Dich«, flüsterte ich.

»Das Hotel war sein Lebenswerk und auch das Lebenswerk seiner Eltern. Ich wollte dieses Vermächtnis bewahren.«

»Aber du hast es nicht einfach nur am Laufen gehalten. Du bist fantastisch in deinem Job.«

Reids Loyalität gegenüber seiner Familie rührte mich tiefer als erwartet und sorgte dafür, dass ich ihn mit ganz anderen Augen sah.

»Wie hast du dich durchgekämpft? Ich will mehr erfahren.«

Er musterte mich nachdenklich über sein Champagnerglas hinweg, als müsse er eine Entscheidung treffen. Dann stellte er sein Glas auf den Hochtisch zwischen uns, um im Anschluss seine Finger langsam und verführerisch über meinen Handrücken gleiten zu lassen.

»Ich werde es dir erzählen … unter einer Bedingung.«

»Und die lautet?«

»Komm für die Vorführung mit in meine Privatloge.«

Meine Wangen brannten. Das war nicht unbedingt, wie ich mir vorgestellt hatte, in eine dieser Logen eingeladen zu werden. Die Versuchung war fast unwiderstehlich, doch wie sollte ich mich zusammenreißen, wenn er die ganze Zeit neben mir saß?

»Ich verspreche, dass ich nicht beiße«, flüsterte er.

»Ich fange an zu glauben, dass du alles Mögliche versprechen würdest, um mich dorthin zu kriegen, wo du mich haben willst.«

Er ließ seine Finger weiter über meine Hand gleiten, doch für mich fühlte es sich an, als würde er meine Schenkel liebkosen.

Er lächelte. »Stimmt. Aber ich habe mich hierher gewagt, nur um mehr Zeit mit dir zu verbringen, also …«

Ich presste eine Hand an die Brust und riss theatralisch den Mund auf. »Und jetzt erpresst du mich. Schande über dich.«

Wir verfielen in Schweigen, doch Reid sah mir weiter in die Augen, bis ich nicht mehr anders konnte, als zu nicken. Er führte mich zu der Loge – die genauso chic war, wie ich sie mir vorgestellt hatte. Mit roten Samtpolstern bezogene Stühle, helles Holz mit Goldapplikationen und sogar ein kleiner Tisch, auf dem Snacks und Erfrischungen bereitstanden.

»Du hast sogar dein eigenes kleines Büfett. Wo sind die anderen Gäste?«, fragte ich, als ich mich in die Mitte der Stuhlreihe setzte.

»Sonst kommt niemand.«

Ich schluckte schwer. Das könnte ein Problem darstellen. Glücklicherweise war die Loge offen genug, dass sie nicht allzu intim wirkte. Aber sobald Reid sich neben mich setzte, musste ich diese Einschätzung noch einmal überdenken.

»Also, erzähl mir mehr, bevor der Film anfängt. Ich bin wirklich neugierig. Ich meine, all diese Berichte und Zahlenkolonnen sind für dich ja nicht plötzlich einfacher geworden.«

»Sind sie nicht. Was der Grund war, warum ich mehr Zeit auf alles verwenden musste. Ich musste meinen Tag genau durchplanen, um alles erledigen zu können. Du machst dir keine Vorstellung, wie viel einfacher alles durch Spracherkennungsprogramme geworden ist. So kann ich E-Mails diktieren oder mir gewisse Berichte vorlesen lassen. Ich diktiere sogar die meisten Textnachrichten.«

»Das ist … wow. Mir fehlen die Worte.«

»Verdammt, du bist wunderbar.«

»Reid …«

»Bist du.« Seine Augen funkelten. Ich wollte weitere Fragen stellen, doch ich konnte das unheimliche Gefühl nicht unterdrücken, dass er mich gleich küssen würde. Ich musste den Kurs ändern.

»Möchtest du jetzt kurz die Interviewfragen durchgehen?«

Er schüttelte den Kopf. »Dafür haben wir heute Abend noch genug Zeit.«

»Aber wir könnten schon mal anfangen. Wahrscheinlich könntest du mir die Fragen mühelos während des Films beantworten. Und du würdest gar nicht mitkriegen, was vor sich geht.«

»Aber dann hättest du keinen Grund mehr, mich heute Abend zu besuchen, und ich hätte keine Entschuldigung, dich ganz für mich allein zu haben.«

O Gott. Sein Tonfall. Die Hitze in seinen Augen. Ich konnte kaum atmen.

Glücklicherweise wurde in diesem Moment der Raum verdunkelt, und die Vorführung begann. Zum ersten Mal während einer Privatvorführung konzentrierte ich mich nicht vollkommen auf den Film. Ich musste eine Ausrede finden, um heute Abend nicht in sein Penthouse zu kommen, doch mir fiel nichts ein. Außerdem musste ich dieses Interview führen. Es war besser, das so schnell wie möglich durchzuziehen.

Viel zu schnell war der Film zu Ende. Ich konnte nur hoffen, dass Reid nicht mit mir darüber reden wollte, weil ich von der Geschichte eigentlich nicht viel mitbekommen hatte.

»Sollen wir uns ein Taxi teilen?«, fragte er, als wir langsam das Kino verließen.

»Ich fahre erst nach Hause, um mich umzuziehen.«

»Okay. Treffen wir uns in zwei Stunden?«

»Gerne.« Ich bemühte mich um eine neutrale Miene, statt mir anmerken zu lassen, wie sehr seine Nähe mich beeinflusste. Zu Hause hatte ich ja dann noch Zeit, um mich zu beruhigen.

Wir warteten gemeinsam, während ein Angestellter ein Taxi nach dem anderen heranwinkte.

»Bring heute Abend einen Bikini mit«, flüsterte Reid.

Ich schüttelte den Kopf.

»Ich dachte, du wolltest im Infinitypool schwimmen?«

»Sicher, aber …« Was sollte ich sagen? Dass ich diesen Wunsch geäußert hatte, bevor mir klar geworden war, dass ich nicht mehr Zeit mit ihm verbringen sollte als unbedingt nötig? Besonders nach allem, was ich heute Nachmittag über ihn erfahren hatte. Allein dadurch, dass er neben mir gesessen hatte, hatte er meine Sinne fast überwältigt.

»Du willst es immer noch.« Ich fühlte seinen heißen Atem an meinem Ohr. »Weißt du was? Du musst keinen Bikini mitbringen. Ich werde einen für dich bereithalten.«

»Was? Wie?«

»Im Erdgeschoss des Hotels gibt es diverse Läden. Ich werde viel Spaß dabei haben, etwas für dich auszusuchen.«

Ich legte den Kopf schief und rammte damit fast sein Kinn. »Du bist genauso geschickt darin, Schlupflöcher zu finden, wie ich.«

»Dem kann ich schwerlich widersprechen.«

»Du musst mir nichts kaufen.«

»Was ist? Fürchtest du dich davor, was ich auswählen könnte?« Seine Stimme war jetzt tiefer, sexyer. Beinahe hätte ich mir selbst Luft zugefächelt.

Ich schüttelte den Kopf und machte einen Schritt in Richtung des Taxis, das vor uns gehalten hatte.

»Wir sehen uns in zwei Stunden, Reid.«

Ich hatte den Nachmittag unbeschadet überstanden, doch ich war mir nicht sicher, ob ich nach dem heutigen Abend noch dasselbe behaupten könnte.

Mir blieb zu Hause nicht viel Zeit zu zaudern, weil der Verkehr meinen gesamten Zeitpuffer aufgefressen hatte. Aber wahrscheinlich war es besser so, weil ich sonst eine Ausrede gefunden hätte, Reid heute Abend sitzen zu lassen. Ich hätte mir irgendeine Entschuldigung ausgedacht, das Treffen auf einen Wochentag verschoben und mich vorzugsweise an einem öffentlichen Ort mit ihm verabredet.

Allerdings verbrachte ich trotzdem ein bisschen zu viel Zeit vor dem Spiegel, um sicherzustellen, dass das Bikinihöschen die Cellulite auf meinen Pobacken bedeckte. Ich war zwar noch nicht dreißig, aber ich wurde diese Dellen nicht los, egal, wie oft ich auch laufen ging. Ja, gut versteckt vor neugierigen Blicken. Ich hatte Schmetterlinge im Bauch. Meine Handflächen waren feucht. Und ich fühlte mich so voller Energie, dass ich meinte, jeden Moment platzen zu müssen.

Wird schon schiefgehen.

Die Tür zum Penthouse stand offen, also trat ich einfach ein. Der Raum war nur schwach beleuchtet. Ich setzte mich auf einen Barhocker, weil ich davon ausging, dass Reid sich mir gleich anschließen würde. Die Rezeptionistin hatte oben angerufen, als ich in den Aufzug gestiegen war.

»Hailey.«

Reid klang überrascht. Ich drehte mich um… nur um mich fast an meiner eigenen Zunge zu verschlucken. Er trug nur ein Handtuch um die Hüften. Wie konnten seine Muskeln so definiert und wohlgeformt und er trotzdem so schlank sein? Ich wusste gar nicht, wo ich zuerst hinschauen sollte. Sollte ich diese Arme bewundern oder lieber die Wassertropfen anstarren, die über seine Brust rannen? Die dünne Spur aus Haaren, die von seinem Bauchnabel aus unter dem Handtuch verschwand, sorgte dafür, dass ich die Beine zusammenpresste. Mir wurde erst bewusst, wie offensichtlich ich ihn angaffte, als er ein rumpelndes Lachen ausstieß.

»Soll ich das Handtuch einfach fallen lassen, damit du wirklich alles sehen kannst?«

»Tut mir leid… ich… was? Nein. Habe ich dich überrascht? Die Rezeptionistin hat angerufen.« Ich bemühte mich, meine Stimme ruhig zu halten und ihm nur in die Augen zu sehen.

»Ich stand unter der Dusche, daher habe ich das Klingeln nicht gehört. Willst du, dass wir gleich loslegen?«

Ich zog die Augenbrauen hoch. »Wie wäre es, wenn du dir erst etwas anziehst?«

»Wenn du darauf bestehst.«

»Das tue ich.«

»Bist du dir sicher? Es wirkte, als würdest du den Ausblick genießen.«

Ich deutete in die Richtung, in der ich sein Schlafzimmer vermutete. »Rein in die Klamotten. Jetzt.«

»Bin in ein paar Minuten wieder da.«

Ich zog Block und Stift aus meiner Tasche, zusammen mit der Liste der Fragen. Als Reid zurückkehrte, war die Stimmung zwischen uns nicht länger locker und spielerisch. Er warf einen Blick auf meine Fragenliste, und ich konnte quasi spüren, wie er sich innerlich wappnete. Doch das war in Ordnung. Ich war genauso gut darin, ihm unter die Haut zu gehen, wie das umgekehrt der Fall war.

»Soll ich dir einen Drink mixen?«

Er glitt hinter die Bar. Ich vermutete, dass er etwas zu tun haben wollte, während ich die Fragen abfeuerte, also nickte ich.

»Was möchtest du?«

»Überrasch mich. Ich werde gleich anfangen, okay?«

Er nickte, angespannt und misstrauisch.

Als ich den Block vor mir aufschlug, sagte er: »Du kannst das Gespräch aufnehmen, wenn du willst.« Ich blinzelte überrascht, bevor Wärme mich erfüllte. Wir hatten in den Wochen unserer Bekanntschaft wirklich Fortschritte gemacht. Dann öffnete ich die Sprachmemo-App meines Handys und startete eine Aufnahme. Aber da ich ja jetzt nichts aufschreiben musste, hatte ich nichts anderes zu tun, als ihn anzusehen, während ich ihn mit meinen Fragen löcherte.

Reids Körpersprache verriet ihn sofort, wann immer er sich unwohl fühlte: Entweder er zerstieß unnötig heftig Eis im Glas, oder er umklammerte sein eigenes Glas so fest, dass ich fast fürchtete, es könne zerbrechen. Ich verabscheute diese Marion, das wurde mir schnell klar. Ich war der Frau nie begegnet, aber ich hasste sie jetzt schon wegen all dem Leid, das sie Reid zugefügt hatte.

Wieso, fragte ich mich, waren manche Leute immer auf der Suche nach mehr? Und wieso waren sie nicht mutig genug, sich erst zu trennen? Nicht ehrlich genug? Das machte mich besonders wütend.

Sobald Reid unsere Drinks zubereitet hatte, tigerte er im Wohnzimmer auf und ab. Ich stellte meine Fragen so schnell wie möglich. Vielleicht konnte ich nichts dagegen tun, dass ihm das Interview unangenehm war, doch ich konnte es möglichst schnell hinter uns bringen.

»Okay, wir sind fertig«, meinte ich schließlich und stoppte die Aufnahme.

Reid ließ den Kopf in den Nacken sinken und atmete tief durch. Ich beobachtete, wie seine Brust sich hob und senkte, dann glitt mein Blick über die Konturen seines Waschbrettbauchs, der sogar unter seinem Anzughemd zu erkennen war

Als Reid die Augen wieder öffnete, sah er sofort mich an. In einem Moment veränderte sich die gesamte Atmosphäre. Er kam mit großen Schritten auf mich zu, und mir stockte der Atem. Dann stellte er sein leeres Glas auf den Tresen, wobei seine Hand wie zufällig über meinen Arm glitt.

»Es wird Zeit, Dampf abzulassen, würde ich sagen«, murmelte er.

Er musterte mich, und meine Wangen brannten unter seinem intensiven Blick. Ich war noch nie zuvor jemandem begegnet, der einen solchen Effekt auf mich hatte.

»Oh? Ich dachte, wir wollten schwimmen gehen?«

»Genau davon habe ich gesprochen … aber wenn du eine andere Idee hast, was wir machen könnten – ich bin offen für alles.«

Ich errötete.

»Hast du einen Bikini dabei?«

»Ja. Du hast keinen für mich gekauft, oder?«

»Was glaubst du, wieso ich zu spät dran war?«

Ich schluckte. Jetzt war ich aber wirklich neugierig. Ich wollte wissen, was er für mich ausgesucht hatte … doch ich blieb hart.

»Nun, das hättest du nicht tun sollen. Ich werde meinen eigenen anziehen.«

Ich glitt im selben Moment vom Stuhl, in dem er vortrat, eine Hand an meine Hüfte legte und den Mund neben mein Ohr schob.

»Es wird noch jede Menge Gelegenheiten geben, um zu tragen, was ich für dich gekauft habe, Hailey. Dafür werde ich sorgen.«

Meine Knie waren weich, als ich von ihm zurücktrat und nach meiner Handtasche griff.

Ich atmete zitternd durch, dann fragte ich: »Wo kann ich mich umziehen?«

»Am Ende des Flurs ist ein Bad. Oder du benutzt mein Schlafzimmer, wenn dir das lieber ist.«

»Ein Bad reicht, danke.«

»Auf dem Waschbecken liegt ein Bademantel für dich.«

Ich eilte Richtung Bad, meine Handtasche an die Brust gedrückt wie einen Rettungsanker. Sobald ich den Raum betreten hatte, verriegelte ich die Tür und lehnte mich dagegen, um tief durchzuatmen. Wieso hatte ich den Bikini nicht einfach angelassen, nachdem ich ihn zu Hause anprobiert hatte? Das hätte mir den Ärger mit dem Umziehen erspart.

Ich hätte auch einfach gehen können. Ich konnte einfach wieder aus dem Bad treten und Reid mitteilen, dass ich meine Meinung geändert hatte. Und das sollte ich tun. Reid Davenport war mir zu grüblerisch, zu verschlossen… zu *alles*. Doch unter der harten Schale verbarg sich ein Mann, den ich unbedingt besser kennenlernen wollte. Und genau deswegen hätte ich gehen sollen. Ihm näherzukommen war keine gute Idee, egal, wie sehr ich mir das auch wünschte.

Trotzdem zog ich meinen Bikini und den Bademantel an, den Reid für mich bereitgelegt hatte. Wenn es um Reid Davenport ging, war ich unfähig, meine eigenen Ratschläge zu befolgen.

Außerdem machte ich mir unnötig Sorgen. Wir würden einfach nur zusammen mit anderen Hotelgästen im Infinitypool schwimmen gehen. Ich wollte unbedingt den Ausblick bewundern. Und außerdem war es erst sieben Uhr abends. Der Schwimmbereich wurde erst in drei Stunden geschlossen. Wir hatten noch jede Menge Zeit. Wahrscheinlich würde ich nicht mal merken, dass Reid auch da war.

Als ich in den Barbereich zurückkehrte, sah ich, dass Reid ebenfalls einen Bademantel trug. Glücklicherweise war er zugebunden, weil ich auf keinen Fall noch mal seinen Waschbrettbauch sehen wollte, während wir noch allein waren. Sein Blick glitt so schamlos über meinen Körper, dass ich mich quasi nackt fühlte.

»Bereit?«, fragte er. Ich nickte. Wie konnte ich jetzt schon so nervös sein?

Der Aufzug fuhr auch direkt in den Schwimmbadbereich, was mich nicht überraschte. Doch dass die Anlage vollkommen leer war, ließ mich stutzen.

»Wo sind denn die anderen?«

Reid lächelte träge. »Ich habe die Angestellten gebeten, heute früher zu schließen.«

Ich schluckte schwer. Ich brachte nicht den Mut auf, ihm in die Augen zu sehen, doch ich konnte seinen Blick auf meinem Körper spüren. Als er näher kam, schaltete mein Körper sofort in höchste Alarmbereitschaft.

»Ich dachte, so könntest du den Ausblick besser genießen.«

Den Ausblick. Ich würde mich auf die Aussicht konzentrieren. Ich sah durch das riesige Panoramafenster auf die Silhouette der Stadt. Der Himmel zeigte diese Mischung aus Orange und Violett, die es nur kurz vor Sonnenuntergang gab. Das war meine liebste Tageszeit.

»Das hättest du nicht tun müssen. Ich bezweifle, dass selbst eine Million anderer Leute hier mich davon hätten abhalten können, das alles zu genießen.«

Ich fühlte, wie Reid direkt hinter mich trat, dann spürte ich seinen heißen Atem an meiner Ohrmuschel, als er sprach.

»Ich hatte dir gesagt, dass ich dich ganz für mich haben will.«

»Reid …«

O Gott. Ein Schauder überlief meinen Körper, aber trotzdem öffnete ich den Gürtel meines Bademantels. Reid half mir, ihn auszuziehen. Seine Finger berührten meine Schultern, und ich fühlte den Kontakt bis in meinen Unterleib. O Mann. Ich hatte recht gehabt. Den heutigen Abend würde ich nicht unbeschadet überstehen. Ich wäre nicht mehr dieselbe, wenn ich das Hotel verließ.

Ich stellte meine Tasche auf eine der vielen Liegen, bevor ich in den Pool stieg. Das Wasser war angenehm kühl. Sobald ich hörte, wie Reid hinter mir ins Wasser trat, begann ich zu schwimmen. Tja, vielleicht war das ja genau das, was ich brauchte. Vielleicht würden ein paar schnelle Bahnen meine Anspannung lösen und meine Gedanken klären.

Zehn Minuten später musste ich diese Idee verwerfen.

Für gewöhnlich kapitulierte ich nicht gerne, aber ich wusste, wann ich meine Niederlage eingestehen musste. Ich spürte Reids Gegenwart, als wäre er die ganze Zeit direkt neben mir geschwommen. Ein paarmal hatte ich zu ihm geschaut, und er hatte mich nie aus den Augen gelassen. Jetzt schwamm ich auf ihn zu und schloss mich ihm in der kleinen Nische vor dem Fenster an, wo einem Wasserdüsen den Rücken massierten.

»Lange genug weggelaufen?«, fragte er amüsiert.

»Ich bin nicht weggelaufen«, murmelte ich.

»Ach nein?«

Ich drückte den Knopf für die Düsen, setzte mich auf die

Bank und gab mein Bestes, nach draußen zu schauen, statt den lächerlich attraktiven Mann neben mir anzustarren. Ich versagte diverse Male, doch gerade als ich überzeugt war, dass die Anspannung zwischen uns ihren Höhepunkt erreicht hatte, klapperten Schritte über den Fliesenboden.

»Ich habe mir erlaubt, uns Snacks und etwas zu trinken zu bestellen«, erklärte Reid.

Die »Snacks« entpuppten sich als ein Fünf-Gänge-Menü. Die Angestellten servierten es an der Poolbar, an der wir im Wasser saßen. Die Tischplatte reichte knapp über die Wasseroberfläche.

»Das ist köstlich. Ich wusste nicht, dass dein Hotel solches Gourmetessen serviert.«

»Freut mich, dass es dir schmeckt. Bist du inzwischen froh, dass du geblieben bist?«

»Aber ja. Das ist die perfekte Art, einen Samstagabend zu verbringen.«

O mein Gott. Das hier war ein Date. Irgendwie hatte ich mich von Reid Davenport zu einem Date einfangen lassen. Sein träges Lächeln verriet mir, dass er es genoss, zu beobachten, wie sich diese Erkenntnis in mir ausbreitete.

»Ich kann das nicht glauben.«

»Warum? Ich bin gerne in deiner Nähe.«

»Du hast einen seltsamen Geschmack, Reid. Ich bin mir sicher, du könntest deine Zeit mit jemandem verbringen, der dir nicht ständig Kontra gibt.«

»Aber ich will meine Zeit mit dir verbringen. Ich mag, dass du dir nichts gefallen lässt … dass du nicht davor zurückschreckst, Klartext mit mir zu reden.«

Ich schluckte schwer und drehte mein Glas in der Hand,

weil mir plötzlich bewusst wurde, dass wir wieder allein waren. Dieses Kribbeln zwischen uns war fast unerträglich. Ich glitt von meinem Hocker, weil ich vorhatte, nach dem beendeten Essen noch eine Runde zu schwimmen. Reid folgte mir sofort.

Ich erstarrte, als er eine Hand an meine Taille legte und dann vor mich trat. Als er seinen Daumen sanft über meine Wange gleiten ließ, zog ich mich weder zurück noch protestierte ich. Tatsächlich konnte ich nichts anderes tun, als seine Lippen anzuschauen. Diese vollen, schönen Lippen.

Er senkte seinen Mund auf meinen. Zuerst war es nur eine sanfte Berührung, dann leckte Reid kurz über meine Unterlippe, bevor er mich leidenschaftlich küsste. Mit der einen Hand fasste er in mein Haar und neigte meinen Kopf, während er mit den anderen über meinen Rücken glitt, meinen Po knetete und mich gegen ihn drückte. Jede Zelle in meinem Körper erwachte zum Leben, als müsste ich jeden Moment explodieren. Ich war so unendlich erregt … aber dasselbe galt auch für Reid. Zu spüren, wie er innerhalb einer Minute ganz hart wurde, sorgte fast dafür, dass ich den Verstand verlor. Reid hatte sich selbst sonst immer unter Kontrolle, doch wenn er mit mir zusammen war, schien ihn diese Selbstbeherrschung im Stich zu lassen.

Sein Kuss war so zärtlich, dass ich nichts gegen die Gefühle tun konnte, die in mir aufstiegen. Ich wusste nicht warum, aber Reid weckte Empfindungen in mir wie kein anderer Mann vor ihm.

Inzwischen glitten seine beiden Hände über meinen Körper. Berührten mich, erkundeten mich. Als er den Saum meines Bikinihöschens erreichte, vergrub er die Finger in meiner Haut, als könne er sich nur so davon abhalten, mir das Kleidungsstück vom Körper zu reißen.

Das holte mich zurück in die Realität. Wir standen im Pool. Jederzeit konnten Angestellte hereinkommen. Ich löste meine Lippen von seinen, trat aber nicht aus seiner Umarmung. Ich stand einfach nur da, eng an ihn geschmiegt, und schnappte nach Luft. Er hielt mich an sich gedrückt, seine Wange an meiner Schläfe.

»Verdammt, Hailey.«

Ich wusste genau, was er mit diesem »verdammt« meinte: Er konnte genauso wenig glauben wie ich, wie intensiv unser Kuss gewesen war. Ich zitterte am ganzen Körper. Von einem einzigen Kuss!

Jetzt war es offiziell: Ich hatte Reid Davenport vollkommen falsch eingeschätzt. Ich hatte gedacht, er wäre grüblerisch und vielleicht ein Arschloch. Doch er hatte mir das Gegenteil bewiesen. Er hatte mich unter dem Vorwand der Arbeit hierher eingeladen, um stattdessen eine aufwendige Verabredung zu planen. Es war, als hätte er eine verborgene Seite, die er mir langsam offenbarte. Es war mir gelungen, sein Vertrauen zu gewinnen.

Ich sah auf in diese blaugrauen Augen, die strahlend leuchteten – und ich erkannte nicht nur Lust darin. Diese Erkenntnis überwältigte mich fast. Ich konnte nicht sagen, woher ich es wusste, aber die Wärme und das Glück in seinem Blick lösten einen Sturm der Gefühle in mir aus. Er sah mich an, als wäre ich der Grund für all seine Empfindungen, als wäre ich … etwas Besonderes.

Vielleicht bildete ich mir das ja auch nur ein. Genau, das musste es sein.

»Sag mir, dass du es nicht willst«, flüsterte er.

»Reid …«

Wieder grub er besitzergreifend die Finger in meine Hüfte. »Sag mir, dass du es nicht auch spürst.«

»Natürlich fühle ich es.«

Sein Lächeln veränderte sich.

Ich stach mit einem Finger anklagend in seine Richtung. »Was hat es mit diesem Lächeln auf sich?«

»Wieso?«

»Es wirkt triumphierend. Fast selbstgefällig.«

»Also, Ms Connor, natürlich bin ich selbstgefällig. Diese Frau, die ich sehr mag, hat gerade zugegeben, dass dieses Gefühl auf Gegenseitigkeit beruht.«

»Sehr, hm?« Ich wandte den Kopf ab, weil ich nun selbst ein triumphierendes Lächeln unterdrücken musste. Ich verstand die Gefühle, die dieser Mann in mir auslöste, nicht einmal ansatzweise.

»Sehr«, wiederholte er, bevor er seine Lippen sanft über meine Wange gleiten ließ. Oh, Reid Davenport würde mir noch Ärger bereiten. So viel Ärger.

Ich zuckte zusammen, als aus einem Flur in der Nähe ein Klappern erklang.

»Was war das?«, fragte ich.

»Das dürfte Mr Lawrence sein. Er säubert den Pool.«

»Er hat nicht mitbekommen, dass der Boss den Pool für sein eigenes schamloses Vergnügen geschlossen hat?«

»Wahrscheinlich weiß er das durchaus. Aber er ignoriert den Boss gerne mal.«

»Oh, und das macht dir nichts aus?«

Er zuckte mit den Achseln. »Mr Lawrence arbeitet für

uns, seitdem meine Großeltern das erste Hotel eröffnet haben. Er ist gut in seinem Job und mag seine Routine.«

Wir stiegen genau in dem Moment aus dem Becken, als Mr Lawrence den Raum betrat. Er sah aus, als wäre er ungefähr achtzig Jahre alt. Scheinbar war er auch halb taub, weil er Reid lautstark dafür schalt, die Gäste vertrieben zu haben. Er erklärte, dass sein Dad so etwas nie getan hätte und dass es schlecht fürs Geschäft wäre.

»Ich werde das von nun an in Betracht ziehen, Mr Lawrence.«

»Wieso ist er nicht in Rente?«, fragte ich, als wir mit dem Aufzug ins Penthouse fuhren.

»Er hatte sich vor zwölf Jahren zur Ruhe gesetzt. Aber dann ist seine Frau gestorben, und er hat gefragt, ob er seinen alten Job zurückhaben kann. Die Kinder leben in einer anderen Stadt, und er wollte nicht den ganzen Tag allein sein.«

O wow. Reid Davenport sorgte auf mehr als eine Art dafür, dass mir ganz warm ums Herz wurde, und ich hatte keine Ahnung, wie ich damit umgehen sollte.

Ich duschte eilig, dann zog ich mich wieder an. Nervös ging ich zurück ins Wohnzimmer. Reid saß auf einem Barhocker, auch er vollständig angezogen. Ich hatte keine Ahnung, wieso mich das überraschte.

»Ich werde dich nach Hause fahren.« Er glitt vom Hocker und kam auf mich zu, wobei er sein Handy in die Hosentasche schob.

»Ich kann mir ein Uber rufen.«

»Was wäre ich für ein Mann, wenn ich dich nach einem Date nicht nach Hause fahre?«

»Hmmm… Die Art von Mann, die eine ahnungslose Frau hinterrücks mit einem Fünf-Gänge-Menü überfällt, um einen Geschäftstermin rückwirkend in ein Date zu verwandeln?«

Er strich mir eine Strähne aus dem Gesicht, dann ließ er seine Fingerspitzen auf meiner Wange verweilen. Der Kontakt jagte ein Kribbeln über meinen Körper. »Also habe ich dich hinterrücks überfallen, hm?«

»Na ja, das klingt vielleicht ein wenig hart«, gab ich mit zitternder Stimme zu. Wie konnte seine Berührung mich so beeinflussen? »Du hast mich überrascht.«

Und jetzt überraschte er mich noch mehr, indem er nicht einmal versuchte, mich ins Bett zu kriegen.

Er lachte leise. »Möchtest du denn, dass ich etwas in dieser Richtung unternehme?«

Mist. Mist. Mist. Hatte ich diesen Gedanken laut ausgesprochen?

»Bitte, ignorier das einfach. Ich wollte das nicht laut sagen.«

»Du faszinierst mich, Hailey Connor. Und das war erst unsere erste Verabredung. Eine Verabredung, mit der ich dich überfallen habe. Wir müssen noch auf ein paar weitere Dates gehen, bevor ich dich berühre. Bevor ich dich koste.«

Sein Tonfall verriet deutlich, dass er nicht davon sprach, meinen Mund zu kosten. Mein Atem beschleunigte sich, und ich presste instinktiv die Schenkel zusammen. Reid bemerkte es, und sofort sank sein Blick auf meine Lippen. Mir wurde klar, dass er die Hände um meine Hüften geschlossen hatte und seine Finger sich so besitzergreifend in meine Haut gruben, dass er bestimmt kurz davorstand, mich auf die Bar zu heben und mich zu verführen. O Gott. Wenn er das wirklich tat, würde ich ihm nicht widerstehen können. Ich besaß nur ein gewisses Maß an Willenskraft, und das war für den heutigen Tag definitiv aufgebraucht.

»Lass uns gehen, meine Schöne«, murmelte Reid stattdessen und schenkte mir ein weiteres Lächeln. Er lächelte heute Abend ständig … und mir gefiel das.

Mein Hirn war vor Lust wie vernebelt, aber trotzdem würde ich mir morgen Vorwürfe machen, wenn ich heute Abend mehr zuließ. Ich war mir ziemlich sicher, dass Reid das gespürt hatte und mich deswegen vom Haken ließ. Hatte ich schon erwähnt, wie wunderbar ich das fand?

Auf der Heimfahrt herrschte Schweigen, was mich nervös machte. Schon immer hatte ich das Bedürfnis verspürt, Stille mit Geplapper zu füllen, doch ich wusste nicht, was ich sagen sollte. Ich konnte mich nicht ausreichend konzentrieren, um über den Artikel zu reden, und ein anderes Thema wollte ich auch nicht ansprechen. Außerdem spürte ich, dass Reid sich in der Stille wohlfühlte. Schließlich lebte er allein in einem vierhundert Quadratmeter großen Penthouse, weil er seinen Freiraum und die Stille schätzte. Ich würde wahnsinnig werden. Ich fand es wunderbar, dass mein Häuschen keine Zäune im Garten hatte und ich den Nachbarskindern beim Spielen zuhören konnte. Ich fand es wunderbar, dass die anderen Nachbarn bis spätabends Musik laufen ließen. Manchmal setzte ich mich auf meine Veranda, in den Sessel, den ich dort aufgestellt hatte, und beobachtete einfach das bunte Treiben um mich herum.

Als wir ankamen, begleitete Reid mich nur zur Haustür und sah sich dabei mit verwirrter Miene um.

»Dürfen die Kinder allein hier draußen sein?«

Ich lachte. »Aber ja. Das ist ihr Vorgarten. Manchmal spielen sie sogar bei mir. Und bevor du fragst, die Musik stört mich auch nicht.«

»Ich glaube, ich würde die ganze Zeit mit Noise-Cancelling-Kopfhörern herumlaufen. Deine Nachbarn sind unglaublich laut.«

Er lächelte breit, und ich grinste als Antwort. O Reid. Was dachte ich mir nur dabei, mich bereits auf das nächste Date zu freuen? Er konnte sich nicht in mein verrücktes Leben einfügen, und ich passte nicht in sein Leben. Wir waren einfach wahnsinnig verschieden.

»Hey! Hack nicht auf meinen Nachbarn herum. Ich mag sie. Sie sind lustig. Wir treffen uns oft zum Grillen in irgendeinem Garten oder unterhalten uns einfach bei einem Glas Wein.«

Reid stieß einen Pfiff aus. »Wow. Und ich hatte gerade angefangen zu glauben, du wärst ganz okay.«

»Okay? Autsch.« Ich lachte wieder, noch nicht bereit, ihn gehen zu lassen. Er war, na ja, bezaubernd.

Hmmm … ein paar Sekunden später fiel mir eine passendere Beschreibung ein. Seine Augen begannen zu funkeln. Er sah mich an, als wolle er mich leidenschaftlich küssen. Ich konnte dieser Vorstellung durchaus etwas abgewinnen, aber das würde er sicherlich nicht tun, hier, vor allen Nachbarn …

Er tat es.

Hmmm … vielleicht hatte wir doch ein oder zwei Dinge

gemeinsam. Sein Mund senkte sich auf meinen, und seine Hände schlossen sich um meine Taille. Oh, die Küsse dieses Mannes waren einfach wunderbar. Seine Lippen waren heiß und voller Verlangen. Wir bewegten uns, bis ich die Tür in meinem Rücken spüren konnte – und seine Hüften, die sich gegen mich pressten. Er umfasste mein Gesicht. Seine Daumen gruben sich sanft in meine Haut, um mich zu drängen, mich weiter zu öffnen, ihm mehr zu schenken. Dann vergrub ich die Finger in seinem Haar, an seinem Hinterkopf, um daran zu ziehen. Anscheinend war ich auch ziemlich fordernd. Ich konnte einfach nicht genug von ihm bekommen. Gott, wie sehnte ich mich danach, die Hände über seinen ganzen Körper gleiten zu lassen. Er hatte viel zu viel Kleidung an.

»Wow«, flüsterte ich. »Du hast den Gute-Nacht-Kuss zu einer Kunstform erhoben.«

»Willst du mich nicht noch auf einen Schlummertrunk hereinbitten?«

»Nachdem du meine Nachbarn und meine offene Art kritisiert hast? Du, Mister, hast sicher keinen Schlummertrunk verdient.«

Wenn ich ihn ins Haus einlud, würde ich Reid behalten wollen … und das ging einfach nicht. Er lachte, ohne die Hände von meinem Oberkörper zu heben. Ich spürte jeden einzelnen Finger auf meinen Rippenbogen, als wäre ich nackt.

»Das nächste Mal werde ich mich besser benehmen.«

Das nächste Mal. Mir stockte der Atem, als er mich voller Verlangen ansah. Ich stand wirklich kurz davor, ihn doch noch hereinzubitten, aber stattdessen entwand ich mich seinem Halt. Ungeschickt grub ich meine Schlüssel aus der Handtasche, während Reid von meiner Veranda stieg und mir einen letzten, sündhaften Blick zuwarf. Ich wusste genau, was er mir damit sagen wollte.

Das nächste Date würde eher früher als später stattfinden.

10

Hailey

Obwohl ich spät ins Bett gekommen war, wachte ich wie gewöhnlich früh auf, ein paar Minuten bevor mein Wecker um sechs Uhr klingelte. Ein kurzer Lauf würde mir guttun. Die Anstrengung, mich für einen weiteren Kilometer zu motivieren, um dann noch einen Block und schließlich nur noch einen Schritt weiterzulaufen, erschöpfte mich immer auf eine so angenehme Art, dass ich im Anschluss – wenn ich endlich tief durchatmen konnte – oft spontan die Lösung eines Problems erkannte, über das ich manchmal schon Tage, wenn nicht bereits wochenlang nachgedacht hatte.

Heute war mir das Glück eines solchen Geistesblitzes nicht vergönnt, obwohl ich keuchend wieder zu Hause ankam. Ich blieb ein paar Minuten stehen, um die Wärme der Sonne in mich aufzunehmen und mein Haus zu bewundern.

Die Fassade war mit roten Ziegeln verkleidet und das Innere eine Explosion aus Farben – nicht unbedingt absichtlich. Auch wenn die schwarzen Möbel wunderbar zu dem orangefarbenen Teppich passten, waren die verschiedenen Wandfarben … eine Geschichte für einen anderen Tag.

Als ich in die Dusche trat, verschwitzt und mit zitternden Beinen, dachte ich nach wie vor über Reid nach und war so hin- und hergerissen wie immer. Eines jedoch wusste ich sicher: Die Anziehung, die ich empfand, ließ nicht nach. Wenn überhaupt, wurde sie jedes Mal stärker, wenn ich mich in Reids Nähe aufhielt. Ich seufzte, wusch mir gründlich die Haare und ließ mich nicht von der Tatsache beeinflussen, dass ich allein bei dem Gedanken an ihn breit grinste.

Auf dem Weg zur Arbeit kaufte ich mir meine Lieblingspfannkuchen, um mich selbst für den anstrengenden Frühsport zu belohnen. Die meisten meiner Kollegen waren entsetzt von meiner Ernährung, doch ich liebte meine Kohlehydrate, mein Gluten und auch quasi alles andere, was in Los Angeles als Todsünde betrachtet wurde.

Ich war nie von Natur aus dünn gewesen, nicht mal als Kind. Ich mochte nicht besonders groß sein, aber mein Hintern und meine Schenkel waren immer eher rundlich gewesen.

Das Laufen half mir dabei, meine Muskeln in Schuss zu halten, und darum ging es mir.

»Guten Morgen, alle zusammen«, grüßte ich in die Runde, um im Anschluss meine Pfannkuchen mit denjenigen zu teilen, die einer ähnlichen Lebensphilosophie anhingen wie ich, während die anderen uns böse anstarrten. Danach tippte ich als Erstes Reids Interview ab. Es zu bearbeiten kostete mich den Rest des Vormittags. Erst dann kontrollierte ich meine E-Mails.

Die erste Mail, die ich öffnete, kam von *L. A. Lifestyle*. Sie informierten mich darüber, dass sie Reids Artikel in der nächsten Ausgabe veröffentlichen wollten, wenn ich alles rechtzeitig abgab. Der Abgabetermin war morgen. Mein Blut begann zu kochen, als ich das Ende der Mail erreichte. In der allerletzten Zeile verkündeten sie außerdem, dass sie »sich das Recht auf Bearbeitungen vorbehielten«.

Ach wirklich? Nein, das würden sie nicht tun. Nicht für einen meiner Klienten. Ich wusste genau, was diese Zeile bedeutete. Letztendlich war das ihre Art, Verleumdungsklagen zu vermeiden, falls sie jemanden verunglimpften.

»Bearbeiten« bedeutete in der Regel, dass sie ein paar wichtige Sätze so veränderten, dass sie plötzlich brisant wirkten und Interpretationsspielräume eröffneten.

Verdammt, nein.

Ich zog mich in einen der kleineren Sitzungssäle zurück, wie ich es immer tat, wenn ich wusste, dass ich ein hitziges Telefonat führen musste.

»Hailey«, sagte mein Kontakt beim Abheben. Victor war ein Reporter Mitte vierzig. »Was kann ich für dich tun?«

»Ich habe gerade deine Mail erhalten. Was hat es mit diesem letzten Satz auf sich?«

»Das ist die übliche Vorgehensweise, und das weißt du auch.«

»Es ist die übliche Vorgehensweise für den Außendienst, wo man Schlussfolgerungen aufgrund von Schnappschüssen und Gerüchten zieht, nicht bei einem Einzelinterview.«

»Wir werden nichts ändern. Das ist ein Standardsatz.«

Er ging doch nicht wirklich davon aus, dass ich mich damit zufriedengeben würde, oder? Ich mochte nicht so lange im Geschäft sein wie er, aber ich hatte genug Lebens- und Arbeitserfahrung, um zu wissen, dass Versprechen nur zählten, wenn sie schwarz auf weiß gegeben wurden.

»Ich werde dich bitten müssen, diese E-Mail ein weiteres Mal zu schicken und darin deutlich zum Ausdruck zu bringen, dass kein einziges Wort geändert oder umformuliert wird.«

»Ich habe für so was keine Zeit«, blaffte er.

»Dann werde ich die Story jemand anderem geben müssen.«

»Was? Du hast sie mir versprochen!«

»Und im Gegenzug hast du mir versprochen, dass du das Interview so abdruckst, wie ich es dir schicke. Und jetzt brichst du dein Wort.«

»Du bist schrecklich.«

Ich schluckte, ließ mich aber von der Beleidigung nicht treffen. Oder zumindest redete ich mir das ein. Ich hatte schon Schlimmeres von Leuten gehört, mit denen ich zusammengearbeitet hatte. Mir hatten sogar ein paar Kerle nach Verabredungen ins Gesicht gesagt, dass sie mit meiner herrischen Persönlichkeit nicht klarkamen.

Ja, ich wollte, dass die Dinge auf eine gewisse Art erledigt wurden. Ja, ich stellte hohe Anforderungen. Und ja, für mich war es völlig inakzeptabel, wenn jemand aus egal welchen Gründen sein Versprechen nicht hielt.

»Du hast bis heute Nachmittag um fünf Uhr Zeit, mir die neu formulierte E-Mail zu senden, Victor, oder ich schicke dir das Interview nicht.«

»Dir ist schon klar, dass dieser Schwachkopf uns dringender braucht als wir ihn?«

Mir stellten sich die Nackenhaare auf. »Es gibt unzählige Pressekanäle in dieser Stadt, Victor. Wenn ihr das Interview nicht veröffentlicht, wird es jemand anders tun. Ihr mögt eine größere Leserschaft haben als andere, aber die Öffentlichkeit verzehrt sich bereits seit einer Weile nach Reids Seite der Geschichte. Das Interview wird sich schnell verbreiten, mit oder ohne eure Beteiligung.«

»Mit diesen Forderungen verlierst du wichtige Kontakte.«

»Diejenigen, die es wert sind, werde ich behalten.«

In Wahrheit brauchte ich den Kontakt zu *L. A. Lifestyle*. Doch eine Beziehung, in der er immer das Gefühl hatte, nicht am längeren Hebel zu sitzen und nicht das letzte Wort zu haben, würde meinem Klienten nicht helfen. Ich brauchte jemanden, der ehrlich war und auf den ich mich verlassen konnte, sonst war das einfach sinnlos.

Victor antwortete nicht. Ich konnte förmlich hören, wie er fieberhaft überlegte. Um noch einen draufzusetzen, wiederholte ich: »Gib mir bis fünf Uhr Bescheid«, bevor ich auflegte.

Genau, lass ihn schwitzen. Er hatte es verdient. Ich kannte Victor. Er hatte sicherlich seinen Chefs gegenüber bereits damit angegeben, dass er die Sache unter Dach und Fach hatte. Wenn er die Story jetzt verlor, würde das für ihn einen Gesichtsverlust bedeuten.

Dann verdrängte ich Victor aus meinen Gedanken und machte mich an die Arbeit. Zwei Stunden später bekam ich die E-Mail, in der die vereinbarten Bedingungen festgeschrieben waren. Ich grinste und drehte mich ein paarmal auf meinem Stuhl.

Anschließend schickte ich Reid eine Nachricht, um ihn wissen zu lassen, dass der Artikel in *L. A. Lifestyle* erscheinen würde und ich ihm alle weiteren Schritte so bald wie möglich darlegen wollte.

Gerade als ich angefangen hatte, meine Ziele für April niederzuschreiben, antwortete er.

> **Reid:** Klingt, als sollten wir uns treffen und die nächsten Schritte besprechen.

Ich lachte leise.

> **Hailey:** Wieso habe ich das nicht vorhergesehen? Ein Treffen ist unnötig. Ich werde dir meine Ideen per Mail schicken, und du kannst mir sagen, was du davon hältst, damit ich auf dieser Grundlage weitermachen kann.

> **Reid:** Mir wäre es lieber, wenn du mir deine Ideen persönlich darlegst.

Herrisch, hm? Nun, das konnte ich auch.

> **Hailey:** Das kostet zu viel Zeit, und du bist nicht mein einziger Klient.

> **Reid:** Das lässt sich ändern.

Ich verstand seine Antwort nicht.

Hailey: Was meinst du damit?

Reid: Ich kann deinem Boss erklären, dass du ausschließlich für mich arbeiten sollst.

Ich starrte mein Handydisplay an und versuchte zu ignorieren, dass sich auf meinen Armen Gänsehaut bildete und mir der Atem stockte. Wie konnte eine einfache Nachricht so einen Effekt auf mich ausüben? Wie konnte Reid jetzt schon so viel Macht über mich besitzen?

Hailey: Du kannst es gerne versuchen.

Er antwortete nicht, was ich als Eingeständnis seiner Niederlage deutete.

Bis zum Mittagessen arbeitete ich weiter, dann hatte ich eine Verabredung mit Val. Ich liebte es, mich in der Mittagspause mit meinen Geschwistern zu treffen. Die freitäglichen Abendessen waren immer wunderbar, aber es waren auch immer so viele Leute anwesend, dass mir kaum genug Zeit blieb, herauszufinden, ob jemand gerade Probleme hatte – ganz zu schweigen davon, bei deren eventueller Lösung zu helfen. Ich konnte es kaum erwarten, Val auf den Zahn zu fühlen und herauszufinden, wie es ihr wirklich ging.

»Ständig verführst du mich zum Essen«, beschwerte sich Val, als ich noch mehr Dim Sum bestellte. Wir waren bei meinem Lieblingschinesen.

»Du brauchst jede Menge Vitamine. Ich muss mich doch um dich und meine Nichte oder meinen Neffen kümmern.«

Ich warf ihr einen hoffnungsvollen Blick zu. »Weißt du schon, was es wird?«

Val rieb sich leise lachend den Bauch. Ihr dunkelbraunes Haar glänzte. Tatsächlich schien meine Schwester insgesamt von innen heraus zu leuchten.

»Nein, Dummerchen. Ich hatte noch keine weitere Ultraschalluntersuchung, und beim letzten Mal lag das Baby nicht so, dass man das Geschlecht hätte erkennen können – das habe ich dir doch gesagt.«

Ich kniff die Augen zusammen. »Aber du würdest es nicht vor mir geheim halten, oder?«

Val wandte den Blick ab. Ich wusste es. Ich *wusste* es.

»Val, sei nicht gemein. Ich habe gelernt, Geheimnisse zu wahren. Das weißt du.«

Okay, meine Erfolgsbilanz war in dieser Hinsicht nicht gerade berauschend, aber in letzter Zeit hatte ich mich wirklich gebessert.

»Kann ich dich zum nächsten Ultraschall begleiten?« Kaum hatte ich die Worte ausgesprochen, schüttelte ich auch schon den Kopf. »Nein, du gehst mit Carter. Da will ich mich nicht aufdrängen.«

»Du kannst uns gerne begleiten, wenn du möchtest. Ihm macht das nichts aus.«

Hmmm… Schwierige Entscheidung. Einerseits würde ich unglaublich gerne das Herzklopfen des kleinen Goldstücks hören. Andererseits war es Carters und Vals gemeinsamer Moment.

»April und Peyton kommen auch mit, also wird es sowieso eine ziemliche Party«, meinte Val.

Ich strahlte, glücklich über die Ausrede. So unglaublich

glücklich. »Ich bin dabei. Du weißt ja, was man über Partys sagt: Je mehr, desto besser.«

»Und jetzt… erzähl mir alles über diesen Klienten, der ständig deine Wochenenden monopolisiert.«

Ich starrte mein halb aufgegessenes Dim Sum an. Ohoh. Meine Geheimniswahrungsfähigkeiten würden gleich auf die Probe gestellt werden.

»Hm?«

»Ich kenne dich. Du arbeitest nicht mehr an den Wochenenden. Wenn du dich also am Samstag mit einem Klienten triffst, bedeutet das… dass er etwas ganz Besonderes ist. Was ein wenig seltsam wirkt, da du ihn nach eurer ersten Begegnung ja als riesengroßes Arschloch beschrieben hast.«

Das Gedächtnis meiner Schwester überraschte mich immer wieder. Niemand merkte sich mehr Einzelheiten als Val. Niemand. Ich hatte nur einen kurzen Kommentar in die Runde geworfen, doch das hatte meiner Schwester schon ausgereicht. Ich griff nach einer Teigtasche und schob sie mir in den Mund, um etwas Zeit zu gewinnen.

Val ließ das Kinn auf eine Hand sinken und musterte mich eingehend. »Weißt du, irgendwie war es mir lieber, als du noch kein Geheimnis für dich behalten konntest.«

Nun, als PR-Profi hatte ich diese Fähigkeit perfektionieren müssen. In Bezug auf den Beruf war mir das auch gelungen.

Mein Privatleben war allerdings eine ganz andere Geschichte. Da gab es bei mir keine halben Sachen. Entweder vertraute ich ihr gar nichts an, oder ich würde ihr alles bis ins letzte Detail erzählen.

Und wie für gewöhnlich knickte ich unter Vals prüfendem Blick ein. Aber vielleicht lag es auch daran, dass ich die Meinung meiner Schwester hören und ihren Rat einholen wollte.

»Könnte sein, dass er mehr ist als ein Klient.«

Sie riss die Augen auf. »Moment mal. Lass mich raten. Hmmm... befriedigtes Lächeln, leichte Röte in den Wangen. Du, meine liebe Schwester, bist geküsst worden. Von jemanden, der sehr gut darin ist.«

»So gut«, gab ich zu und erlaubte mir einen kurzen Moment der Tagträumerei.

»Oooh, warte. Jetzt will ich aber alles genau wissen. Anzügliche Momente?«

»Noch nicht.«

»Also rechnest du damit?«

»Wo denkst du hin? Eigentlich nicht.«

»Aber dein Unterbewusstsein hat andere Pläne. Schon kapiert. So was passiert. Sei nicht zu streng mit dir selbst.«

Schweigend musterte sie mich ein paar Sekunden lang, dann fingen wir beide an zu lachen.

Im Anschluss machte ich mich daran, Val jede Kleinigkeit mitzuteilen, die ich bis jetzt zurückgehalten hatte. Ich vergaß das Essen vollkommen, als ich sie auf den neuesten Stand brachte.

»Atme, Hailey«, meinte Val irgendwann mit einem Glucksen und unterbrach damit meinen Monolog. Ich folgte ihrem Rat, bevor ich meine Schwester anlächelte.

»Ich kann nicht glauben, dass ich die Zeichen nicht erkannt habe«, meinte sie.

»Ich habe dir doch gesagt, dass ich besser darin werde,

Geheimnisse zu wahren. Habe ich bereits erwähnt, dass Reid wirklich wahnsinnig attraktiv ist?«

»Mehrfach. So was ist immer ein Vorteil. Aber er ist auch ein kleiner Einsiedler, der lieber für sich bleibt, oder?«

»Ja, schon.«

»Klingt, als wäre er das genaue Gegenteil von dir.« Selbst Val war dieser Meinung. »Allerdings ziehen sich Gegensätze an.«

»Du hilfst mir kein bisschen«, beschwerte ich mich.

Val lachte. »Tut mir leid. Ich habe nur laut nachgedacht. Aber du hattest doch immer gute Instinkte, Hailey. Trau dir selbst. Und in der Zwischenzeit: Was hältst du davon, wenn wir uns ein Dessert bestellen?«

»Ich habe heute Morgen bereits Pfannkuchen gegessen.«

»Das hat dich bisher noch nie gestört. Komm schon. Käsekuchen. Wir teilen uns eine Portion. Die Stücke hier sind gar nicht so groß. Und der Zucker wird dir einen zusätzlichen Energieschub liefern.«

Ich verdrehte die Augen. »Das ist deine Ausrede? Ernsthaft?«

»Nun, wir brauchen eigentlich keine Ausrede, sondern müssen nur unser Gewissen beruhigen. Außerdem passt der Käsekuchen zu unserem neuen Feiersystem.«

Ich grinste. Laut einer langjährigen Connor-Tradition machten wir eine Flasche Chardonnay auf, wenn es gute Nachrichten gab, während wir bei schlechten Nachrichten Pinot Noir tranken. Jedes Mal, wenn Lori schwanger war, amüsierten wir uns damit, das System anzupassen und für jede Gelegenheit verschiedene Süßspeisen zu wählen. Für Vals Schwangerschaften hatten wir uns für Käsekuchen bei guten und Eiscreme bei schlechten Neuigkeiten entschieden.

»Und was feiern wir jetzt?«, fragte ich.

»Dass du anzügliche Momente erlebst.«

»Aber ich hatte keine.«

Sie zwinkerte mir zu. »Noch nicht.«

Natürlich endete es damit, dass wir uns jeder ein Stück Kuchen bestellten. Wenn wir schon schummelten, dann richtig. Während wir uns die süße Köstlichkeit schmecken ließen, lenkte ich das Gespräch wieder in Vals Richtung und erkundigte mich, ob bei Valentinas Duftateliers alles gut lief.

Dann sprachen wir wieder einmal über Jace' Hochzeit. Val informierte mich, dass all unsere Bennett-Cousins bereits zugesagt hatten. Das überraschte mich nicht. Die Bennetts verpassten nie eine Hochzeit. Und fairerweise musste ich sagen, dass wir auch keine von ihren Hochzeiten verpasst hatten – und das waren insgesamt neun Stück gewesen. Unglücklicherweise lebte dieser Teil der Großfamilie in San Francisco, was bedeutete, dass wir uns nur sahen, wenn einer von ihnen geschäftlich in L. A. zu tun hatte oder wir nach San Francisco fuhren. Eins führte zum anderen, und es endete damit, dass Val und ich begeistert vor der Seite des Bennett-Enterprises-Onlineshops saßen. Sie produzierten atemberaubend schönen Schmuck, und ich musste ständig gegen die Versuchung ankämpfen, einen Teil meines Gehalts in die jeweils neueste Kollektion zu stecken.

»Hey, eine Frau muss sich hin und wieder auch mal etwas gönnen«, sagte Val.

»Du übst heute definitiv einen schlechten Einfluss auf mich aus, Schwesterherz.«

Ich war ein wenig müde, als ich an meinen Schreibtisch zurückkehrte. Es würde eine Weile dauern, bis der Zucker seine Wirkung zeigte. Doch trotzdem machte ich gute Fortschritte bei einem komplizierten Fall.

Bevor ich wusste, wie mir geschah, war der Tag auch schon vorbei. Als ich gerade meinen Laptop herunterfahren wollte, steckte Cameron den Kopf durch die Tür.

»Hast du einen Moment Zeit?«

»Sicher.«

Er trat vor meinen Schreibtisch. »Ich wollte dir einen Vorschlag machen.«

»Okay.«

»Ich habe eine Stunde lang mit Reid Davenport telefoniert.«

Ich starrte Cameron an und musste an den Chat mit Reid heute Morgen denken. Bis gerade eben hatte ich das vollkommen vergessen.

O mein Gott. Reid hatte doch nicht, er konnte nicht …

»Er ist sehr beeindruckt von deiner Arbeit.«

Ich klammerte mich an die verschwindend geringe Hoffnung, dass es hier um etwas anderes ging.

»Und er hat mir einen Vorschlag unterbreitet, der ein wenig außergewöhnlich ist.«

»Sprich weiter.« Er hatte es wirklich getan. Ich wappnete mich innerlich, obwohl ich bereits wusste, was kam.

»Er will, dass du ausschließlich für ihn arbeitest, bis diese Marion-Sache geklärt ist. Ich habe ihm gesagt, dass das keine gute Idee ist. Es wäre reine Zeitverschwendung, und du würdest das Vertrauen deiner Klienten enttäuschen, weil du ihre Fälle an Kollegen abgeben müsstest. Aber ich habe ihm versprochen, dir den Vorschlag trotzdem zu unterbreiten.«

Ich würde Reid gründlich die Meinung geigen. Oh, und wie ich das tun würde. Doch im Moment zwang ich mich dazu, vor Cameron ruhig und professionell zu bleiben.

»Cameron, ich weiß zu schätzen, dass du meine Meinung hören willst, und Reids Vertrauen in mich schmeichelt mir, aber du hast recht. Es wäre meinen anderen Klienten gegenüber nicht fair ... und so viel Zeit muss ich für diesen Fall auch gar nicht aufwenden.«

»Das hatte ich mir schon gedacht. Ich werde ihn zurückrufen. Dann kann ich gleich noch schauen, ob er noch ein paar Ideen zu Firmen-PR hat.«

»Firmen-PR?« Unsere Nische war das Hollywood-Geschäft.

»Ich denke darüber bereits seit einer Weile nach. Vielleicht sollten wir einen Ableger der Agentur gründen, damit unsere Marke nicht zwischen Hollywood- und Firmen-PR zerrieben wird. Das Einkommen wäre viel stabiler. Wir könnten Jahresverträge abschließen, statt auf Fallbasis zu arbeiten, und ich müsste nicht nächtelang wach liegen, um darüber zu grübeln, wie wir neue Klienten akquirieren sollen. Reid hatte ein paar interessante Einsichten zu dem Thema zu bieten.«

Steckte die Agentur in Schwierigkeiten? Ich stellte meinen Klienten unglaublich hohe Rechnungen, doch bisher hatte ich keine Gewinn- und Verlustrechnung der Agentur gesehen. Zu diesen Dokumenten hatte ich keinen Zugang. Ich hatte Victor erklärt, dass es unzählige Zeitschriften in dieser Stadt gab, aber ehrlich, dasselbe galt für PR-Agenturen.

Um Bekanntheit zu erlangen, war viel Marketing nötig, und ich hatte keine Ahnung, wie viel das kostete.

»Nun, ich habe dich lange genug aufgehalten. Wir sehen uns morgen, Hailey.«

Ich fühlte mich ein wenig verunsichert, nachdem Cameron gegangen war, weil ich mich plötzlich fragte, wie es eigentlich um meine Jobsicherheit bestellt war. Cameron hatte gesagt, dass er vor Sorgen nächtelang wach lag.

Reid hätte ich fast vergessen, bis mein Handy brummte.

Reid: Wie war dein Tag?

Zweifellos wollte er mit dem Gespräch angeben, das er mit Cameron geführt hatte. Ein Teil von mir konnte immer noch nicht glauben, dass er das wirklich durchgezogen hatte. Ich spielte an meinem Handy herum und dachte erst darüber nach, Reid eine Nachricht zu schreiben, dann darüber, ihn anzurufen.

Um letztlich zu entscheiden, dass der beste Weg, mit diesem ärgerlichen Mann umzugehen, ein persönliches Treffen war.

Ich kleisterte mir ein Lächeln ins Gesicht, als ich das Hotel betrat, und hielt direkt auf die Rezeptionistin zu, die mich breit anlächelte.

»Ist Reid noch im Büro?«, fragte ich.

»Ich frage mal nach, Augenblick.« Sie führte ein kurzes Telefonat, und ich bekam den Eindruck, dass Reid sich bereits im Penthouse aufhielt.

»Steigen Sie in den Lift. Ich werde Reid anrufen und ihm Ihr Kommen ankündigen«, erklärte mir die Empfangsdame, sobald sie aufgelegt hatte.

Offensichtlich ging sie davon aus, dass Reid und ich einen Termin hatten, und ich unternahm nichts, um diesen Eindruck zu berichtigen.

Im Lift strich ich mit einer Hand mein Kleid und mit der anderen mein Haar glatt. Ich wappnete mich innerlich, entschlossen, Reid die Leviten zu lesen, bevor er seinen Charme spielen ließ und mich vollkommen entwaffnete.

Sobald sich die Lifttüren öffneten, entdeckte ich Reid, der am Bartresen lehnte. Das einzige Licht im Raum stammte von den kleinen Leuchten über der Bar.

»Hailey«, begrüßte er mich, seine Stimme tief und rau. Als ich näher kam, bemerkte ich, dass er wieder eines dieser dünnen, weißen Hemden trug.

Genauso gut hätte er nackt sein können, so eng, wie das Hemd anlag. Ich konnte jeden Muskel erkennen. Ich leckte mir die Lippen, dann zwang ich mich, ihm ins Gesicht zu sehen, als ich ein paar Schritte vor ihm stehen blieb.

»Ich kann nicht glauben, dass du Cameron angerufen hast«, sagte ich.

Seine Mundwinkel hoben sich zu einem Lächeln. »Was ist daran so unglaublich?«

»Du brauchst mich nicht als Vollzeitkraft an deinem Fall.«

Reid schwieg einen Moment. Sein Blick glitt langsam über meinen Körper, dann trat er näher an mich heran.

»Nein, Hailey. Ich brauche dich. Ich brauche nur dich.«

O Gott! Die Hitze in seinem Blick war unglaublich. Er

war mir so nahe, doch ich wollte ihn noch näher an mich ziehen, obwohl ich sauer auf ihn war. Wie konnte er diesen Effekt auf mich haben?

11

Reid

»Du kannst nicht einfach rumlaufen und alle herumkommandieren, damit sie tun, was du willst.«

Ich liebte Haileys Wildheit. Ihr Feuer. Das zog mich wahnsinnig an.

»Normalerweise kann ich das durchaus. Aber das ist in diesem Fall gar nicht meine Absicht.«

Ehrlich, ich hatte keine Ahnung, was ich damit eigentlich hatte erreichen wollen. Ich hatte Cameron aus einem Impuls heraus angerufen, was sonst gar nicht meine Art war.

»Sondern?« Ihre Augen blitzten. Ich wollte sie küssen. Sie in meine Arme heben, sie gegen die Bar pressen und mich in ihr vergraben.

»Du bist wunderschön, wenn du zornig bist.«

Ihre Wangen röteten sich. »Ich meine es ernst. Ich verlange eine Erklärung.«

»Ich habe keine Erklärung, Hailey.« Ich trat noch näher heran und nahm ihren Duft in mich auf, verlor mich in ihrem zitronigen Parfüm, der Form ihrer Lippen. »Ich bin kein impulsiver Mensch. War ich nie. Ich treffe keine übereilten Entscheidungen, und ich handle definitiv niemals irrational.«

Ich war immer ein Mensch gewesen, der alles genau durchdachte und Pro und Kontra abwog, bevor er handelte. Aber bei Hailey wollte ich alles anders machen. Nein, das erforderte eine Richtigstellung. Ich wollte es nicht nur. Der Impuls war stärker. Ich musste alles anders machen.

Ich legte eine Hand an ihre Wange. Sie sah mich erstaunt an, doch sie machte keine Anstalten, sich mir zu entziehen.

»Seit ich dich getroffen habe, tue ich ständig Dinge, von denen ich nie gedacht hätte, dass ich sie je tun würde.«

Ich umfasste auch noch ihre andere Wange. Als Hailey leicht den Mund öffnete, um ihre Zunge über die Unterlippe gleiten zu lassen, konnte ich nicht mehr an mich halten. Ich vergrub die Finger in ihrem glänzenden Haar und küsste sie leidenschaftlich. Ich wollte jede noch so kleine Stelle ihres Körpers erkunden.

Und vor allem wollte ich wissen, was sie brauchte, und ihr genau das geben.

Ich ließ meine Lippen über ihre Wange zu ihrer Schläfe gleiten, dann wieder nach unten und über ihren Hals. Hailey stieß ein leises, wohliges Geräusch aus. Mehr Ermunterung brauchte ich nicht. Ich schob eine Hand zwischen uns, um ihre Brust zu liebkosen. Mit den Fingerspitzen umkreiste ich den Nippel, bis er sich aufrichtete und gegen den Stoff drückte. Ich erinnerte mich daran, wie sich ihre Berührung im Pool angefühlt hatte; dass ich kurz davorgestanden hatte, meine Hände unter ihren knappen Bikini zu schieben und ihre nackte Haut zu berühren. Heute

Abend konnte ich mich nicht zurückhalten. Das war einfach unmöglich.

Ich hob ihr Kleid an und wurde ganz hart, als ich die Gänsehaut bemerkte, die sich bereits auf ihren Schenkeln gebildet hatte, als verzehre sie sich genauso sehr nach meiner Berührung, wie ich mich danach gesehnt hatte, sie zu berühren.

Unendlich langsam ließ ich meine Hand über die Innenseite ihrer Schenkel gleiten, um jeden erregten Atemzug und jedes Wimmern zu genießen, das über ihre Lippen drang. Als mein Daumen den Stoff ihres Höschens berührte, gaben Haileys Knie nach. Ich schlag einen Arm um ihre Taille und spürte ihr Lächeln an meinen Lippen.

Ich konnte nicht aufhören, sie zu küssen, sie zu berühren. Wenn ich so weitermachte, würde es damit enden, dass ich sie hier auf der Bar nahm, oder vielleicht auf der Couch in der Ecke. Irgendwie gewann ich meine Selbstkontrolle zurück. Ich zog meine Hand zurück und ließ ihr Kleid wieder nach unten sinken. Ihr protestierendes Wimmern hätte fast dafür gesorgt, dass ich sie doch gegen die Bar drängte. Und als sie die Hand nach meinem Gürtel ausstreckte und ihn öffnete, bevor mir überhaupt klar werden konnte, was sie plante, küsste ich sie so heftig, dass wir beide nach hinten stolperten.

Ich streckte die Arme aus und stützte mich am Tresen ab, um zu verhindern, dass Hailey mit der harten Platte kollidierte. Sie schien sich vollkommen in einem Nebel aus Lust verloren zu haben, um das überhaupt zu bemerken – sie hatte sich *in mir* verloren.

Das gefiel mir.

Dann schloss ich die Hände um ihren Hintern, knetete diese wunderbaren Hügel und zog ihre Mitte an meine Erektion. Ihr leises Stöhnen zwang mich förmlich, sie hochzuheben. Schon in der nächsten Sekunde hatte sie die Beine um mich geschlungen. Verdammt, es wäre so leicht gewesen, ihr Höschen zur Seite zu schieben, meinen Reißverschluss zu öffnen und mich einfach hier in ihr zu vergraben. Auf keinen Fall würden wir es bis ins Schlafzimmer schaffen, dessen war ich mir sicher.

Doch ich fand die Kraft, Hailey durchs Wohnzimmer zur Couch zu tragen. Ich legte sie sanft darauf, dann erdrückte ich sie fast unter meinem Gewicht, als ich mich über sie schob. Ich küsste ihren Hals, ihre Brüste über dem Stoff des Kleides, bevor ich mich auf die Knie erhob und ihr das Kleid über den Kopf zog.

Wäre ich nicht schon hart gewesen, hätte der Anblick ihrer Spitzenunterwäsche dafür gesorgt. Sie trug schwarze Seide, die einen wunderbaren Kontrast zu ihrer geröteten Haut bildete. Während ich den Anblick bewunderte, machte Hailey sich daran, mich auszuziehen. Sie streifte mir das Hemd über den Kopf, dann ließ sie ihre Zunge über meine Brust gleiten, um schließlich sanft an einer Brustwarze zu knabbern. Ich vergrub die Hand in ihrem Haar.

»Verdammt, Hailey.«

Sie atmete stoßweise. Und die Art, wie sie mich ansah – als wäre ich der einzige Mann auf der Welt für sie –, brachte mich beinahe um. Ich fühlte eine seltsame, unerklärliche Verbindung zu ihr. Ich küsste ihre glatte Haut, liebkoste sie, bis sie die Fingernägel in der Armlehne hinter sich vergrub und flehend meinen Namen rief.

Mein Name auf ihren Lippen raubte mir den Verstand.

Ich zog ihr BH und Höschen aus, bevor ich meine Jeans öffnete und zur Seite warf. Als Nächstes folgten meine Boxershorts, dann lag ich wieder auf ihr, meine Erektion an ihren rechten Oberschenkel gedrückt, die Ellbogen neben ihren schmalen Schultern aufgestützt. Ich küsste sie erneut, liebkoste ihre Zunge, als ich tief in sie eindrang.

Ein Stöhnen entrang sich meiner Brust. Gott, ich hatte doch vorgehabt, langsam vorzugehen, aber ich hatte jede Kontrolle verloren. Sie umschloss mich derart eng und fühlte sich so unglaublich wunderbar an, als wäre sie bloß für mich geschaffen worden. Ein paar Sekunden musste ich stillhalten, damit sie Zeit hatte, sich an mich zu gewöhnen. Danach begann ich, meine Hüften zu bewegen, zuerst sanft, doch dann immer wilder, bis ich mit aller Kraft in sie stieß, um ihr so viel Lust zu verschaffen wie nur möglich. Ich hob den Kopf und musterte ihr wunderschönes Gesicht, genoss jedes Stöhnen, das ich ihr entlockte. Anschließend sah ich zwischen uns, und beim Anblick unserer Verbindung hoben sich meine Hoden, und Energie schoss durch meinen Körper.

»Verdaaammt, Hailey. Wie kannst du dich so gut anfühlen?«

Blinzelnd öffnete sie die Augen, und selbst hinter dem Schleier aus Lust konnte ich meine Frage gespiegelt sehen. Auch für sie fühlte sich Sex nicht immer so überwältigend wunderbar an. Als ich spürte, wie sie sich um mich verkrampfte, verlangsamte ich meine Bewegungen, schob eine Hand zwischen uns und ließ meine Finger über ihre Klitoris gleiten. Hailey schrie auf und umklammerte meine Schultern. Sie war dem Höhepunkt so nahe, dass ich wusste, es wären nur noch ein paar Stöße nötig, um sie ins Nirwana zu katapultieren. Also stoppte ich ganz und fühlte, wie ihre inneren Muskeln mich noch fester umschlossen. Ich liebkoste weiter ihre Klitoris, bis sie sich erneut verkrampfte. Dann presste ich meinen Mund an ihren Hals, um sie dort abwechselnd zu küssen und sanft an ihrer Haut zu knabbern.

»Oooh.« Ihre Stimme brach, als ihr Orgasmus sie überwältigte. Gleichzeitig wurde sie um mich herum so eng, dass ich fast mit ihr gekommen wäre. Eine dezente Röte kroch über ihren Hals und ihre Brust. Sie bewegte leicht die Hüften, als ich weiter ihre empfindlichste Stelle liebkoste, dann stieß ich schnell und heftig in sie, verlor mich in ihrem Duft, ihrer Wärme und der Art, wie unsere Körper sich zusammen bewegten.

»Reid«, rief sie zitternd, als ich in ihr zuckte und schließlich so heftig kam, dass alle Muskeln in meinem Körper sich verspannten. Mich durchfuhr eine so intensive Lust, dass ich vollkommen außer Atem war, daher verlangsamte ich meine Bewegungen und hielt Hailey einfach nur im Arm.

Ich konnte kaum klar denken und fand nur mit Mühe die Geistesgegenwart, Hailey nicht mit meinem Gewicht einzuengen. Wir waren immer noch verbunden, und daran wollte ich auch nichts ändern. Ich spürte den überwältigenden Drang, das Hotel zu verriegeln und den Schlüssel wegzuwerfen, um sie hier bei mir zu halten.

»Oh, Mist.«

Ihre panischen Worte rissen mich aus meinen Gedanken.

Sie wand sich unter mir, und sofort wurde mir bewusst, warum.

»Wir haben kein Kondom benutzt«, presste ich hervor.

»Ich … ich nehme die Pille«, sagte Hailey. »Aber ich habe nicht … ich meine, ich bin gesund.«

»Genau wie ich«, versicherte ich ihr, als ich mich aus ihr zurückzog und nach den Servietten auf dem Couchtisch griff.

»Ich muss mal ins Bad«, flüsterte sie. Ich beobachtete, wie sie durch mein Wohnzimmer ging, nackt und ungehemmt, um ihre Klamotten aufzusammeln. Sofort vertiefte sich mein Verlangen nach ihr.

Ich konnte nicht glauben, dass ich vergessen hatte, ein Kondom zu verwenden. Das passierte mir sonst nie. Ich lachte leise. Ein weiterer Beweis dafür, dass Hailey mir den Verstand raubte. Doch ich wusste, es lag nicht nur daran, dass sich unser Liebesspiel besser und intimer angefühlt hatte als alles, was ich je erlebt hatte. Das lag einfach an Hailey. Sie hatte diesen Effekt auf mich, verstärkte jede Empfindung. Ich wusch mich eilig im zweiten Bad, dann zog ich mir Jeans an und wartete ein paar Minuten ab, um ihr Privatsphäre zu gönnen, bevor ich ihr folgte. Ich fühlte mich schuldig, weil ich mich quasi auf der Couch auf sie gestürzt hatte, statt ihr die Zeit zu widmen, die sie verdient hatte. Hailey stand vor dem Waschbecken und kämmte sich mit den Fingern die Haare aus. Ihre Nippel waren immer noch hart, als wäre sie nach wie vor erregt. Allein der Gedanke ließ mich erneut hart werden. Mir fiel auf, dass sie rote Male auf den Pobacken hatte, wo ich sie gepackt hatte.

»Ich habe dich verletzt«, sagte ich.

Sie zuckte leicht zusammen. »Reid! Wie lange stehst du schon da wie ein Spanner?« Herausfordernd stemmte sie eine Hand in die Hüfte. Ich fand es wunderbar, wie selbstbewusst sie mit ihrer Nacktheit umging.

»Nicht lange.«

»Hm-mm.« Sie kniff misstrauisch die Augen zusammen, dann wedelte sie wegwerfend mit der Hand und zog sich ihr Kleid über den Kopf. »Du hast mir nicht wehgetan. Meine Haut ist empfindlich, aber die Male werden in wenigen Minuten verblassen.«

Dann wandte sie sich wieder dem Waschbecken zu. Ich trat hinter sie, schlang einen Arm um ihre Taille und musterte sie im Spiegel.

»Du sorgst dafür, dass ich den Kopf verliere, Hailey.«

»Hmmm … seltsam. Scheinbar hast du denselben Effekt auf mich.« Errötend fügte sie hinzu: »Für gewöhnlich tue ich … so was nicht.«

Ich knabberte sanft an ihrem Ohrläppchen. Mir gefiel, was sie da sagte. Mir gefiel, dass ich sie dazu bringen konnte, impulsiv zu handeln – anders, als es sonst ihre Art war.

Hailey bemerkte mein Lächeln. »Du könntest dir etwas Mühe geben, nicht ganz so selbstgefällig zu wirken, weißt du?«

»Könnte ich … werde ich aber nicht tun.«

Sie versuchte, mir den Ellbogen in den Bauch zu rammen, doch ich fing erst den einen, dann den anderen Arm ein.

»Ich habe die besseren Reflexe.«

»Das habe ich bemerkt.« Sie lachte, als ich meine Finger über ihre Rippen gleiten ließ, in der Nähe ihrer Achselhöhlen. »Kitzle mich nicht.«

»Ich hätte da eine Idee. Wieso läufst du nicht einfach nackt herum? Ich verspreche, ich werde es niemandem erzählen.«

»Reid … ich sollte gehen. Ich muss morgen früh raus.«

»Nö.«

»Was?«

»Ich lasse dich nicht gehen.« Ich küsste ihren Hals, ohne den Blickkontakt über den Spiegel zu brechen. Ich wusste, dass ich mich auf einem schmalen Grat bewegte – entweder würde ich meinen Willen bekommen, oder Hailey würde total dichtmachen. Doch ich wünschte mir zu sehr, dass sie hierblieb, um mich zurückzuhalten.

Ich versuchte, mich durch ihre Augen zu betrachten. Ein schwieriger Klient mit einer verrückten Ex, die es auf ihn abgesehen hatte. Aber an mir war mehr dran als nur das – und ich war auch mehr als der zurückgezogen lebende Millionär, den die Medien zeichneten.

Ich hatte niemals besonderen Wert darauf gelegt, anderen mehr zu offenbaren als nötig, doch Hailey gegenüber wollte ich mich öffnen.

»Hast du schon zu Abend gegessen?«, fragte ich.

»Noch nicht. Ich bin direkt aus dem Büro hergekommen.«

»Um mir die Leviten zu lesen.«

Sie lächelte verlegen. »Ja.«

»Ich verstehe. Normalerweise belohne ich schlechtes Verhalten nicht, aber du bekommst ein Abendessen von mir.«

»Nun, wenn ich bleibe, bin ich diejenige, die dich dafür belohnt, dass du unerträglich warst und Cameron angerufen hast.«

»Ich verspreche, die ganze Zeit damit zu verbringen, mein Verhalten wiedergutzumachen.«

Sie kniff die Augen zusammen, doch gleichzeitig erkannte ich einen deutlichen Hüftschwung, als sie sich umdrehte.

»Ich erinnere mich genau daran, dass du mir weitere Verabredungen versprochen hast, bevor wir uns nackt ausziehen.«

»Hey, das hier kann auch als Date gezählt werden.«

»Damit willst du deine Drohung wahr machen, mich gefangen zu halten, hm? Was, wenn ich Nein sage?«

»Abendessen. Ende der Diskussion.«

»Oh, wirklich?«

»Ich habe Mittel und Wege, meinen Willen durchzusetzen.«

Ihre Augen begannen zu brennen, doch letztendlich wandte sie den Blick ab und leckte sich die Lippen.

Eine halbe Stunde später servierten Kellner uns Abendessen im Wohnzimmer. Ich achtete nicht im Geringsten auf meinen Teller, weil ich vollkommen auf Hailey konzentriert war.

»Ich liebe das Essen hier. Das sind die köstlichsten Frühlingsrollen überhaupt, dabei hätte ich nie gedacht, dass ich irgendwann einmal bessere finden werde.«

»Wo gab es die?«

»In New York«, sagte sie verträumt.

»Vermisst du deinen alten Job?«

»Überhaupt nicht. Ich meine, ich habe dabei eine Menge gelernt, allerdings war die Arbeit so trocken. Aber ich vermisse die Reisen. Ich hatte Kunden im gesamten Land.«

»Hattest du viel Zeit, um die Orte zu erkunden, an denen du warst?«

»Eigentlich nicht. Was der Grund ist, warum ich ein paar dieser Städte noch mal besuchen will. In einem Monat fliege ich nach Chicago. Ich kann es kaum erwarten.«

Ich hätte Hailey den ganzen Abend zuhören können und noch länger. Ich mochte Reisen nicht – außer, es hatte etwas mit dem Geschäft zu tun –, doch ich konnte nicht leugnen, dass ihre Beschreibungen etwas in mir zum Leben erweckten.

Wir wollten uns gerade das Dessert schmecken lassen, als ihr Telefon klingelte.

»Ich werde das Handy nur eben auf Lautlos stellen«, sagte sie, während sie in ihrer Tasche herumgrub. Danach runzelte sie die Stirn.

»Nimm den Anruf an, Hailey. Das ist besser, als wenn du dir ständig Gedanken machst.«

»Danke. Ich mache es kurz.«

Sie hob das Telefon ans Ohr. »Hi, Will. Wieso rufst du denn so spät an?«

Dann wurde sie kreidebleich. »Was meinst du damit? Wann?«

Ich trat näher an sie heran und legte instinktiv eine Hand an ihren Rücken, in der Hoffnung, sie so zu beruhigen. Sie zitterte leicht.

»Okay. Ich werde so schnell wie möglich kommen und mich der Suchmannschaft anschließen.«

Sie ließ das Handy in ihre Tasche fallen und atmete einmal tief durch.

»Ich fahre«, sagte ich.

Sie blinzelte. »Du weißt doch gar nicht, was los ist.«

»Nein, aber ich weiß, dass du irgendwo hinmusst. Weil etwas Schlimmes passiert ist. Du zitterst. Ich lasse dich auf keinen Fall ans Steuer. Und ich lasse dich auch nicht allein.«

Ich deutete es als schlechtes Zeichen, dass Hailey nicht mal versuchte, sich mir zu widersetzen. Sie schwieg ab dem Zeitpunkt, als ich ihre Hand ergriff und sie aus dem Penthouse führte, bis wir im Auto saßen und ich sie nach der Adresse fragte.

»Was ist los?«, fragte ich, sobald ich das Navigationsgerät programmiert hatte.

»Mein Neffe ist verschwunden. Alle suchen nach ihm.«

Verdammt. Verdammt.

»Wir werden ihn finden. Wie alt ist er?«

»Zehn.«

Ihre Hände zitterten in ihrem Schoß. Ich legte meine Finger auf ihre.

»Wir werden ihn finden«, wiederholte ich. »Wer sucht alles?«

»Ähm ... die gesamte Familie und ein paar Leute vom Los Angeles Police Department. Mein Bruder Will war früher Detective.«

»Siehst du? Wir werden ihn finden.«

»Nicht, wenn er ins Wasser gegangen ist«, murmelte sie.

»Ist er kein guter Schwimmer?«

»Er kann schwimmen, aber das Meer kann trotzdem gefährlich sein.«

Ich wollte Hailey beruhigen, doch ich wusste, dass ich im Moment nicht mehr für sie tun konnte, als für sie da zu sein. Und ihren Neffen zu finden.

Als wir unser Ziel – eine Villa in Santa Monica – erreichten, sprang Hailey aus dem Wagen, noch bevor ich den Motor ausgeschaltet hatte. Ich folgte ihr eilig in den Vorgarten, in dem sich bereits eine Menge Leute aufhielten.

»Will, irgendwelche Neuigkeiten?«, fragte Hailey einen Mann, der fast doppelt so groß und breit war wie sie.

»Nein. Aber wir haben eine Suchmannschaft von zwanzig Leuten. Wir werden ihn finden.«

»Was, wenn er schwimmen gehen wollte?«

Will biss die Zähne zusammen. »Milo ist clever. Er weiß, dass er nichts ins Meer gehen darf, wenn die Wellen hoch sind.«

»Wo soll ich suchen? Übertrag mir eine Aufgabe.«

»Mir auch«, sagte ich und trat näher an Hailey heran. Will starrte mich böse an. Offensichtlich war ihm meine Gegenwart erst jetzt aufgefallen.

»Wer sind Sie?«, blaffte er.

»Haileys Verabredung. Also, in welcher Richtung sollten noch mehr Leute suchen?«

Will erteilte uns klare Anweisungen, doch ich konnte erkennen, dass er mich unter anderen Umständen mit Fragen gelöchert hätte.

Wir teilten uns in Zweiergruppen auf. Ich blieb bei Hailey. Zusammen liefen wir den gesamten Strand ab, der sich vor dem Haus erstreckte. Verdammt. Die Wellen waren unglaublich hoch. Egal, wie gut man auch schwimmen konnte, diesem Wellengang konnte kein Mensch etwas entgegensetzen.

Das erzählte ich Hailey aber nicht. Wir stampften weiter, bis jemand rief: »Wir haben ihn gefunden!«

Hailey hielt abrupt an, dann drehte sie sich zu mir um. »Hast du das auch gehört? Oder habe ich es mir nur eingebildet?«

»Du hast dir nichts eingebildet. Komm. Lass uns zurückgehen.«

Alle hatten sich in der Villa versammelt.

»Es geht ihm gut«, flüsterte seine Mutter, als sie ihn untersuchte. Allerdings sah der Junge nicht gut aus. Er war bleich und schwitzte heftig.

»Er hat mit Peyton Verstecken gespielt und sich dabei in den Keller der Nachbarn geschlichen. Die Tür hat sich automatisch geschlossen, und bis jetzt hat ihn niemand gehört«, erklärte Will leise.

Hailey wartete, bis Lori ihre Untersuchung abgeschlossen hatte, dann umarmte sie Milo so fest, dass ich fast damit rechnete, Knochen brechen zu hören. Irgendwann ließ sie ihn los, rückte sein T-Shirt zurecht und ließ ihre Hände über seine Schultern und seine Oberarme gleiten, als müsse sie sicherstellen, dass es ihm wirklich gut ging.

»Alles okay, Tante Hailey. Wirklich.«

»Kumpel, jede deiner Tanten wird heute Abend mindestens dreimal nach dir sehen. Nur so als Warnung«, sagte eine andere Frau. Valentina, wenn ich mich richtig erinnerte. Ihre Stimme zitterte. Hailey bemerkte es ebenfalls. Sofort gab sie Milo frei, damit Val ihn umarmen konnte.

Eine Stunde später gab Hailey schließlich zu, dass sie sich ausruhen musste, und ich überzeugte sie, sich von mir nach Hause bringen zu lassen.

»Ich bin so erschöpft«, murmelte sie, ihren Kopf an das weiche Leder gelehnt, als ich vor dem Haus hielt. Ich brachte sie noch ins Haus, um sicherzustellen, dass sie direkt ins Bett ging. Sie wirkte … angespannt und bewegte sich ein wenig unsicher. Dann rannte sie direkt ins Bad und schloss die Tür hinter sich. Ich hörte ein Würgen von der anderen Seite. Verdammt.

»Süße, was ist los? Mach die Tür auf.«

»Gib … gib mir ein paar Sekunden.«

Wieder hörte ich ein Würgen, dann Wasser rauschen.

»Hailey … brauchst du irgendetwas?«

Seufzend öffnete sie die Tür. Ihr Blick wirkte ein bisschen glasig.

»Eine Magenverstimmung?«

»Nein, ich glaube nicht. Manchmal, wenn ich mich aufrege oder nervös werde, habe ich Magenprobleme. Wenn es schlimm ist, bekomme ich auch Fieber.«

»Süße, alles ist gut.«

Sie seufzte wieder.

»Was ist los? Milo geht es gut. Er hatte mehr Angst, als er sich hat anmerken lassen, glaube ich, aber er ist okay.«

»Ich mache mir Sorgen um Val. Sie ist schwanger und sollte sich nicht aufregen.«

Ihre tiefe Fürsorge für alle, die ihr nahestanden, berührte mich auf eine Weise, die ich nicht einmal in Worte fassen konnte. Es war, als könnte sie die Gefühle aller anderen spüren, als hätte sie die Sorgen aller heute Abend in sich aufgesaugt.

»Hailey, tu dir das nicht an. Val war heute Abend erschüttert wie alle anderen auch, aber sie ist stark. Okay?«

»Danke, Reid. Nicht nur dafür, dass du mich nach Hause gebracht hast, sondern für alles, was du heute Abend getan hast.«

Ich strich mit dem Daumen über ihre Unterlippe. »Du bist unglaublich, so wahnsinnig tapfer. Komm, wir bringen dich ins Bett.«

Sie gähnte. Ich schob eine Hand unter ihre Knie, legte den anderen Arm um ihren Rücken und trug sie durchs Haus. Sie kuschelte sich an meine Brust, als sie mich zu ihrem Schlafzimmer dirigierte.

Als ich sie aufs Bett legte, glitt sie noch angezogen unter die Decke.

»Kann ich dir irgendwas für deinen Magen bringen?«

Sie schüttelte den Kopf. »Es ist psychosomatisch. Ich habe das schon seit meiner Kindheit. Nichts hilft. Ich muss einfach schlafen.«

Verdammt. Also ging es ihr jedes Mal so miserabel, wenn sie sich aufregte? Was, wenn es noch schlimmer wurde? Ich wollte das in Ordnung bringen. Doch ehe ich ihr noch weitere Fragen stellen konnte, war Hailey bereits eingeschlafen.

Auf keinen Fall würde ich sie allein lassen. Ich sah mich in ihrem Schlafzimmer um. In einer Ecke stand eine Schminkkommode mit einem Stuhl davor, an der anderen Wand eine kleine Couch.

Das Sofa im Wohnzimmer war größer, aber ich wollte mich nicht so weit von Hailey entfernen. Was, wenn es ihr zu schlecht ging, um laut zu rufen, und ich sie nicht hörte, wenn sie etwas brauchte?

»Oh, verdammt. So ein Mist. Es ist schon so spät.«

Haileys Stimme riss mich aus dem Schlaf. Blinzelnd öffnete ich die Augen und sah, dass sie aus dem Bett sprang. Als sie mich bemerkte, stand ihr die Überraschung ins Gesicht geschrieben.

»Reid … Du hast die Nacht hier verbracht?«

Ich nickte. Ich fühlte mich, als hätte ich keine Sekunde geschlafen.

»Auf der Couch?«

Ich nickte wieder. Sie riss die Augen auf und wirkte verwirrt, als könnte sie diese Tatsache einfach nicht verarbeiten.

»Warum?«

Ich streckte mich, dann stand ich auf und ging zu ihr. »Weil du krank warst und ich dich nicht allein lassen wollte.«

Ich umfasste ihr Gesicht, doch sie zog sich eilig zurück.

»Nein, nein, nein. Keine Küsse.«

»Warum?«

»Ähm … hast du noch nicht Zähne geputzt?«

»Ich will dich trotzdem küssen.«

Sie schüttelte heftig den Kopf, was mich nur in meiner Absicht bestärkte.

»Nein. Zuerst muss ich duschen. Dann muss ich mich

in die Arbeit schleppen und einen Weg finden, mich bei dir dafür zu bedanken, dass du … na ja, ich nehme mal an, einfach du bist.« Sie grinste und schlang die Arme um den Körper. »Ich kann nicht glauben, dass du geblieben bist.«

Ich fand ihre Worte wunderbar, bis auf eines: *Arbeit*.

»Okay, du wirst heute nicht arbeiten.«

»Warum nicht?«

»Du warst krank. Du musst dich erholen.«

»Ich habe heute Morgen ein wichtiges Telefonat verpasst. Ich wette, Cameron hat mich mindestens ein Dutzend Mal angerufen. Ich muss mich bei ihm melden.«

»Mach das. Und sag ihm, dass du dir heute freinimmst.«

Hailey stemmte die Hände in die Hüften und verwandelte sich so innerhalb einer Sekunde von der gerührten Frau, die sich darüber freute, dass ich geblieben war, in eine temperamentvolle PR-Agentin, die kurz davorstand, mich aus dem Haus zu werfen.

»Du kannst mir das nicht einfach befehlen.«

»Ich werde es jedenfalls versuchen.«

»Reid …«

»Süße, du hast mir letzte Nacht wirklich Angst eingejagt.« Ich ergriff ihre Hände. »Das Mindeste, was du tun kannst, ist, den heutigen Tag mit mir zu verbringen. Ich möchte sicherstellen, dass du dich gut erholst.«

Sie verlagerte ihr Gewicht, und ich konnte sehen, wie ihre Entschlossenheit ins Wanken geriet.

»Nun, du hast dir den Rücken auf dieser schrecklichen Couch verbogen. Ich schulde dir etwas.«

»Und wie du das tust.«

Sie seufzte, dann hob sie sich auf die Zehenspitzen und

drückte mir einen Kuss auf die Wange. »Schön, du hast gewonnen. Ich melde mich krank. Aber du solltest besser dafür sorgen, dass der heutige Tag es wert ist.«

Hailey ging duschen und ich in die Küche, wo ich in den Kühlschrank sah, um herauszufinden, was er zum Frühstück hergab. Sie hatte Joghurt und Früchte.

Ich fand auch ein Müsli, also bereitete ich zwei Schüsseln zu. Doch gleichzeitig fragte ich mich, ob Hailey vielleicht Gehaltvolleres brauchte, um sich von gestern Nacht zu erholen.

Ich fand Orangen und presste zwei davon in ein Glas aus, bevor ich ein paar Schnitze aß, um meinen morgendlichen Mundgeruch zu vertreiben. Ich lächelte, als ich Hailey in der Dusche singen hörte. Es war unmöglich, mich in der Nähe dieser Frau aufzuhalten und nicht zu lächeln. Sie brachte einfach etwas in mir zum Strahlen.

»Was ist das?«, fragte sie, als sie mit einem Nachthemd bekleidet die Küche betrat und die Schüsseln und das Saftglas auf dem Tisch sah.

»Frühstück.«

Ich umfasste sanft ihre Wangen und hob ihr Kinn.

»Was tust du?«

»Ich hole mir den Kuss, den du mir vorhin verweigert hast.«

»Oh. Bitte. Mach nur.«

Ich ließ meine Lippen über ihre gleiten und knabberte leise an ihrer Unterlippe, bevor ich sie sanft küsste. Es fiel mir schwer, mich zurückzuhalten.

Sie öffnete ein Auge. »Das nennst du einen Kuss?«

»Du erholst dich noch.«

»Du meine Güte. Du wirst mich dazu zwingen, den ganzen Tag im Bett zu verbringen, oder?«

»Darüber habe ich durchaus nachgedacht, ja.«

»Nun, das werde ich nur akzeptieren, wenn du den Tag mit mir dort verbringst.«

Lachend umfasste ich ihren Hinterkopf und vertiefte den Kuss, bis sie leise an meinen Lippen stöhnte.

»Mmmm … o ja, ich fühle mich schon besser. Willst du noch ein bisschen weitermachen?«

»Zuerst gibt es Frühstück. Setz dich. Iss etwas.«

»Ja, Sir.«

Sie setzte sich an den Tisch und nahm einen Schluck von ihrem Orangensaft. »Du willst meinen Vitaminhaushalt regulieren, oder?«

»Genau.«

Hailey lachte amüsiert.

»Das sind eine Menge Magnete«, sagte ich, als wir uns unser Müsli schmecken ließen, und deutete auf den Kühlschrank. »Eine Menge« war noch eine Untertreibung. Wenn sie noch mehr anklebte, würde wahrscheinlich die Kühlschranktür abbrechen.

»Ich kaufe an jedem neuen Ort, den ich kennenlerne, einen Kühlschrank-Magneten. Ein paar dieser Orte will ich unbedingt noch mal besuchen.« Es sah aus, als hätte sie bereits die halbe Welt bereist. Und sie wollte sich alles noch mal ansehen, während ich L. A. lediglich für Geschäftsreisen verließ. Wäre sie mit einem Globetrotter besser dran? Jemandem, der ihr ähnlicher war? Würde sie sich irgendwann anderweitig nach Unterhaltung umsehen?

Verdammt, nein. Ich konnte den Gedanken, Hailey wäre mit einem anderen Mann zusammen, kaum ertragen.

»Wo hat es dir am besten gefallen?«, fragte ich.

»Schwer zu sagen. Ehrlich, am schönsten fand ich wahrscheinlich Rio de Janeiro. Diese Stadt vibriert förmlich vor Leben. Man kann ein Knistern in der Luft spüren. Das Essen. Die Musik. Die Art, wie die Leute ständig lächeln.«

Ich liebte Haileys Selbstvertrauen und ihre Lebenslust. Sie sorgte dafür, dass ich mich für sie ändern wollte oder es zumindest versuchen – dabei lag es nicht in meiner Natur, flexibel zu sein. Mein Lebenssystem ließ mir nicht viel Raum für so etwas. Aber verdammt … ich fragte mich wirklich, ob ich mich für sie ändern konnte. Es gab wahrscheinlich nicht viel, was ich für Hailey nicht ausprobiert hätte.

Sobald wir unser Müsli aufgegessen hatten, stand sie auf und sammelte das Geschirr ein.

Sofort sprang ich auf und nahm ihr die Schüsseln ab.

»Nein, ich mache das schon«, versicherte ich ihr, als ich die Schüsseln in die Spülmaschine stellte und Orangensaft nachfüllte. Sie schwankte leicht, als sie zurück zu ihren Stuhl ging.

»Ab ins Bett. Jetzt sofort«, befahl ich.

»Aber ich fühle mich gut.«

»Du siehst erschöpft aus. Schlaf einfach noch ein paar Stunden.«

»Ich will nicht den gesamten freien Tag verschwenden … was tust du da?«

Ich hatte sie in meine Arme gehoben. »Ich stelle sicher, dass du dich ausruhst.«

»Oh, ich verstehe. Die Operation *Sich um Hailey kümmern* ist noch nicht beendet.«

»Der gesamte Tag wird so aussehen.«

»Und Widerstand ist zwecklos, hm?«

»Absolut.«

»Ich verstehe. Nun, ich werde diese Gelegenheit nutzen, dir das Haus zu zeigen. Das hier ist das Wohnzimmer.«

Es war klein, aber gemütlich, mit großen Fenstern, einer bequemen Couch und einem riesigen Fernseher. Die Wände zeigten eine wilde Farbmischung: drei von ihnen waren cremefarben gestrichen; die vierte wies unordentliche orangefarbene Streifen auf.

»Interessante Farbwahl. War das Orange Absicht?«

»Mach dich nicht über mein Wohnzimmer lustig. Und die Antwort auf deine Frage lautet … eigentlich nicht. Meine Brüder haben die anderen drei Wände gestrichen, aber an dieser Wand waren Val, Lori und ich zugange und wir … ähm, wir waren zu sehr damit beschäftigt, uns zu unterhalten, dass wir gar nicht wirklich auf die Arbeit geachtet haben.«

»Wieso hast du es nicht in Ordnung gebracht?«

»Es hat sich herausgestellt, dass es mir tatsächlich gefällt. Hier rechts ist das Gästezimmer … und mein Schlafzimmer kennst du ja bereits«, meinte sie, als ich sie aufs Bett legte.

»Normale Farben, wie ich sehe.«

»Genau. Zu diesem Zeitpunkt hatten uns unsere Brüder quasi schon erklärt, wir sollten uns einfach in Ruhe weiterunterhalten und sie die Schlafzimmer allein streichen lassen. Und wir wollten dieses großzügige Angebot nicht ausschlagen. Da wir gerade von meinen Geschwistern reden ...« Sie griff nach dem Handy auf ihrem Nachttisch, sah aufs Display und lächelte glücklich. »Val sagt, es geht ihr gut. Puh. Ich habe mir solche Sorgen um sie gemacht.«

»Das hast du gestern Nacht erwähnt.«

Sie wandte den Blick ab und biss sich auf die Unterlippe. Ich setzte mich auf die Bettkante und strich ihr über das dichte Haar.

»Wird dir oft schlecht?«

»Nein. Nur wenn etwas wirklich Schlimmes passiert und ich infolgedessen nervös werde. Aus diesem Grund hat Lori mir gestern angeboten, dass ich bei ihr übernachten könnte; sie wusste, dass etwas in der Art passieren könnte. Meine Eltern haben mich deswegen ein paarmal in die Notaufnahme gebracht, weil Kinder sehr schnell austrocknen. Ich brauchte Infusionen. Aber insgesamt ... ist eigentlich kein Medikament nötig. Körperlich ist mit mir alles in Ordnung, es ist nur ... ich weiß nicht. Ich nehme an, ich empfinde einfach zu viel.«

Sie spielte am Rand ihres Kissenbezugs herum.

»Dafür musst du dich nicht schämen. Ich finde das wunderbar – dass du tief für andere empfinden kannst. Ich wünschte nur, es würde dich nicht krank machen.«

»Du hältst mich jetzt nicht für verrückt, oder?«

»Hat das jemand mal gesagt?« Ich biss die Zähne zusammen.

»Na ja, ich wurde nicht als verrückt bezeichnet. Aber das Wort Exzentrikerin könnte ein paarmal gefallen sein.«

»Du bist keine Exzentrikerin. Du bist einfach ... erstaunlich.«

»Danke, dass du über Nacht geblieben bist«, sagte Hailey leise.

Ich legte mich neben sie und vergrub mein Gesicht in ihrer Halsbeuge. »Ich will, dass du mich anrufst, wann immer das passiert, okay?«

»Warum?«

»Damit ich auf dich aufpassen kann und mir den Rücken zerren. Wieder einmal.«

»Du hättest auch in meinem Bett schlafen können, weißt du? Hier ist jede Menge Platz.«

»Das werde ich mir fürs nächste Mal merken.«

Sie drehte sich in meinen Armen, strich mit den Händen über meinen Rücken. »Ich fühle mich schuldig, weil du auf der Couch geschlafen hast.«

Ich hob den Kopf »Wie schuldig?«

Sie kniff die Augen zusammen. »Hm?«

»Nur, damit ich weiß, wie groß mein Spielraum darin ist ... meinen Willen zu bekommen.«

»Nicht viel.«

»Lass uns zur Verstärkung der Schuldgefühle einfach sagen, ich hätte auch einen verspannten Nacken.«

»Nun, dann bleibt mir wohl keine andere Wahl, als dir zu erlauben, nach Belieben über mich zu bestimmen.«

»Denke ich auch.«

»Alsoooo ... wovon reden wir hier? Wir bleiben den ganzen Tag im Bett und schauen Netflix?«

»Mir würden da noch ein paar andere Dinge einfallen, die wir tun könnten.«

»Wie zum Beispiel?«

Ich stemmte mich auf den Ellbogen, sodass mein Mund

über ihrem schwebte. Sie drückte leicht den Rücken durch und hob den Kopf, um den Abstand zwischen uns zu überbrücken. Ich gab ihr nur einen kurzen, neckischen Schmatzer, bevor ich meine Lippen tiefer sinken ließ. Sie trug ein kurzes Nachthemd mit V-Ausschnitt. Ich drückte einen feuchten Kuss auf ihren Bauch und rieb den seidigen Stoff über ihre Haut.

Ich wollte nicht, dass dieser Moment je endete. Die Intimität dieses Augenblicks vertiefte die Verbindung, die ich zu Hailey empfand… verstärkte mein Bedürfnis, sie zu einem dauerhaften Teil meines Lebens zu machen.

Dann glitt ich zwischen ihre Beine, küsste die Innenseite ihrer Schenkel und beobachtete, wie sie die Hände im Laken vergrub und mir ihre Hüften entgegenhob, als sehne sie sich nach meinem Mund. Ich hatte einen ganzen Tag Zeit, ihren Körper kennenzulernen, und plante, genau das auch zu tun. Ich wollte jeden Hügel und jede Vertiefung erkunden, jede noch so kleine Stelle ihrer Haut kosten.

Langsam ließ ich die Zunge kreisen und schob mich langsam höher.

»Reid, du treibst mich in den Wahnsinn.«

Als Nächstes schob ich ihr Nachthemd nach oben und zog ihr Höschen nach unten. Ich hörte, wie sie nach Luft schnappte und ihre Finger über das Laken glitten. Ich neckte ihre Klitoris, bevor ich meine Zunge dagegendrückte.

Hailey bewegte leicht die Hüften, auf der Suche nach mehr Reibung. Sie wollte mehr. Ich tat ihr den Gefallen, spreizte ihre Beine und verwöhnte sie mit Mund und Fingern, bis sie sich um mich verkrampfte.

Danach zog ich ihr das Nachthemd ganz aus, weil ich

sie nackt sehen wollte. Als ich mich in ihr vergrub, umfing sie mich sofort. Mein Blick verschwamm ein wenig, als ich mich in ihr bewegte, um sie ein weiteres Mal zum Höhepunkt zur treiben, ehe ich mich meiner eigenen Lust hingab.

Ich hielt sie eng umschlungen, als wir beide um Luft rangen. Von der Röte auf ihrer Haut konnte ich einfach nicht genug bekommen.

»Du bist so wunderbar. Ich kann nicht glauben, dass mir das Glück vergönnt war, dir zu begegnen.«

Selbst durch die Trägheit meiner Lust bemerkte ich, dass sie meine Worte gehört hatte, weil sie ihre Finger in meinem Hemd vergrub. Dann schlich sich Wachsamkeit in ihren Blick und spiegelte meine eigene Angst, dass das alles zu überwältigend war. Doch davon würde ich mich nicht zurückhalten lassen.

»So schön. Klug. Liebevoll«, flüsterte ich an ihrer Haut und genoss, wie sie jedes Wort in sich aufsaugte. Hier ging es nicht nur um Lust und Anziehungskraft. Ich wollte Hailey wissen lassen, wie viel sie mir bedeutete. Ich spürte den ständigen Drang, ihr Gesicht vor reinem Glück aufleuchten zu lassen, an ihrer Lebensfreude teilzuhaben.

Dieses Gefühl hatte sich tief in meiner Seele eingenistet, und ich wusste, dass es nicht verblassen würde. Es fühlte sich anders an als alles, was ich bisher empfunden hatte, und ich wollte mich nicht dagegen wehren. Ich wollte mich diesem Taumel einfach hingeben.

Hailey hatte bereits etwas in mir verändert, auch wenn ich den Wandel nicht in Worte fassen konnte, weil ich ihn selbst noch nicht verstand.

»Aha. So also hast du es dir vorgestellt, wenn du darauf achtest, dass ich mich gut erhole, hm?«

»Unter anderem.«

»Oh? Erzähl mir mehr.«

»Geduld, Hailey. Wir haben immer noch den ganzen Tag vor uns.«

Sie grinste. »Was für ein Versprechen. Dann mal los.«

12 Hailey

Selbst an den besten Tagen konnte Los Angeles mit seinem Verkehrschaos und der Besessenheit mit kohlehydratfreiem Essen meine Geduld auf eine harte Probe stellen. Heute war echt kein guter Tag. In Hollywood fand irgendeine Parade statt, was den Verkehr auf dieser Seite der Stadt noch schauerlicher machte.

Ich hatte zwei Stunden gebraucht, um zu einem Mittagessen mit einer Klientin zu kommen … nur um festzustellen, dass die besagte Klientin mich versetzt hatte, weil sie sich den Verkehr nicht hatte antun wollen. Hatte ich schon erwähnt, dass ich speziell für sie ein Restaurant ausgesucht hatte, das ausschließlich kohlehydratarmes Essen servierte?

Trotz allem war ich guter Dinge, was für mich nicht unbedingt typisch war. Aber ich entdeckte auf der Speisekarte einen Salat, der gar nicht so schlecht schmeckte, und dann gab es da ja noch diesen köstlichen Mann, der mir unartige Nachrichten schickte.

Ich hatte ihm ein Bild von meinem Mittagessen geschickt

und im Anschluss beklagt, dass meine Klientin nicht aufgetaucht war und zu wenig Dressing auf dem Salat war.

Reid: Ich habe ein Sandwich.
Aber du wärst mir lieber.

Hailey: Oh? Irgendwelche besonderen Vorstellungen?

Reid: Nackt auf meinem Schreibtisch.

Wow. Das war sehr konkret. Als hätte er intensiv darüber nachgedacht.

Reid: Gönn dir etwas Zeit für dich. ☺
Du arbeitest so hart, Süße.

Und dann sagte er wieder so nette Sachen. Und so ging es schon seit zwei Wochen.

Ein Teil von mir war davon überzeugt gewesen, dass Reid nach meinem Austicker verschwinden würde. Er wäre nicht der erste Mann gewesen, der das tat. Ich konnte immer noch nicht glauben, wie fürsorglich er gewesen war. Er hatte sich den ganzen Tag über um mich gekümmert. Eigentlich die gesamte restliche Woche. Er hatte derart viel Verständnis gezeigt, dass mir gar keine Chance blieb, mich zu schämen.

Reids Interview war letzte Woche erschienen. Seitdem behielt ich jede Erwähnung seines Namens im Blick und las auch die Kommentare unter dem Artikel im Online-Portal.

Langsam veränderte sich die Geschichte um ihn herum ein wenig. Einige Kommentare stellten Marions Behauptungen infrage.

Ich wandte mich wieder meinem Salat zu. Gleichzeitig zog ich meinen Terminkalender heraus, sah mir meine Eintragungen für heute an und machte ein paar Notizen für einen weiteren Klienten, mit dem ich mich heute treffen sollte.

Ein paar Minuten später erregte ein vertrauter Name meine Aufmerksamkeit.

»Ihr Tisch ist bereit, Ms Carrington.«

Ich riss den Kopf hoch und sah Richtung Eingangstür. Marion Carrington höchstpersönlich. Was war ich nur für ein Glückspilz.

Sie hatte keine Ahnung, wer ich war, und das sollte auch so bleiben. Sich persönlich mit der gegnerischen Seite auseinanderzusetzen war niemals eine gute Idee.

Doch ich konnte den Blick nicht abwenden. Marion trug ein langes rotes Kleid, das ihr locker über eine Schulter fiel, und einen dieser breitkrempigen Hüte. Sie sah umwerfend aus. Als sie den Hut abnahm, wippte ihr langes, blondes Haar um ihre Schultern, als wüsste sie genau, wie sie sich bewegen musste, um diesen Effekt zu erzielen. Und wahrscheinlich stimmte das sogar.

In Wirklichkeit war Marion noch schöner als auf Fotos. Es war schwer zu glauben, dass diese Frau mit dem engelsgleichen Gesicht ein solches Miststück war. Alles, was sie getan hatte, stieß mich ab: Sie hatte betrogen, gelogen, und vor allem hatte sie Reid das Gefühl vermittelt, dass seine Liebe nicht genug war; dass er nicht gut genug war.

Direkt vor mir blieb Marion abrupt stehen. Für einen Moment fragte ich mich, ob sie die Feindseligkeit in meiner Miene erkannte, dann wurde mir bewusst, was ihre Aufmerksamkeit erregt hatte. Auf meinem Terminkalender prangte in großen Lettern der Name der Agentur.

»Sind Sie eine Klientin, oder arbeiten Sie dort?«, fragte sie, ohne sich vorzustellen.

»Hallo. Sind wir uns schon mal begegnet?«

»Ich habe Ihnen eine Frage gestellt.«

»Ich antworte für gewöhnlich nicht auf Fragen vollkommen Fremder.«

»Also arbeiten Sie dort.« Sie ließ sich auf den Stuhl neben mir fallen und bedeutete dem Keller, sich zu entfernen. »Ich habe gehört, dass mein Ex Klient Ihrer Agentur ist.«

»Wir besprechen die Angelegenheiten unserer Klienten nicht mit Außenstehenden.«

Sie lächelte geziert und verschränkte die Hände auf dem Tisch. »Das ist okay. Es gibt eigentlich nichts zu besprechen. Aber wenn Ihre Agentur weiß, was gut für sie ist, werden Sie ihn fallen lassen.«

»Jetzt haben Sie mein Interesse geweckt«, meinte ich spöttisch, lehnte mich vor und spiegelte ihre Pose. Sie starrte mich verblüfft an, als verstehe sie nicht, wieso ich ihr nicht bereits zu Füßen lag. »Wieso denken Sie das?«

»Weil ich ihn fertigmachen werde. Und das wird kein gutes Licht auf Ihre Agentur werfen.«

»Unsere Erfolgsbilanz, unseren Klienten in schwierigen Situationen zu helfen, ist makellos. Sie unterschätzen unsere Kompetenz. Und überschätzen gleichzeitig Ihren eigenen Einfluss um ein Vielfaches.«

Ihre Augen blitzten. »Ich habe das Interview in *L. A. Lifestyle* gelesen. Glauben Sie wirklich, das wird helfen?«

Ja, das glaubte ich, aber ich hatte nicht vor, ihr das mitzuteilen. Mehrere Klatschseiten hatten das Interview bereits übernommen oder Teile daraus zitiert. Obwohl Reid Marion kein einziges Mal erwähnt hatte, erfüllte der Artikel seinen Zweck. Die Öffentlichkeit betrachtete es in der Regel als Schuldeingeständnis, wenn jemand beharrlich schwieg.

»Glauben Sie, er wird gut dastehen, wenn ich mit ihm fertig bin?«

»Ich glaube, Sie versuchen, mich einzuschüchtern. Aber das funktioniert nicht.« Ich sah ihr in die Augen.

»Nun, wie unglücklich für Ihre Agentur, nicht wahr? Ich habe Beziehungen in dieser Stadt. Beziehungen, die Reid trotz all seines Geldes fehlen, weil er sich nie genug für Menschen interessiert hat, um tatsächlich mit ihnen zu interagieren.«

Ich wollte ihr ins Gesicht sagen, dass sie Reid verraten hatte. Ich wollte einen richtigen Zickenkrieg anfangen. Doch das durfte ich nicht. Es würde meine Position schwächen, zuzugeben, dass ich in dieser Sache aus persönlichen Gründen befangen war.

»Vielleicht wählt er die Leute, die er an sich heranlässt, nur sorgfältig aus«, gab ich zurück, bloß um sofort zu realisieren, dass ich zu viel preisgegeben hatte.

»Also ist er *Ihr* Klient. Dann wissen Sie wahrscheinlich, dass er herzlos ist. Seine verdammten Hotels sind ihm wichtiger als alles andere.«

»Ich urteile nicht über meine Klienten. Ich erledige nur meinen Job.«

So, das klang absolut neutral, als hätte ich persönlich kaum etwas mit ihm zu schaffen.

»Viel Glück. Die Beziehung mit diesem Mann war so langweilig.«

»Wieso waren Sie dann mit ihm zusammen?«

»Ich hatte gehofft, ihn davon überzeugen zu können, in meine geplante TV-Show zu investieren.«

Meinte sie das ernst? Ich blinzelte, um die Fassung zu wahren, obwohl ich mich am liebsten über den Tisch gelehnt und ihr eine Ohrfeige verpasst hätte. Ich hatte Gerüchte gehört, dass sie versuchte, eine Show ins Fernsehen zu bringen, die an *America's Next Top Model* angelehnt war. Aber das war… Sie hatte ihn einfach nur benutzt? Wer tat so etwas?

»Übrigens, falls Sie vorhaben, das gegen mich zu verwenden, werde ich alles leugnen, und dann steht Ihr Wort gegen meines.«

»Ich bin gut in meinem Job.« Ich grinste böse. Ihre Aussage konnte ich tatsächlich nicht verwenden, doch jetzt hatte ich eine bessere Vorstellung davon, zu welchem Maß an Hinterhältigkeit Marion fähig war. Reid war zu sehr Gentleman – er hatte offensichtlich einige Details ausgelassen. Mein Herz verkrampfte sich. Was, wenn er immer noch etwas für sie empfand? Diese Sache zwischen uns war ganz frisch, aber diesen Gedanken konnte ich kaum ertragen.

Trotz Marions Bösartigkeit war nicht zu leugnen, dass sie wirklich atemberaubend aussah. Sie war groß und schlank, mit so makelloser Haut, dass ich mich fast fragte, ob sie natürlich sein konnte. Hatte sich Reid von ihrer Schönheit blenden lassen?

»Wäre ich Sie, würde ich das Handtuch werfen, bevor es zu schmutzig wird.«

»Das entspricht nicht meiner Vorgehensweise.«

»Eine Schande.«

»Sie stören mich beim Mittagessen, und mir ist eigentlich egal, was Sie zu sagen haben. Es steht Ihnen frei, sich von meinem Tisch zu entfernen«, meinte ich trocken. Wenn sie noch länger blieb, würde ich die Beherrschung verlieren.

Sie riss den Kopf zurück, dann winkte sie den Kellner heran und sagte zu ihm: »Ich bin jetzt bereit, mich an meinen Tisch führen zu lassen.«

Nachdem Marion verschwunden war, dachte ich noch ein paar Minuten über unser Gespräch nach. Ich war sauer. Auf Marion, weil sie zu der Art von Leuten gehörte, die ich am meisten verabscheute: Ihr war vollkommen egal, wen sie verletzte, solange sie nur bekam, was sie wollte. Und ich war auch sauer auf mich selbst, weil ich für gewöhnlich zu Höchstform auflief, wenn man mich überraschte. Doch in dieser Begegnung hatte ich mich alles andere als gut geschlagen. Ich hatte zu viel preisgegeben, war zu aggressiv vorgegangen. So viel zu meinem Vorsatz, diese Frau nicht gegen mich aufzubringen.

13 Reid

»Du bist nicht bei der Sache«, sagte Deborah. Sie hatte mir ein paar Dokumente ins Fitnessstudio gebracht, wo ich gerade meine Viertelstunde auf dem Fahrradtrainer absolvierte.

»Du hast recht. Ich möchte den Vertrag noch mal sorgfältig lesen, bevor ich ihn unterschreibe.«

»Es ist dringend.«

»Ich weiß.«

Aber dasselbe galt für meine Fitness. Radfahren half mir, mich zu konzentrieren. Ich ging jeden Tag zwischen Meetings ins Fitnessstudio.

»Ich werde den Vertrag später in meinem Büro noch mal auf dem Computer lesen und die digitale Version unterschreiben.« Lesen dauerte bei mir als Legastheniker länger als bei normalen Menschen, doch mit manchen Dokumenten plagte ich mich lieber ab, bis ich wirklich jedes Wort verstanden hatte, statt sie mir vorlesen zu lassen. Zudem hatte ich eine Software auf dem Computer, die den Lese- und-Verständnis-Prozess unterstützte.

»In Ordnung.« Deborah schenkte mir ein seltsames Lächeln, ehe sie das Studio verließ.

Eine Stunde später, als ich den unterschriebenen Vertrag auf ihren Schreibtisch legte, fragte sie: »Also, wo bist du mit deinen Gedanken? Bei dieser hübschen PR-Dame, mit der du deine Zeit verbringst?«

Ich sah mich um, aber alle anderen hatten bereits Feierabend gemacht. Ich verlangte Deborah wirklich zu viel ab.

»Was? Dachtest du, ich würde es nicht bemerken?« Breit grinsend ließ sie ihr Kinn in die Hand sinken.

»Wie hast du es gemerkt?«

Sie richtete sich auf und deutete mit dem Finger auf mich. »Junger Mann, lenk mich nicht ab. Ich habe dir eine Frage gestellt.«

Ich lachte. Andere mochten mein Verhältnis zu Deborah nicht verstehen, doch es war keine Übertreibung, zu erklären, dass ich ohne sie heute nicht da wäre, wo ich war. Zum Teufel, sogar die Hotels würden wahrscheinlich nicht mehr den Davenport-Namen führen. Offiziell war sie die Büroleiterin, aber ehrlich gesagt, war sie meine Mentorin gewesen.

»Ja, ich denke oft an Hailey.«

Das war noch eine Untertreibung. Ich dachte eigentlich ständig an sie.

»Ich bin so stolz auf dich. Vor allem, wenn man bedenkt, dass nach ihrem ersten Besuch im Büro quasi Rauch aus deinen Ohren gekommen ist.«

»Das lag nur daran, dass du mich überrumpelt hast.«

»Und war es nicht gut so?«

»Deborah, hör auf mit diesem Mist.«

»Wieso ist das Mist? Ich will doch nur wissen, was in deinem Leben so los ist.«

»Und jetzt weißt du es. Brauchst du noch etwas, bevor ich mich mit dem Bauunternehmer treffe?«

»Ja. Deine Eltern haben wegen Biancas Party vor dem Abschlussball angerufen. Sie wollen wissen, wie es läuft und ob sie vielleicht helfen können.«

»Auf keinen Fall. Sag ihnen einfach, ich hätte alles unter Kontrolle.«

»Aber das hast du nicht«, stellte Deborah klar. »Ich habe keine Anweisungen erhalten, also organisiert niemand die Party. Außer, du hast noch eine andere Assistentin, von der ich nichts weiß.«

»Bianca und ich kümmern uns persönlich darum.«

Deborah musterte mich skeptisch.

»Ja, ja, ich weiß. Das ist riskant. Aber ehrlich, es kann nicht schlimmer werden als das, was meine Eltern auf die Beine gestellt hätten.«

»Stimmt auch wieder.«

Letztes Jahr hatten meine Eltern zu Biancas Geburtstag beschlossen, dass sie jetzt alt genug war, um eine Erwachsenenparty zu feiern. Was hieß: ein Fünf-Gänge-Menü, ein Streichquartett, das klassische Musik spielte, und ein verdammter Walzer als erster Tanz.

Ihre Freunde waren geflohen, noch bevor der Kuchen angeschnitten wurde, sodass nur die Bekannten meiner Eltern als Gäste zurückblieben. Sogar ich hatte mich gelangweilt… von meiner kleinen Schwester ganz zu schweigen.

Das Treffen mit dem Bauunternehmer dauerte über eine Stunde. Ich spielte mit der Idee, ein drittes Hotel zu eröffnen. Das mochte riskant sein, aber ich war ehrgeizig. Nach dem Meeting hatte ich einiges zu überdenken.

Ich bildete mir nicht ein, alle Antworten zu kennen. Sicher, ich war derjenige, der die Entscheidungen traf, aber ich mochte es, mir die Sichtweisen anderer Leute erklären zu lassen – besonders, wenn sie von harten Fakten untermauert wurden. Der Bauunternehmer hatte dargelegt, warum es klug war, bei dem Projekt eine gewisse Liquiditätsgrenze nicht zu überschreiten. Ich musste noch einmal in der Finanzabteilung nachfragen, doch das konnte bis morgen warten. Im Moment war ich in Gedanken schon bei Hailey.

Gott, ich vermisste sie. Wir waren seit der Nacht, in der sie krank geworden war, ein paarmal gemeinsam abends zum Essen gegangen, aber gelegentlich ein paar Stunden mit ihr zu verbringen reichte mir einfach nicht. Ich wollte sie die ganze Nacht für mich allein haben.

Ich rief Hailey an, als ich durch die leeren Büroräume schritt. Selbst Deborah war inzwischen gegangen.

»Hallo, meine Schöne«, sagte ich, als sie abhob. »Was treibst du gerade?«

»Ich überlege, was ich zu Abend essen soll.«

»Dürfte ich mich vorschlagen?«

Sie lachte leise. »Du redest nicht lange um den heißen Brei herum, hm?«

»Iss mit mir zu Abend. Verbring die Nacht bei mir.«

Hailey schwieg ein paar Sekunden. »Das würde bedeuten, dass ich um fünf aufstehen muss, um nach Hause zu fahren und mich umzuziehen.«

Verdammt. Machte sie sich wirklich nur Sorgen um die Logistik, oder wollte sie mich abwimmeln? Doch ich war niemand, der leicht aufgab.

»Du könntest erst bei deinem Haus vorbeifahren und dir Kleidung für morgen holen.«

»Du, Mister, hast manchmal wirklich tolle Ideen.«

»Heißt das, ich habe dich überzeugt?«

»Hmmm … die ehrliche Antwort lautet Ja. Ich habe allerdings das Gefühl, ich sollte mich noch ein wenig zieren, verstehst du?«

Ich lachte. »Nein, ich verstehe nicht. Aber du kannst es mir gerne erklären.«

»Nun, was wirst du denken, wenn ich einfach so zustimme?«

»Dass du genauso dringend Zeit mit mir verbringen willst wie ich mit dir.«

»Jetzt hast du mich vollkommen entwaffnet. Erzähl mir mehr.«

»Erst musst du meinem Vorschlag zustimmen.«

»Du gibst wirklich dein Bestes, hm?«

»Definitiv. Ich habe sogar noch ein paar Asse im Ärmel, aber die gebe ich erst preis, wenn du hier bist.«

»Ich werde eine Stunde brauchen, um erst nach Hause und dann zum Hotel zu fahren.«

»Ich werde bereit sein, dich zu beeindrucken.«

»Hau mich vom Hocker, Mister.«

Grinsend wie ein Honigkuchenpferd stieg ich die Treppen zum Penthouse nach oben. Ich war niemand, der viel über Gefühle nachdachte, doch seitdem Hailey in mein Leben getreten war, war sogar mir aufgefallen, wie viel häufiger ich lächelte. Und es hatte immer mit ihr zu tun. Mit ihrer humorvollen Art zwang sie mich, mich selbst nicht so wichtig zu nehmen … und es war überraschend, wie sehr mir das gefiel.

»Hier bin ich, in all meiner Pracht«, verkündete Hailey, als sie eine Stunde später aus dem Aufzug trat. Zusätzlich zu ihrer Handtasche trug sie einen Bügel mit einem roten Kleid und einen Rucksack.

»Lass mich dir helfen.«

Ich warf mir den Rucksack über die Schulter, dann küsste ich sie leidenschaftlich. Dabei vergrub ich eine Hand in ihrem dunklen Haar. Ich hatte sie sogar noch mehr vermisst, als ich gedacht hatte.

»Oh, là, là! Dieser Kuss hatte es ganz schön in sich«, murmelte sie.

»Komm, schöne Frau. Lass uns die Sachen aufräumen.«

Hailey schwieg, als wir ihre Sachen ins Schlafzimmer trugen, doch ich dachte mir nichts dabei, bis sie sagte: »Ich bin heute Marion begegnet.«

Langsam stellte ich den Rucksack aufs Bett, bevor ich mich zu ihr umdrehte. »Wie? Wann?«

»Beim Mittagessen. Sie kam zufällig in das Restaurant, wo ich mich mit meiner Klientin treffen sollte, und sie hat das Logo meiner Agentur auf meinem Terminplaner bemerkt. Ist zu mir gekommen, um mit mir zu reden.«

»Was wollte sie?«

»Sie hat darauf bestanden, dass ich dich als Klienten fallen lasse.«

»Was hast du geantwortet?«

»Dass sie mich beim Mittagessen stört.«

Dazu war nur Hailey fähig.

»Ich habe versucht, ruhig zu bleiben, aber das ist mir wirklich nicht leichtgefallen. Sie hat mir ins Gesicht gesagt, dass sie bloß so lange mit dir zusammengeblieben ist, weil sie gehofft hat, dass du in ihre Show investierst.«

Ich biss die Zähne zusammen. »Und sie war wahrscheinlich auch noch stolz darauf, habe ich recht?«

»Tut mir leid.«

»Das spielt keine Rolle.«

Ich hätte lieber das Thema gewechselt, weil ich die Stimmung nicht verderben wollte, doch Haileys Körpersprache verriet mir, dass sie noch etwas auf dem Herzen hatte.

»Was ist los?«

Sie zuckte nur mit den Achseln, aber so leicht ließ ich mich nicht abspeisen. »Hailey?«

»Empfindest du noch etwas für sie?«

»Nein.« Ich trat näher an sie heran und umfasste ihre Wangen. »Und das meine ich ernst. Wie kommst du darauf?«

»Ich weiß nicht. Sie ist schön.«

»Süße, dir kann sie nicht das Wasser reichen.«

»Schmier mir keinen Honig ums Maul, Mister. Sie ist eine bekannte TV-Moderatorin, die kurz davorsteht, eine eigene Model-Castingshow zu bekommen. Und habe ich schon erwähnt, dass sie aussah, als käme sie gerade von einem Fotoshooting?«

»Außerdem ist sie selbstsüchtig und untreu.«

»Ich weiß.«

Ich hob Haileys Kinn. Ich wollte sie auf jede mögliche

Weise beruhigen. Ich wusste, wie es sich anfühlte, wenn man sich immer fragte, ob man die Person neben sich mit jemand anderem teilen musste – selbst wenn es bloß in Gedanken war. Das war die Hölle auf Erden.

»Du bist schön, Hailey. Und hier drin« – ich tippte mir erst an die Schläfe, dann auf die Brust – »gibt es niemanden außer dir.«

Ich küsste sie leidenschaftlich, weil ich sie beruhigen und ihr all die Ängste und Unsicherheiten nehmen wollte. Ich spürte, wie die Anspannung aus ihrem Körper wich, und zog sie enger an mich. Ich küsste ihre Mundwinkel, ehe ich meine Zunge über ihren Lippensaum gleiten ließ. Sie lächelte an meinen Lippen. Ich vertiefte den Kuss, weil ich nicht genug von ihr bekommen konnte. Als unsere Zungen sich berührten, stieß sie ein wunderbares leises Geräusch aus. Ich begehrte sie so sehr. Ich wollte in jeder Hinsicht mit ihr verbunden sein.

Als ich sie hochhob, schlang sie sofort die Beine um mich. Meine Erektion war zwischen uns gefangen. Sie keuchte, als sie durch den dünnen Stoff ihres Kleides fühlte, wie hart ich war.

Dann drückte ich sie gegen die Wand, rieb mich an ihr, fühlte, wie sie meine Schultern jedes Mal fester umklammerte, wenn ich ihre Klitoris berührte.

»Immer langsam«, murmelte ich. »Zuerst gibt es Abendessen.«

Seufzend vergrub sie das Gesicht an meinem Hals. »Du hast recht. Aber vorher möchte ich noch duschen.«

»Ich habe eine tolle Lieferdienst-App auf dem Handy«, sagte sie, als sie eine Weile später aus der Dusche kam.

»Da habe ich etwas Besseres: Zimmerservice.«

Ihre Augen begannen zu leuchten. Verdammt, sie war süß. Ich hätte so gut wie alles getan, um diesen Ausdruck auf ihrem Gesicht zu halten.

»Oh, das hatte ich ganz vergessen: die Vorteile, in einem Hotel zu wohnen. Du kannst dir Gourmet-Essen bestellen, wann immer du willst. Würde ich hier wohnen, wöge ich eine Tonne.«

»Mir fallen ein paar Wege ein, Kalorien zu verbrennen.«

Sie wackelte mit den Augenbrauen und schnippte mit dem Finger, als wäre ihr gerade etwas eingefallen. »Stimmt. Du hast einen Pool. Noch ein Vorteil. Wir könnten hinterher schwimmen gehen.«

»Das ist nicht das, woran ich gedacht habe.«

Ich schob ihr eine Haarsträhne hinters Ohr, um meine Fingerspitzen dann auf der empfindlichen Haut ihres Halses verweilen zu lassen. Hailey leckte sich die Lippen.

»Willst du lieber ins Fitnessstudio?«, fragte sie frech.

»Nein, auch das ist nicht das, was ich im Kopf hatte.«

»Willst du laufen gehen?«

»Vielleicht sollte ich dich einfach über die Schulter werfen und ins Bett tragen.«

Sie stach mit dem Finger nach mir. »Du würdest mich aushungern, nur um deine niederen Gelüste zu befriedigen? Das kann ich so nicht angehen lassen, Mr Davenport.« Sie setzte sich auf einen der Barhocker und überflog die Speisekarte. »O Mann. Ich will mindestens fünf verschiedene Dinge bestellen.«

»Dann bestell sie. Tob dich aus.«

Mit einem breiten Grinsen rieb sie sich die Hände. Ich hätte mich an ihrer Aufregung, ihrem *joie de vivre*, an Hailey generell betrinken können.

Eine halbe Stunde später bimmelte der Aufzug. Ein Kellner lieferte unser Abendessen und richtete es auf der Bar an.

»Vielen Dank, Mark«, sagte Hailey nach einem kurzen Blick auf sein Namensschild.

»Ich wünsche Ihnen einen wunderschönen Abend.« Er lächelte sie an, doch sein Blick war auf ihren Körper gerichtet.

»Das wäre dann alles, vielen Dank«, sagte ich angespannt.

Sobald er verschwunden war, zog Hailey fragend die Augenbrauen hoch. »Wieso hast du den armen Mark so böse angestarrt?«

»Hast du nicht bemerkt, wie er dich angesehen hat?«

»Ähm … bist du eifersüchtig?«

»Ja.«

Sie riss die Augen auf. Wieso war sie überrascht? Ging sie noch mit jemand anderem aus? Das war für mich unvorstellbar und doch … für eine Sekunde hatte ich das Gefühl, mein Herzschlag hatte ausgesetzt und meine Lunge würde mir den Dienst versagen.

Ich schluckte schwer, dann umfasste ich ihr Gesicht und zog sie noch näher an mich heran.

»Wir haben gerade darüber gesprochen, dass es für mich niemanden gibt außer dich. Wie sieht es bei dir aus?«

Erneut riss sie die Augen auf. »Da gibt es niemand anderen. Natürlich nicht.«

»Gut. Das ist gut.«

Sie lächelte, bevor sie ihre Lippen auf meine drückte. Sie schmeckte nach Honig. Hatte sie sich bereits ein Stück Kuchen gestohlen? Verdammt, sie war wirklich bezaubernd.

»Ich will mit dem Honigkuchen anfangen«, sagte sie, als wir uns lösten, um durchzuatmen. »Soll ich ihn in zwei Hälften teilen?«

Ich konnte ein Lächeln nicht unterdrücken. »Das wäre weniger als eine Hälfte, oder? Du hast schon ein Stück genommen.«

Dann senkte sie den Blick auf den Kuchen, wahrscheinlich, weil sie sich fragte, woher ich das wusste. Sie war vorsichtig genug gewesen, dass der Kuchen noch ganz normal aussah.

Ich beugte mich vor und biss sie leicht ins Ohrläppchen. Dass sich sofort Gänsehaut auf ihren Armen bildete, fand ich wunderbar. »Ich konnte den Honig schmecken.«

»Aufgeflogen«, flüsterte sie. »Ich musste gleich herausfinden, ob er so gut ist, wie er aussieht. Und das tut er.«

Ich lachte. Ich konnte einfach nicht anders. »Du bist wirklich eine Nummer. Wenn du willst, kannst du das ganze Stück haben.«

Sofort stürzte sie sich darauf. Nach dem Abendessen verkündete Hailey, dass sie sich meine Bar genauer ansehen wollte, und verschwand hinter dem Tresen.

»Meiner Familie gehörte mal eine Kneipe«, sagte sie.

»Wirklich?«

»Ja. Meine Eltern sind aus Irland emigriert und besaßen einen Irish Pub. Val und Landon haben ihn ein paar Jahre weitergeführt. Ich wollte immer hinter dem Tresen herumschnüffeln … aber ich durfte nicht, weil ich zu jung war.«

»Lass uns zusammen Cocktails mixen.« Ich trat ebenfalls hinter den Tresen.

»Oooh, ja. Irgendwas, was das köstliche Abendessen ergänzt, das wir gerade genossen haben.«

»Was auch immer du willst. Lass uns mal sehen, was wir mixen wollen.«

Sie klatschte in die Hände, dann sah sie sich die Flaschen genau an. »Okay, ich bin eine Weinliebhaberin, also gebe ich offen zu, dass ich keine Ahnung habe. Ich werde dir einfach vertrauen. Verschaff mir nur keinen Kater.«

»Das würde ich nie tun. Auch wenn der dafür sorgen könnte, dass du am Morgen hierbleibst.«

Sie warf mir einen bösen Blick zu. »Hey! Sorg nicht dafür, dass ich mein Vertrauen in dich bereue.«

Ich beugte mich vor, um ihre Wange zu küssen. »Niemals.«

Letztendlich richteten wir ein totales Chaos an, doch ich hatte schon seit langer Zeit nicht mehr so gelacht. Und es war bereits spät, was bedeutete, dass ich nicht um fünf Uhr aufstehen würde, um schwimmen zu gehen, bevor der Poolbereich für die Hotelgäste öffnete.

Hailey stellte meine gesamte Zeitplanung auf den Kopf, aber das war mir vollkommen egal. Meine Abende sahen für gewöhnlich ganz anders aus, und doch fand ich den heutigen Abend wunderbar: die Leichtigkeit unseres Umgangs, wie sie mich ansah, sich an mir anfühlte.

Als wir uns einen letzten Cocktail mixten, dachte ich darüber nach, wie mein Plan für den Rest der Woche aussah. Übermorgen würde ich meine Schwimmroutine wiederaufnehmen. Ich brauchte den Energieschub, den mir die Bewegung verschaffte. Meine viertelstündigen Fahrradpausen zwischen den Nachmittagsterminen reichten einfach nicht aus. Verdammt. Ich klang wie ein Roboter.

Dann warf ich einen kurzen Blick zu der schönen Frau neben mir. Würde meine mangelnde Flexibilität Hailey irgendwann vertreiben? Dafür sorgen, dass sie sich anderweitig nach der Aufregung umsah, die ich ihr nicht liefern konnte? Das könnte ich nicht ertragen. Nicht von Hailey. Als sie ihrem Cocktail den letzten Schliff gab – mit einer aufgespießten Kirsche –, trat ich hinter sie, ließ meine Lippen über ihren Hals gleiten und liebkoste ihre Schulter mit der Zunge.

»Hey. Hör auf, mich abzulenken, oder wir werden solche Abende nicht mehr haben.«

Ich öffnete den Reißverschluss ihres Kleides und schob den Stoff über ihre Schultern, um meinen Mund tiefer gleiten zu lassen. Sie keuchte.

»Und ich werde auch nicht mehr übernachten«, drohte sie, doch da sie flüsterte, klang es nicht allzu bedrohlich. Ich ließ meine Lippen langsam über ihren Rücken nach unten gleiten. Der Gedanke, dass sie mit jemand anderem ausgehen könnte, trieb mich in den Wahnsinn. Ich hatte mich verliebt und wusste nicht, was ich mit dieser Erkenntnis anfangen sollte. Als ich Haileys Hüften packte, um sie umzudrehen, schenkte sie mir ein strahlendes Lächeln, das dafür sorgte, dass mir vollkommen egal war, dass ich die Zukunft nicht planen wollte. Diese atemberaubende Frau war jetzt bei mir. Und nur das zählte.

14

Hailey

Eine Woche später war der Termin für Vals Besuch in der Arztpraxis gekommen. Als das Baby auf dem Bildschirm erschien, begannen meine Augen zu brennen. Er oder sie war so klein. Carter, April, Peyton und ich drängten uns um das Bett. Ich war die Einzige, die kurz davor war zu heulen, doch das war mir überhaupt nicht peinlich, denn ich freute mich so für meine Schwester, für die ganze Familie.

»Ah, gratuliere. Es ist ein Mädchen.«

Wir begannen alle gleichzeitig zu reden. Ich konnte mich nur mit Mühe davon abhalten, vor Freude auf und ab zu springen. Ich umarmte April und Peyton, die bereits damit beschäftigt waren, mögliche Namen vorzuschlagen. Carter drückte Vals Hand.

»Lassen Sie mich ein paar Messungen vornehmen, aber bisher wirkt alles normal.«

Danach, als der Arzt allein mit Carter und Val sprechen wollte, ging ich mit den Mädchen in das Café auf der anderen Straßenseite, um sie zu beschäftigen. April war fünfzehn und schon ein Modefreak, also gingen uns die Gesprächsthemen nicht aus. Peyton hörte uns fasziniert zu.

Als Carter und Val sich uns anschlossen, fiel mir sofort auf, dass meine Schwester bedrückt wirkte. Sie hatte die Schultern hochgezogen und die Stirn gerunzelt. Als Carter den Mädchen vorschlug, ihn an den Verkaufstresen zu begleiten, um eine zweite Runde süße Köstlichkeiten zu kaufen, wusste ich, dass ich mir das nicht nur einbildete. Sobald sie außer Hörweite waren, konzentrierte ich mich ganz auf Val.

»Was ist los?«

»Du musst mich nur ansehen und weißt schon, dass etwas nicht stimmt?«

»Was denn sonst? Du bist meine Schwester. Also, spuck es aus. Was hat der Arzt gesagt?« Ich presste mir eine Hand auf den Bauch und wappnete mich innerlich.

»Dem Baby geht es gut, mir geht es gut, aber er hat mir geraten, jetzt in der Schwangerschaft nicht mehr zu fliegen. Ich kann dich in zwei Wochen nicht nach Chicago begleiten.«

Die Erleichterung, die mich überschwemmte, war so allumfassend, dass meine Knie weich wurden. Vals Geburtstermin war für Mitte Juni angesetzt. Nun hatten wir die dritte Aprilwoche. Wir hatten unseren Trip vor einer halben Ewigkeit geplant, bevor wir von ihrer Schwangerschaft erfahren hatten. Wir hätten doch eigentlich wissen müssen, dass eine Flugreise so spät in einer Schwangerschaft keine gute Idee war.

»Val, vergiss Chicago einfach. Was hat der Arzt noch gesagt?«

»Abgesehen von der Tatsache, dass ich für eine Mutterschaft schon recht alt bin? Zumindest hat er nicht von einer Risikoschwangerschaft geredet.«

Ich verzog das Gesicht. Beides klang nicht unbedingt nett.

»Er meinte, es wäre gut, wenn ich mich nicht anstrenge.«

»Hat er Bettruhe vorgeschlagen?«

»Nicht unbedingt, aber er ist der Meinung, dass Reisen zu anstrengend sind. Besonders mit einem längeren Flug. Es tut mir wirklich sehr leid.«

»Wir können ein andermal nach Chicago reisen. Oder gar nicht.«

»Aber du hast das Hotel schon gebucht.«

»Dann werde ich einfach alleine fahren. Schließlich bin ich daran gewöhnt.« Als ich noch als Unternehmensberaterin gearbeitet hatte, war ich ständig allein unterwegs gewesen.

»Du könntest auch jemanden finden, der meinen Platz einnimmt.«

Ich runzelte die Stirn, weil ich nicht ganz verstand, worauf Val hinauswollte.

»Okay.«

»Wieso fragst du nicht einen gewissen grüblerischen Hotelbesitzer, ob er sich dir anschließen will?«

»Reid? Nein, auf so was steht er nicht.«

»Fragen kostet nichts.«

»Val, wir sind noch nicht lange zusammen. Wenn ich so was jetzt anspreche, wird er nur glauben, ich hätte unrealistische Erwartungen an ihn.«

»Aber du fändest es schön, wenn er dich begleiten würde, oder?«, fragte sie mit einem hinterhältigen Lächeln.

»Natürlich. Ich liebe es, Zeit mit ihm zu verbringen. Er ist so … ich weiß nicht, ganz anders, als ich dachte. Er kann grüblerisch sein, allerdings ist er auch unterhaltsam.« Ich lachte leise, als ich an unsere Cocktailstunde letzte Woche zurückdachte. Doch jetzt war nicht der richtige Zeitpunkt, in schwärmerische Gedanken über Reid zu versinken. Ich musste mich auf Val konzentrieren. Ich wusste, dass die nächsten zwei Monate nicht einfach für sie werden würden, schließlich war sie eine sehr aktive Person. Vor ein paar Jahren hatte sie nach einem Autounfall ein paar Wochen zu Hause bleiben müssen … was sie fast in den Wahnsinn getrieben hatte.

Ich musste für heute Abend eine Ablenkung planen, um sie aufzumuntern.

Doch zuerst wollte ich bei Carter nachfragen, ob er schon etwas geplant hatte. Ich schlenderte unter dem Vorwand, mir noch einen Kaffee bestellen zu wollen, an den Tresen und wechselte ein paar Worte mit meinem Schwager.

»Daran hatte ich noch gar nicht gedacht, aber ich stimme dir zu. Sie fände es wunderbar, wenn sich der Clan heute Abend bei uns versammelt«, meinte er.

Hatte ich schon erwähnt, dass ich Carter ganz toll fand? Er machte meine Schwester so glücklich.

»Perfekt. Ich werde mich um alles kümmern.«

Lori war die Planerin der Familie, also zog ich mich in eine Ecke des Cafés zurück und rief sie als Erste an.

»Okay«, sagte Lori, »ich werde alle anderen informieren. Du konzentrierst dich ganz auf Val.«

»Abgemacht.«

In unserer Familie wurde keine Zeit verschwendet. Wenn einer von uns etwas brauchte, sammelten wir uns sofort um den Betreffenden. Glücklich kehrte ich an den Tisch zurück.

»Ich habe etwas anzukündigen. Diese Woche gibt es zwei Familienessen. Der Clan wird sich auch heute Abend im Haus versammeln.«

»Was? Warum? Doch nicht meinetwegen, hoffe ich«, rief Val.

»Natürlich deinetwegen. Du brauchst ein bisschen Connor-Liebe. Carter stimmt mir zu.«

Sie sah ihren Ehemann an, aber der zuckte nur mit den Schultern und drückte ihr einen Kuss auf die Stirn. »Absolut.«

»Aber wir haben nicht genug im Kühlschrank, um ein Abendessen zu kochen. Ich kann natürlich etwas zaubern …«

»Nur keine Hektik. Ich habe alles unter Kontrolle. Es gibt Pizza und Käsekuchen.«

»Hailey.«

»Was?«

»Ich fühle mich gut.«

»Ich weiß. Aber eine spontane Connor-Versammlung hat noch nie geschadet.«

Carter und die Mädchen beobachteten uns lächelnd.

Val lachte. »So viel zu der Theorie, dass du inzwischen Geheimnisse wahren kannst, hm?«

»Hey, ich habe Lori keinerlei Details geliefert. Ich habe ihr nur gesagt, dass wir dich aufmuntern müssen.«

Meine Familie zog mich ständig damit auf, und sie hatten recht. Irgendwie. Als Kind war ich immer gut darin gewesen, meine eigenen Geheimnisse zu wahren, jedoch nicht die meiner Geschwister. Noch heute schämte ich mich dafür, dass ich mit meiner großen Klappe mehr als ein paar Überraschungspartys (und Überraschungsgeschenke) hatte auffliegen lassen. Ich arbeitete nach wie vor daran, aber hey, ich machte Fortschritte. Ich hatte es sogar ein paar Wochen lang für mich behalten, dass Jace Brooke einen Antrag machen wollte. Noch vor ein paar Jahren hätte ich mich kaum bremsen können, meinen Schwestern davon zu erzählen. Nun, auch diesmal war es mir schwergefallen, doch es war mir gelungen, mich zurückzuhalten. Das war schließlich ein Fortschritt, nicht wahr?

Diese persönliche Schwäche mochte angesichts meiner Berufswahl ironisch wirken, aber ich hatte keinerlei Probleme, die Privatsphäre meiner Klienten zu schützen. Und langsam hatte meine PR-Rolle auch Einzug in unsere Familiendynamik gehalten. Ich war sehr gut darin, alle zu beruhigen … sobald ich mich selbst beruhigt hatte.

»Also: Pizza und Käsekuchen. Kohlehydrate und meine liebsten Menschen um mich herum? Wie könnte ich da Nein sagen?«, meinte Val schließlich.

»Das ist meine Schwester. Hast du irgendwelche besonderen Wünsche?«

»Nein. Aber dauert es noch lange, bis es Essen gibt? Ich bin jetzt schon am Verhungern.«

»Ich beeile mich.«

»Ich würde sagen, wir können nach Hause fahren«, meinte Carter. »Mädchen, seid ihr fertig?«

Beide nickten.

»Meine Aufgabe ist es, das Essen zu besorgen. Ich werde die Pizzas auf dem Weg abholen«, erklärte ich.

Val umarmte mich fest. »Du bist eine tolle Schwester«, flüsterte sie mir ins Ohr. »Und das mit Chicago tut mir furchtbar leid.«

»Schwesterherz, mach dir deswegen keine Gedanken. Wirklich nicht.«

Sobald ich im Auto saß, rief ich noch mal Lori an. »Weißt du, was ich mir überlegt habe? Wir sollten eine Party draus machen. Ganz ausgelassen natürlich. Setzen noch einen drauf. Nicht nur Pizza und Käsekuchen.«

»Oh, ich liebe, wie dein Hirn funktioniert, Kleine.«

Breit grinsend legte ich auf. Operation *Sich um Val kümmern* würde ein voller Erfolg werden. Ich konnte nicht glauben, dass sie sich noch Sorgen wegen Chicago machte. Ich konnte einfach allein fahren … oder … ich könnte Reid fragen. Zwar wollte ich ihn nicht in die Flucht schlagen, aber jetzt – wo Val mir die Idee in den Kopf gesetzt hatte, Reid könnte mich auf die Reise begleiten – konnte ich nicht leugnen, dass ich die Vorstellung verlockend fand.

Ein paar Tage, wo ich Reid ganz für mich hatte, in einer Stadt, die ich schon seit langer Zeit noch mal erkunden wollte. Sehr, sehr verlockend.

15 Reid

»Wir befinden uns definitiv auf dem richtigen Weg. Das Interview wurde gut aufgenommen. Hast du die Kommentare gelesen?« Hailey lächelte, bevor sie mit der Gabel in ihrer Salatschüssel herumstocherte. Wir saßen in meinem Büro und aßen zu Abend.

»Nein, aber ich vertraue dir. Ich mag es nicht, im Internet über mich selbst zu lesen.«

»Verständlich. Ich werde dich auf dem Laufenden halten.«

»Glaubst du, wir müssen bald noch ein Interview führen?«

»Nein, ich denke, vorerst ist alles okay. Wir wollen nicht zu heftig in den Vordergrund drängen.«

Hailey hatte verstreute Infos über mich in mehreren Medien preisgegeben, aber nichts davon hatte die Tiefe des Interviews erreicht.

»Okay.«

Ich griff nach ihrer Hand und wollte gerade ihren Handrücken küssen, als ich Stimmen im Flur hörte.

»Mom und Dad sind hier.«

»Hattest du mit ihnen gerechnet?«

»Nein, aber sie schauen abends hin und wieder mal vorbei.«

Die Angestellten hatten bereits Feierabend gemacht, weswegen mich niemand vorgewarnt hatte, dass meine Eltern unterwegs waren… doch meine Eltern brauchten sowieso keine Vorankündigung.

»Oh. Okay. Okay.« Hailey fuhr sich mit den Fingern durchs Haar, dann stand sie auf und strich ihr Kleid glatt. »Wie sehe ich aus?«

Ich unterdrückte ein Lächeln. War sie etwa nervös? Als sie zum ersten Mal mein Büro betreten hatte, hatte sie nichts als Ruhe und Beherrschtheit gezeigt, dabei war ich alles andere als kooperativ gewesen. Aber meinen Eltern vorgestellt zu werden machte sie nervös.

»Du bist wunderschön, Hailey.«

Meine Eltern betraten genau in dem Moment den Raum, in dem ich ebenfalls aufstand. Mom war völlig erstaunt und blickte mit großen Augen zwischen uns hin und her.

»Oooh, wir wussten nicht, dass du Gesellschaft hast.«

Hailey schüttelte meinen Eltern die Hände. Beide wirkten begeistert, als sie ihren Namen nannte.

»Oh, das ist die junge Frau, die dein Leben ein wenig durcheinandergewirbelt hat.«

Hailey blinzelte, bevor sie mir einen fragenden Blick zuwarf.

»Nun, wir hatten vor, unseren Sohn zu überreden, mit uns essen zu gehen, aber wir wollen euch nicht stören«, sagte Dad. Ich rechnete ihm hoch an, dass er es versuchte, aber Mom war noch nicht fertig.

»Und, welche Pläne habt ihr für den heutigen Abend?«

»Tja, wir wollten spontan entscheiden, was wir machen.« Hailey unterdrückte ein Lächeln.

»Ich hoffe, ihr sitzt nicht den ganzen Abend hier im Büro herum.«

»Mom«, warnte ich, doch sie ignorierte mich.

Hailey lachte. »Keine Sorge, Mrs Davenport, ich bin noch nicht damit fertig, ihn aufzurütteln. Möchten Sie sich uns beim Abendessen anschließen? Wir können mehr Gerichte bestellen. Die Köche sind wirklich schnell.«

»Nun, wenn es Ihnen nichts ausmacht«, sagte Mom. Ich war mir sicher, dass sie bereits über Namen für potenzielle Enkel nachdachte.

»Natürlich nicht«, versicherte Hailey.

Zehn Minuten später saßen wir alle um den Couchtisch.

»Mrs Davenport, wo haben Sie dieses Oberteil gefunden? Es ist toll.«

»Oh, online. Ich liebe Online-Shopping. Ich erinnere mich nicht, auf welcher Seite, aber ich kann nachsehen.«

»Das wäre wirklich nett.«

Ich war erleichtert, dass Hailey sich von Moms exzentrischer Art nicht im Mindesten abschrecken ließ. Mom sprach sehr laut, und ihre Kleidung enthielt für gewöhnlich auf jeden Fall ein Stück in Neonfarben – wie das leuchtend orangefarbene Top, das sie heute trug. Doch Hailey unterhielt sich mit Mom, als wären sie alte Freunde.

»Ich habe mir die Hände mit Fett verschmiert«, sagte Hailey, als wir aufgegessen hatten. »Ich werde mir kurz die Hände waschen gehen.«

»Ich werde Sie begleiten«, bot Mom an.

Sobald die beiden verschwunden waren, lehnte Dad sich auf seinem Stuhl vor. Ich rechnete damit, dass er sich nach der Gewinn- und Verlustrechnung erkundigte, wie er es in der Regel tat, wenn er im Büro vorbeischaute.

»Das ist eine tolle Frau.«

Ich war schockiert. Dad kommentierte mein Privatleben so gut wie nie. »Ich weiß.«

»Freut mich, dass wir sie kennenlernen durften.«

»Dad …«

»Mein Sohn, ich weiß, unter was für einem Druck du stehst. Ich habe zu meiner Zeit genauso empfunden. Ich dachte, der einzige Weg, alles am Laufen zu halten, wäre der, mich vollkommen aufs Geschäft zu konzentrieren. Aber das hat mir nicht gutgetan. Und ich rede nicht nur von meiner Gesundheit … dieses Verhalten war auch deiner Mutter gegenüber nicht anständig. Ich habe ihr bei Weitem nicht so viel Aufmerksamkeit geschenkt, wie sie verdient hätte, habe ihr deine gesamte Erziehung allein überlassen. In gewisser Weise war mein Schlaganfall ein Segen. So habe ich eine zweite Chance mit Bianca bekommen. Doch jetzt stehst stattdessen du unter Druck. Ich war dir kein gutes Vorbild, das weiß ich. Aber um Himmels willen, tritt nicht in meine Fußstapfen.«

Ich wusste nicht, was ich antworten sollte. Ich kümmerte mich gerne um das Vermächtnis meiner Eltern, doch ich war kein Workaholic. In den Anfangsjahren hatte ich fast rund um die Uhr im Büro verbracht, aber damals war es auch notwendig gewesen, um mich wirklich in die Materie einzuarbeiten. Irgendwann hatte ich eine Routine gefunden, die für mich funktionierte. Jetzt arbeitete ich so viel wie alle anderen auch, nur dass ich einem genauen Zeitplan folgte. Könnte ich mein Leben mehr genießen? Wahrscheinlich. Doch ich hatte nie das Gefühl, die Dinge anders angehen zu wollen.

Zumindest, bis Hailey in mein Leben getreten war.

Ich wollte meinen Eltern keinen Anlass zur Sorge geben. In der Vergangenheit hatte ich ihre Kommentare als Frotzelei abgetan, doch diesmal klang es, als hätte Dad lange darüber nachgedacht.

Mom und Hailey lachten, als sie zurückkehrten.

»Howard, lass uns gehen. Wir beiden Oldies können ja wohl schlecht den beiden ihren gesamten Abend blockieren. Komm.«

Hailey grinste. »Nein, gehen Sie nicht. Wir können uns noch Nachspeise bestellen. Haben Sie den Käsekuchen schon mal probiert? Er ist unglaublich.«

Sie meinte es wirklich ernst. Sie verbrachte gerne Zeit mit meinen Eltern. Wie hatte ich dieses Glück verdient? Mir wurde ganz warm ums Herz.

»Ihr beide genießt euer Dessert, aber wir werden uns verabschieden. Kümmern Sie sich gut um meinen Sohn, okay?«

»Keine Sorge, Mrs Davenport. Ich habe noch eine Menge Ideen auf Lager.«

Meine Mutter strahlte bei ihren Worten. Sobald die beiden verschwunden waren, sah ich Hailey mit hochgezogenen Augenbrauen an.

»Also, meine Schöne. Was genau hast du noch für mich auf Lager?«

Hailey zuckte mit den Achseln und sah mich dann kokett

an. »Du wirst einfach abwarten und Tee trinken müssen, Mr Davenport.«

»Ich bin nicht besonders geduldig.«

»Und was willst du dagegen unternehmen?«

Diesmal wackelte ich mit den Augenbrauen. »Nun, für den Anfang hege ich den hinterhältigen Plan, dich dazu zu überreden, am Abend vor deiner Reise nach Chicago mit mir zu Abend zu essen.«

»Oh.«

Ich runzelte die Stirn, denn die Aussicht auf die Reise schien sie bei Weitem nicht mehr so zu begeistern wie bisher.

»Schon alles gebucht?«

Sie rümpfte die Nase. »Sicher, aber es dürfte nicht allzu aufregend werden. Val kann mich nicht begleiten. Wir waren gestern bei ihrem Gynäkologen. Ihr und dem Baby geht es gut, aber er hat ihr erklärt, es wäre besser, nicht zu reisen. Besonders, da dieser Flug viereinhalb Stunden dauern würde. Ich denke immer noch darüber nach, ob ich das überhaupt mache.«

Das Strahlen in ihren Augen ließ ein wenig nach. Ich wusste, wie sehr sie sich auf diesen Trip gefreut hatte. Ich konnte es kaum glauben, aber tatsächlich störte es mich, dass sie mich nicht mal gefragt hatte, ob ich mitkommen wollte.

»Was wäre, wenn ich dich begleiten würde?«, fragte ich und erschütterte damit sogar mich selbst. Hailey starrte mich mit offenem Mund an.

»Nein, das ist nicht nötig. Die Reise ist von Montag bis Donnerstag, schon vergessen? Also kein Wochenendtrip.

Ich weiß, dass du viel zu tun hast. Ich kann dich nicht bitten, für mich einfach alles stehen und liegen zu lassen.«

Mein Herz begann zu rasen, als Schuldgefühle in mir aufstiegen. Offensichtlich hatte ich ihr nicht gezeigt, wie viel sie mir bedeutete. Doch das würde ich sofort ändern.

»Außer, du möchtest mich begleiten«, schob Hailey eilig nach. »Aber ich denke nicht, dass du das willst. Was völlig okay ist.«

Ihre seelenvollen braunen Augen funkelten wieder. Ich war für dieses Strahlen verantwortlich, und ich wollte verdammt sein, wenn ich es nicht jeden Tag aufleuchten lassen wollte. In Gedanken ging ich meinen Terminkalender durch. Wahrscheinlich würde das meinen gesamten Monat durcheinanderbringen, aber ich würde das schon irgendwie hinkriegen. Auf keinen Fall würde ich Hailey enttäuschen.

Ich dachte an Dads Worte zurück und fragte mich, ob er das Thema wohl deswegen zum ersten Mal angesprochen hatte, weil er gespürt hatte, wie viel Hailey mir bedeutete. So viel, dass ich bereit war, meine Komfortzone zu verlassen und mein Leben zu verändern, wenn das hieß, dass ich ihr damit näherkam. Wenn ich bei ihr war, fühlte ich mich wie ein anderer Mensch, daran bestand kein Zweifel.

»Wir fahren«, verkündete ich.

»Ach ja?« Sie grinste so breit, dass ich einfach nicht anders konnte, als sie zu küssen.

»Ja«, sagte ich an ihren Lippen.

»Weißt du was? Ich glaube, du hast dir gerade das Recht verdient, zu erfahren, was ich heute Abend für dich geplant habe.«

»Wie schade. Ich hatte gehofft, du würdest mich wirklich dafür etwas tun lassen.«

Sie lachte, als ich sie gegen die nächste Wand drängte und meine Lippen über ihren Kiefer gleiten ließ.

»Oh, wer bin ich, dich aufzuhalten, wenn du dich für die harte Tour entscheiden möchtest?«

16

Hailey

»Ich kann nicht glauben, dass du uns upgegradet hast«, rief ich und ließ die Hand über den weichen Ledersitz gleiten.

»Für meine Freundin nur das Beste. Es hat mich überrascht, dass Val und du nicht Business-Class gebucht hattet.«

Ich zuckte mit den Achseln. »Ich gebe bereits zu viel Geld für Schuhe und Klamotten aus, also muss ich mir überlegen, was ich mir noch gönne. Val kann sich die Business-Class natürlich leisten, aber sie achtet ebenfalls auf ihr Geld. Ich nehme an, das ist noch eine alte Gewohnheit aus der Zeit, als das nicht der Fall war.« Ich wandte mich Reid zu. »Vielen Dank.«

Sobald das Boarding abgeschlossen war, brachte die Stewardess uns Gläser mit Champagner. Wir hatten einen sehr frühen Flug gebucht, also wäre Kaffee wahrscheinlich die bessere Alternative gewesen, aber ich hatte nicht vor, mich zu zieren.

»Oh, là, là. Ich könnte mich an diese Art von Service

gewöhnen«, flüsterte ich eine Stunde später, als mir ein frisches Glas gebracht wurde.

»Hey, immer langsam.«

»Das ist erst mein zweites Glas.«

»Das dritte«, stellte Reid mit einem leisen Lächeln richtig. Oooh, das könnte meinen leichten Rausch erklären. Und wieso ich ihm das Ohr abkaute. Ich konnte kaum still sitzen und empfand den unwiderstehlichen Drang, ihm alles zu erzählen, was ich je über Chicago gelesen hatte.

»Soll ich dir ein Geheimnis verraten?«, flüsterte ich. »Ich glaube, ich bin angeschickert.«

»Ich verspreche, es niemandem zu verraten«, antwortete er leise und verschwörerisch.

»Und du bist eine viel bessere Reisebegleitung als Val. Ups … erzähl ihr nicht, dass ich das gesagt habe.«

»Ich werde dein schmutziges kleines Geheimnis wahren.«

Er strich mit den Fingern über meine Wange, bevor er sie über meinen Hals nach unten gleiten ließ. Feuer brannte in seinen blaugrauen Augen und sorgte dafür, dass mir ganz warm wurde. Er zog mich für einen wilden Kuss an sich, ohne seine Hände von mir zu lösen, dann schob er eine Hand zwischen uns und liebkoste meine Brüste. Ich trug einen Seiden-BH, doch es war, als berühre er meine nackte Haut.

Oh, um Himmels willen. Wieso tat Reid mir das an? Er küsste mich, bis jede Berührung seiner Zunge drohte, mich vergessen zu lassen, dass wir in einem Flugzeug saßen. Seine Fingerspitzen umkreisten meine Nippel, bis sie so empfindlich waren, dass selbst die Seide auf meiner Haut sich anfühlte wie reine Folter.

Ich brummte leise, als Reid sich zurückzog, weil ich noch nicht bereit war, ihn gehen zu lassen. Er presste den Daumen auf meine Lippen und drückte mir einen Kuss auf die Stirn. Oh, genau. Wir waren nicht allein. Deswegen hatte er aufgehört.

Ich drehte mich wieder nach vorne, gerade rechtzeitig, um zu sehen, dass die Stewardess das Essen servierte.

»Mehr Champagner?«, fragte sie.

»O nein. Vielen Dank.«

Ich wollte es nicht übertreiben, sonst könnte ich bei Reids nächstem Kuss wirklich meine Umgebung vergessen.

Meinem Geschmack nach ging der Flug viel zu schnell vorbei. Einige der Senior Consultants in meiner alten Firma waren immer Business-Class geflogen, doch in diese Karriere-Höhen war ich nie aufgestiegen. Ich hatte mir das nur ab und zu gegönnt, wenn ich meine Bonusmeilen für ein Upgrade einsetzen konnte. Ich liebte den Komfort.

»Das war so gemütlich, dass ich mir fast wünsche, wir könnten gleich zurückfliegen, um es noch länger auszunutzen. Danke, dass du mich so verwöhnst«, sagte ich und streckte mich, als wir auf unser Gepäck warteten.

Reid zog mich in eine halbe Umarmung und flüsterte: »Keine Sorge. Ich habe vor, dich auch den Rest der Reise zu verwöhnen.«

Ein wunderbares Kribbeln überlief meinen Körper. Was genau hatte er vor? Ich hätte versuchen können, ihm einen Hinweis zu entlocken, denn ich hatte da so meine Tricks. Aber dann beschloss ich, mich lieber überraschen zu lassen.

Dank der Priority-Anhänger kam unser Gepäck als Erstes. Auf dem Weg zum Ausgang zog Reid sein Handy aus der Tasche.

»Hast du Internet?«, fragte er. »Ich hatte schon auf dem Flug keinen Empfang, und jetzt funktioniert es auch nicht.«

»Nein, nein.« Ich trat zur Seite und hätte ihn fast gerammt. »Urlaubsregeln: keine E-Mails aus der Arbeit. Wenn du einmal anfängst, nimmt es kein Ende. Du öffnest eine Mail, dann fängst du an, darüber nachzudenken…«

Reid wirkte vollkommen perplex. Ich biss mir auf die Unterlippe. Der Schwips im Flugzeug hatte mich entspannt, sodass ich mir nicht so viele Sorgen darum gemacht hatte, ob ich ihn mit dieser Reise vielleicht überfordert hatte. Aber nun hatte ich wieder einen klaren Kopf. Und ich wusste, dass meine dominante Persönlichkeit manche Leute wahnsinnig machte. Sicher, Reid hatte mir gesagt, dass er das mochte… aber das war gewesen, bevor wir so viel Zeit miteinander verbracht hatten.

Ich wollte nicht unerträglich sein. Verdammt, hoffentlich trieb ich es nicht zu weit.

»Okay. Du hast das Sagen«, meinte er schließlich, und sofort entspannte ich mich. Dann gab er mir sein Handy. »Bewahr das für mich auf.«

»So habe ich das nicht gemeint.«

»Vertrau mir. Wenn ich mein Handy am Körper trage, kann ich einfach nicht anders.«

Ich ließ das Gerät in meine Handtasche fallen. »Okay. Versuchung aus dem Blickfeld entfernt.«

»Was machen wir jetzt?«

»Du legst dein Schicksal in meine Hände?«

Er nickte. »Vollkommen.«

»Oh, das ist… wahrscheinlich nicht ratsam. Du hast meinen Reisezeitplan nicht gesehen.«

»Du hast mir auf dem Flug einen ziemlich genauen Überblick geliefert.«

»Oh, du Ahnungsloser. Das waren doch nur die Highlights.«

Er lachte leise und rieb sich den Nacken. »Nun, ich war noch nie in Chicago, also brauche ich auf jeden Fall einen Reiseführer.«

»Ich nehme alles zurück. Du bist nicht ahnungslos. Sondern mutig. Sehr mutig. Du kannst deine Meinung natürlich ändern, bis wir den Flughafen verlassen. Danach schalte ich in den Touristenmodus und bin für Argumente nicht mehr erreichbar.«

»Ich werde meine Meinung nicht ändern.«

»Dann, Mr Davenport, lernst du jetzt meine Art kennen, eine Stadt zu erkunden. Ich habe dich gewarnt.«

Reid

17

Wir liefen jetzt schon seit fünf Stunden durch die Stadt, doch Hailey ging anscheinend die Energie nicht aus. Überraschenderweise wollte auch ich weitermachen.

»Du hattest recht. Die Stadt ist toll. Ich kann nicht glauben, dass ich noch nie hier war.«

»Nicht wahr? Sie ist so lebendig, und es gibt für jeden etwas. Aber Anfang Mai war vielleicht nicht die beste Reisezeit. Es ist noch ein bisschen kalt«, sagte sie, nachdem wir den Millennium Park verlassen und Fotos von der Metallstruktur geschossen hatten, die von den Einwohnern The Bean getauft worden war. Es war ein cleveres Bauwerk, das seine Umgebung spiegelte. Und es war wirklich nicht einfach, nah genug heranzukommen, um ein Selfie zu schießen.

»Unsere Flusskreuzfahrt beginnt in einer halben Stunde«, sagte Hailey und wippte aufgeregt auf den Ballen.

»Wird da jemand langsam müde?«, zog ich sie auf.

»Na ja, ich bin voller Begeisterung, doch ich besitze keine übermenschlichen Kräfte. Aber… ich kann immer noch reden. Bist du bereit, mehr unnütze Details zu hören? Zum Beispiel, warum Chicago wirklich The Windy City genannt wird?«

»Hey, ein bisschen mehr kannst du mir schon zutrauen. Das weiß doch jeder. Nicht wegen des Windes, sondern wegen der Politik.«

»Bravo.«

Sie lieferte mir andere kurze Infos, etwa, dass der Chicago River jedes Jahr am St. Patrick's Day grün eingefärbt wurde. Ich fand es wunderbar, Haileys Meinung über alles zu hören, vom besten Restaurant für Pfannenpizza bis zu aktueller Politik.

Als wir am Abfahrtssteg ankamen, war er so voll, dass wir umdrehten und ein Stück entfernt warteten.

»Also, auf einer Skala von eins bis zehn: Wie glücklich bist du, hier zu sein?«, fragte mich Hailey.

»Hailey … hätte ich nicht gewollt, wäre ich nicht mitgefahren. Hör auf, dir darüber den Kopf zu zerbrechen.«

»Was ist aus deiner *Die Hölle sind die anderen*-Philosophie geworden?«

»Das galt nie für Menschen, die ich mag.«

Sie grinste. »Oh, du magst mich? Gut zu wissen.«

Hailey sorgte dafür, dass ich mich nach Erfahrungen sehnte, die ich bis jetzt immer abgetan hatte, weil ich all das mit ihr erleben wollte.

»Weißt du, als wir mit meinen Eltern gegessen haben … nachdem du mit Mom den Raum verlassen hast, hat Dad mir einen Vortrag darüber gehalten, dass ich das Leben mehr genießen soll.«

»Okay. Und damit hattest du nicht gerechnet?«

»Eigentlich nicht. Er hat sich eigentlich nie groß zu meinem Privatleben geäußert.«

»Also ist er der Meinung, du konzentrierst dich zu sehr auf die Arbeit. Wärst zu zielorientiert?«

Ich hörte die Bewunderung in ihrer Stimme, und sofort stieg Euphorie in mir auf. So sah sie mich? Als konzentriert, nicht als Roboter? Ich küsste sie sofort, drängte sie gegen das Geländer.

»Ich will auf keinen Fall einem geschenkten Gaul ins Maul schauen, aber wofür war dieser Kuss?«, flüsterte sie.

»Mir war einfach danach, dich zu küssen. Brauche ich dafür einen Grund?«

»Hmmm ... gutes Argument. Willst du es noch mal tun? Irgendwie hat es mir gefallen.«

»Irgendwie?«

Sie leckte sich die Lippen, als ich mich erneut vorlehnte, doch im letzten Moment bog ich zu ihrem Ohr ab und lachte, als sie protestierend brummte.

»Ich könnte dich noch mal küssen, aber dann müsste ich dich über die Schulter werfen und ins Hotel tragen.«

Sie presste ihren Körper auf voller Länge an mich.

»Das würde dir gefallen, hm?« Ich sog jede ihrer Reaktionen, jedes Wort in mich auf – alles, was sie mir zu geben hatte.

»Nur nicht vorschnell. Wir haben noch eine Bootsrundfahrt vor uns.«

Ich lachte, dann trat ich zur Seite und lehnte mich neben ihr an das Geländer.

»Also ... zurück zu deinem Dad. Was glaubst du, warum er das Thema jetzt angesprochen hat?«

»Weil ich mit dir ein anderer Mensch bin. Das hat er bemerkt.«

»Ich finde es bewundernswert, dass du das Vermächtnis deiner Eltern bewahren wolltest, auch wenn das für dich nicht einfach war. Und dann hast du dich der Aufgabe mit Haut und Haar verschrieben.«

»Weil ich gut darin war.«

»Aber ich glaube, so ist das Leben. Wir wissen nicht, wofür wir ein Talent haben, bevor wir uns nicht nur an verschiedenen Dingen versuchen, sondern auch wirklich einmal unser Bestes geben. Ich habe mehrere Berufe ausprobiert und war mir überhaupt nicht sicher, ob mir dieser hier gefallen würde. Aber ich habe nach einem gut bezahlten Job in L. A. gesucht, um in der Nähe meiner Familie zu sein. Und jetzt hat sich herausgestellt, dass ich den Job liebe. Ich glaube, jedem ist ein Weg vorherbestimmt. Val wusste immer schon, dass sie Parfüms herstellen wollte. Sie hat nur auf den richtigen Moment gewartet.«

»Val ist die Älteste, oder?«

»Sie und Landon. Die beiden haben uns großgezogen. Dem Rest von uns war eine relativ normale Kindheit vergönnt. Will war auch ziemlich gut in der Vaterrolle. Für die drei war es hart.«

»Für euch alle.«

Sie nickte mit einem traurigen Lächeln. »Die ersten Jahre waren ziemlich schwer. Ich… nun, ich gebe das nicht gerne zu, doch ich habe meine Geschwister weggestoßen. Ich wollte das eigentlich nicht, aber ich bin lieber für mich geblieben. In diesen ersten Monaten hatte ich solche Angst, auch dem Rest der Familie könnte etwas zustoßen – ich könnte sie ebenfalls verlieren –, dass ich mich manchmal einfach in meinem Zimmer eingeschlossen und so getan habe, als wäre ich ganz allein. Einfach, um mich darauf vorzubereiten, wie sich das anfühlt.«

Verdammt, ich litt mit ihr.

»Aber… irgendwann hat mich Jace aus meinem Schneckenhaus gelockt. Oder vielmehr habe ich mein Schneckenhaus für ihn verlassen. Er war sogar noch verschlossener als ich. Das Einzige, was ihn aufzumuntern schien, war, Streiche zu planen. Zu Beginn habe ich nur mitgemacht, weil ich Angst hatte, dass er sich ohne Aufsicht irgendwann den Hals brechen würde, doch dann habe ich festgestellt, dass es mir einen Heidenspaß macht. Wie ich schon sagte, ich gehörte nie zu den Menschen, die instinktiv wissen, was sie mögen oder brauchen.« Sie sah über die Schulter und richtete sich auf. »Oh, das Boot ist da. Lass uns gehen. Und hinterher…«

»Süße!« Ich zog sie an mich und umfasste ihren Nacken. »Wir haben heute alles gemacht, was du wollest. Der Abend gehört mir.«

18 Hailey

Meine Füße taten weh, als wir das Hotel erreichten. Die Sonne war bereits untergegangen, und kalter Nebel waberte durch die Straßen.

Kaum hatten wir unser Zimmer betreten, ließ ich mich mit weit ausgestreckten Armen aufs Bett fallen.

»Wir sollten den Concierge wahrscheinlich bitten, einen Tisch für uns zu reservieren«, murmelte ich, obwohl ich mir nichts mehr wünschte, als die weiche Decke über mich zu ziehen und die ganze Nacht so liegen zu bleiben. Aber wenn ich noch mal darüber nachdachte, hätte ich mich lieber an Reid gekuschelt. Diese starken Arme um mich zu spüren? Genau das wollte ich.

Er antwortete nicht. Stattdessen fühlte ich, wie die Matratze zu meinen Füßen sich senkte. Reid kletterte aufs Bett. Ich leckte mir die Lippen.

»Wir sind heute deinem Plan gefolgt, aber die Nacht gehört mir. Wir werden machen, was ich sage.«

Sieh an, sieh an. Er musterte mich mit einem Funkeln in den Augen. Eigentlich stand für Mitternacht noch ein Punkt auf meiner To-do-Liste, doch ich war bereit, das zu vergessen.

Was sollte ich auch anderes tun als abwarten, was dieser Mann für mich geplant hatte?

»Oh, und was wird das sein?«

Er beugte sich vor, um meinen Hals zu küssen, dann sagte er an meiner Haut: »Du wirst schon sehen.«

»Du hast bereits alles durchgeplant, oder?«

»Ja, Ma'am.«

»Wann hattest du die Zeit dafür?«

»Als ich in der Lobby auf dich gewartet habe, bevor wir das Hotel verlassen haben.«

»Hinterlistig, hm? Das kann ich nur gutheißen.«

Er grinste. »Freut mich.«

»Also ... wie lautet der erste Punkt deines großartigen Plans?«

»Mach es dir gemütlich und vertrau mir.«

Der erste Punkt entpuppte sich als Paar-Massage. Der Wellness-Bereich nahm ein ganzes Stockwerk des Hotels ein. Kaum hatten wir ihn betreten, fühlte ich mich leichter. Die Mischung aus Bambusmöbeln und Lavendelduft von den Aromatherapie-Zerstäubern entspannte meine Muskeln. Die Massage war da nur noch das Sahnehäubchen.

Ich hatte so was noch nie getan, doch ich wusste bereits, dass ich mühelos süchtig werden könnte. Alles war so entspannend: die Musik, die Kerzen, die Hände, die warmes Öl in meine Muskeln kneteten. Der attraktive Mann, der auf der Massageliege neben mir lag. Ganz genau, er spielte auch eine Rolle. Ich konnte ihn nicht sehen, weil die Damen, die ihre Magie auf uns wirkten, uns angewiesen hatten, die Augen geschlossen zu halten, doch allein zu wissen, dass Reid direkt neben mir lag, jagte ein Kribbeln über meinen Körper, als stiegen Champagnerbläschen in meinen Adern auf.

»Die Massage ist jetzt vorbei«, sagte eine der Damen. »Wir werden Sie ein paar Minuten allein lassen und klopfen, wenn Ihre Zeit um ist. Bis dahin können Sie sich schweigend entspannen. Lassen Sie den Tag hinter sich und konzentrieren Sie sich einfach auf die Musik oder die eigene Atmung. Nehmen Sie bewusst wahr, wie die Luft in Ihren Körper dringt und ihn wieder verlässt. Eine andere Entspannungstechnik wäre, sich auf jeden einzelnen Muskel zu konzentrieren und wahrzunehmen, wie er sich in der letzten Stunde entspannt hat.«

Das klang alles toll, doch ich hatte längst entschieden, was ich als Nächstes tun wollte. Entspannung war wunderbar, aber einen halb nackten Reid anzustarren war genau das, was mir der Arzt verschrieben hatte.

Sobald ich hörte, wie die Tür ins Schloss fiel, drehte ich grinsend den Kopf in Reids Richtung und öffnete blinzelnd die Augen, nur um zu erschrecken, als ich feststellte, dass er mich bereits ansah.

»Du sollst doch die Augen geschlossen halten«, murmelte ich.

»Genau wie du.«

»Nun, ich habe ernsthaft darüber nachgedacht, aber hier geht es um Entspannung und, na ja … dich zu bewundern sollte definitiv als Entspannungstechnik zählen.«

Bloß dass ich nicht mehr entspannt war, sondern stattdessen Erregung in mir aufstieg. Reids Blick glitt träge über meinen Körper. Ich spürte, wie ich rot wurde, weil ich nichts weiter als ein angewärmtes Handtuch trug.

Und Reid sah aus, als stünde er kurz davor, das Handtuch verschwinden zu lassen.

»Wie geht es jetzt weiter?«, fragte ich eifrig.

»Das wirst du noch bald genug sehen.«

Ich lächelte, erfüllt von wunderbarer Wärme. Ich war es nicht gewöhnt, mich jemandem anzuvertrauen, doch diesem wunderbaren Mann die Führung zu überlassen, fühlte sich nicht schlecht an. Ganz und gar nicht.

Das Klopfen an der Tür kam viel zu schnell. Wir kletterten von unseren Liegen und schlüpften in die Bademäntel.

»Hast du auch einen Wellness-Bereich im Hotel?«, fragte ich, als wir in unser Zimmer zurückkehrten.

»Natürlich.«

Ich rieb mir die Hände. »Ich kann es kaum erwarten, ihn zu erkunden. Ich fühle mich, als hätte sich mir gerade eine ganz neue Welt erschlossen.«

»Du warst noch nie in einer Wellness-Einrichtung?«

»Doch, schon, aber überwiegend für Mani- und Pediküre oder für eine Heißwachsbehandlung. Einmal habe ich eine Fußmassage gebucht, die mich dauerhaft traumatisiert hat. Die Masseurin war so grob, dass ich hinterher das Gefühl hatte, ich sollte lieber auf den Händen laufen.«

»Ich werde alle in L. A. anweisen, sich gut um dich zu kümmern. Du kannst gerne alles ausprobieren, was du möchtest.«

»Oooh, sag so was nicht. Könnte sein, dass ich das Hotel nie wieder verlasse.«

»Du kannst so lange bleiben, wie du willst, Hailey. Ich finde es wunderbar, wenn du bei mir im Hotel bist.«

Seine Aussage sorgte dafür, dass mein Herz schneller schlug. Doch noch mehr berührte mich die Zärtlichkeit in seinen Augen. Ich hatte den ganzen Tag über das Gefühl gehabt, dass wir auf einer unsichtbaren Grenze tanzten, und mit dieser offenen Einladung fand ich den Mut, die Grenze zu übertreten.

»Also, was ist der nächste Punkt deines Masterplans?«

»Das Essen wird geliefert.«

»Oooh … du bist definitiv begabt.«

Letztendlich aßen wir im Bett, vor dem Fernseher. Es war so lange her, dass ich ferngesehen hatte, statt einen Streamingdienst aufzurufen, dass ich fast vergessen hatte, wie lustig es sein konnte, einfach zu zappen.

Ich konnte mich nicht erinnern, mich je in der Nähe eines Mannes so entspannt gefühlt zu haben – besonders, nachdem wir den gesamten Tag miteinander verbracht hatten. Und er wirkte auch nicht, als hätte er bereits die Nase voll von mir. Ganz im Gegenteil.

Wir lachten über ein paar alberne Realityshows, die wir beim Herumschalten entdeckten, dann rümpfte ich die Nase, als eine romantische Komödie aus den Neunzigerjahren auf dem Bildschirm erschien.

»Du magst keine romantischen Komödien?«, fragte Reid.

»Sie sind schon okay. Nur vollkommen unrealistisch. Es fällt mir eben schwer zu glauben, dass jedes dieser Paare für immer zusammenbleiben wird.«

»Du glaubst nicht, dass zwei Menschen ein Leben lang zusammen sein können?« Er klang ernster als bisher, als hätte er seine Worte sorgfältig gewählt.

Ich beobachtete, wie er sich die letzte Pommes in den Mund schob, während ich über meine Antwort nachdachte. »Nein, darum geht es nicht. Ich freu mich für all meine Geschwister, denn ich weiß einfach, dass sie die richtigen Partner gefunden haben. Ich glaube nur nicht, dass so etwas jedem vergönnt ist.«

»Wie sieht es bei dir aus? Wünschst du dir eine Familie?«

Ich zuckte mit den Achseln. »Bisher habe ich darüber nicht groß nachgedacht. Ich bin keine Zynikerin oder so. Ich meine, als ich noch klein war, habe ich ständig meine Puppen bemuttert. Und dann habe ich damit aufgehört.«

»Nachdem deine Eltern gestorben waren?«

Meine Kehle war wie zugeschnürt, also nickte ich nur.

Reid rutschte näher an mich heran, bis unsere Schultern sich berührten, dann drückte er mir einen Kuss an die Schläfe und flüsterte mir ins Ohr: »Süße, du hast als Kind deine Eltern verloren. Es ist vollkommen nachvollziehbar, dass dich die Angst plagt, auch andere Leute könnten aus deinem Leben verschwinden. Vielleicht fühlst du dich einfach sicherer, wenn du dir sagst, es gebe sowieso keine Beziehungen, die ewig halten.«

Ich konnte nicht glauben, dass er weder über mich urteilte noch mich kaltherzig nannte. Schließlich kannte ich meine Fehler, und das war quasi der größte davon. Ich hatte nur nie eine Möglichkeit gefunden, etwas daran zu ändern. Ich wusste heute noch nicht, was ich dagegen tun sollte.

»Das tue ich manchmal.« Ich senkte den Blick auf die

Bettdecke und strich mit dem Daumen eine imaginäre Falte glatt. »Sogar meistens.«

»Ich werde derjenige sein, der das ändert.«

Ich zog mich leicht zurück und starrte ihn an. Mein Herz schlug wie wild. Mir fehlten einfach die Worte. Doch andererseits schien Reid gar keine Antwort zu erwarten. Er bedachte mich nur mit einem dieser sexy Lächeln, glitt näher an mich heran und umfasste meinen Nacken. Als er seinen Mund auf meinen presste, seufzte ich an seinen Lippen, ergab mich dem fordernden Kuss und liebkoste seinen Körper mit derselben Dringlichkeit wie er meinen. Inzwischen wirkte Reid ganz anders als der Mann, den ich vor zwei Monaten kennengelernt und der an sich selbst gezweifelt hatte. Ich war stolz auf ihn, freute mich für ihn … weil er einfach unglaublich war und es dringend Zeit wurde, dass er das selbst auch erkannte.

»Ich weiß nicht, was das hier ist, aber ich will dir zeigen, dass es in Ordnung ist, zu träumen und sich Dinge zu wünschen, vor denen man sich fürchtet.«

Ja, ja, ja. O Gott, ja.

Er schob meinen Bademantel über meine Schultern nach unten, und ich zog ihm seinen aus. Darunter waren wir nackt. Reid legte mich sanft auf den Rücken, dann zog er eine Spur aus Küssen von meinem Hals bis zu meinem Nabel, bevor seine Lippen wieder zu meinen Brüsten wanderten.

Ich umschlang ihn mit den Beinen und spürte, wie er an meiner Haut lächelte.

»Gehe ich deinem Gefühl nach zu langsam vor?«, zog er mich auf.

»Nö. Überhaupt nicht.«

Das tat er, aber ich wollte ihm die Befriedigung nicht gönnen, das zuzugeben. Außerdem genoss ich die süße Folter – besonders, da er entschlossen schien, keine noch so kleine Hautstelle unberührt oder ungeküsst zu lassen.

Jedes Mal, wenn er zu mir aufsah, brannte das Feuer in mir heißer. Doch es war mehr als das. Ich fühlte mich auf eine Weise mit Reid verbunden, die ich weder beschreiben noch verstehen konnte. Die Art, wie er mich willkommen hieß, mit all meinen Fehlern und Ängsten, sorgte dafür, dass ich gegen Tränen anblinzeln musste.

Reids Mund glitt über meinen Körper, bis die süße Folter nicht länger angenehm war, sondern unerträglich. Ich musste ihn in mir spüren. Ich verzehrte mich so sehr nach ihm, dass ich kaum mehr klar denken konnte. Ich leckte mir die Lippen und hob ihm in schweigendem Flehen die Hüften entgegen. Als seine Härte mit meiner Mitte kollidierte, stieß er ein tief empfundenes Stöhnen aus. Ich keuchte, weil kleine Schockwellen der Lust mir den Atem raubten.

Reid zog sich ein kleines Stück zurück und packte seine Erektion. Ich sah zwischen uns, als er erst nur seine Spitze in mir versenkte, um mir dann alles zu geben.

»Hailey, das fühlt sich …« Seine Stimme verklang, als er seinen Mund auf meinen presste und unsere Zungen sich duellierten. Lust wogte in stetigen Wellen durch meinen Körper. Jede Empfindung war überwältigend. Das leichte Kratzen seiner Nägel auf meinen Schenkeln. Die leidenschaftlichen Berührungen unserer Zungen. Seine Härte in mir. Sein Hüftknochen, der bei jedem Stoß auf wunderbare Art gegen meine Klitoris stieß.

Schnell erklomm ich den Gipfel der Lust, schrie leise auf, als ich ihm verzweifelt die Hüften entgegenwarf, um die lustvolle Explosion in die Länge zu ziehen. Danach klammerte ich mich an ihm fest, bis mein Atem sich beruhigte.

Jetzt kannte ich nur noch ein Ziel: ihm genauso viel Lust bereiten.

Ich versuchte, eine Hand zwischen uns zu schieben, doch er packte mein Handgelenk und küsste die Innenseite, ohne seinen entschlossenen, wilden Blick von meinem Gesicht abzuwenden.

»Ich habe immer noch das Sagen, Hailey.«

O Gott. Diese Stimme. Sie versprach so viel mehr köstlichen Genuss. Er zog sich aus mir zurück, drehte mich um. Ich konnte nicht sehen, was er tat, wartete aber mit angehaltenem Atem auf den Moment, in dem er wieder in mich eindrang.

»Oh«, rief ich überrascht, als ich seine Lippen auf der Rückseite meines Knöchels spürte. Er zog eine Spur aus Küssen über meine Beine nach oben, beschrieb mit der Zunge kleine Kreise in meinen Kniekehlen, bis ich die Finger im Laken vergrub. Er küsste meine Oberschenkel, dann biss er leicht in meine Pobacken. Ich lachte nervös. »Was tust du da?«

»Ich bin noch nicht damit fertig, dich zu erkunden, Hailey. Oder dich zum Orgasmus zu bringen.«

Ich schluckte, dann gab ich mich seinen Berührungen hin, lieferte mich seinen Wünschen vollkommen aus.

Er setzte seinen Mund genauso unermüdlich ein wie seine Hände. Reid zog eine Spur aus Küssen bis zu meinem Nacken. Fast unwillkürlich drängte ich ihm meinen

Körper entgegen, stieß gegen ihn und drückte seine Härte an meinen Po.

»Hailey.« Seine Stimme zitterte. Die Anspannung in seiner Stimme verriet mir, dass er genauso außer Kontrolle war wie ich. Erneut drängte ich mich ihm entgegen, presste seine Härte gegen seinen Bauch.

Bevor ich wusste, wie mir geschah, hatte er mich aufs Bett gepresst und drang so tief in mich ein, dass für ein paar Sekunden mein Blick verschwamm.

Ich war kaum zu Atem gekommen, als Reid anfing, sich zu bewegen.

»O verdammt. Verdammt, verdammt«, flüsterte ich.

Wie konnte es sein, dass ich bereits spüren konnte, wie sich der nächste Orgasmus aufbaute? Es musste daran liegen, dass Reid sich Zeit damit gelassen hatte, mich zu erkunden, mir Lust zu bereiten. Ich war vollkommen überwältigt von allem, was er gleichzeitig tat: Er flüsterte mir sündhafte Worte ins Ohr, streichelte die Seiten meiner Brüste. Mit seinem Gewicht presste er mich aufs Bett, was eine wunderbare Reibung an meiner Klitoris erzeugte. Dann zog er mich nach hinten, bis ich auf allen vieren ruhte.

Der Stellungswechsel überraschte mich. Instinktiv drängte ich mich ihm entgegen, doch er stoppte meine Bewegung mit einer sanften Hand an meinem Kreuz, als er erneut in mich glitt.

Ich fühlte mich unendlich lebendig und so … geliebt. Ich konnte nicht einmal … o Gott, wie schaffte er es, dafür zu sorgen, dass ich so viel zur selben Zeit empfand?

»Reid, verdaammmmt«, stieß ich hervor, als mein Körper in Flammen aufging. Ich konnte nichts mehr wahrnehmen außer diesem allumfassenden Genuss. Die Muskeln in meinem Bauch verspannten sich. Unser Stöhnen erfüllte den Raum, als wir beide dem Höhepunkt entgegenstrebten. Meine Beine begannen zu zittern. Ich war nicht darauf vorbereitet, so schnell noch einmal zu kommen, und mein gesamter Körper kapitulierte, als Lust mich überschwemmte und ich hörte, wie Reid meinen Namen rief.

Ich brach auf dem Bett zusammen und lächelte, als Reid neben mich sank, wobei er immer noch mit einer Hand sanft über meinen Rücken strich. Nach ein paar Minuten zwang ich meinen Körper, sich aufzurichten. Ich musste mich waschen.

Als ich zurückkehrte, war Reid aufgestanden. Lässig lehnte er an einer Wand, immer noch so nackt wie am Tag seiner Geburt. Sobald ich nahe genug war, senkte er den Kopf und umkreiste einen meiner Nippel mit der Zunge, bevor er ihn sanft in den Mund sog.

»Wofür war das denn?«, sagte ich gespielt streng.

»Ich habe sie bisher nicht genug beachtet. Das wollte ich nur wiedergutmachen.«

Ich kicherte. »Nun, wenn dem so ist, mach nur. Aber leg bitte einen Arm um meine Taille. Oder drück mich gegen die Wand.«

»Wieso die klaren Anweisungen?«

»Meine Knie sind ziemlich weich.«

»Wirklich? Woran mag das liegen?«

»Könnte damit zusammenhängen, dass ein bestimmter Jemand gerade sündhafte Dinge mit mir angestellt hat. Sehr sündhafte Dinge.«

Reid drückte mir einen Kuss auf die Stirn, dann zog er mich etwas ungeschickt in eine Umarmung. Ich fand es wunderbar.

»Hatten Sie noch Pläne, die darüber hinausgehen, mich nackig zu machen, Mr Davenport?«

»Also, Ms Connor. Ich dachte, auf Ihrer Liste stünde noch das Feuerwerk am See.«

Ich starrte ihn mit offenem Mund an. »Du hast dir meine Liste angeschaut? Und ich dachte, ich könnte dich überraschen. Du hast geschummelt.«

»Ich musste doch wissen, wann ich die Massage buchen kann, oder nicht?«

»Hmmm. Ganz schön hinterhältig.«

»Ich gebe mir Mühe. Und jetzt solltest du diesen hübschen Hintern unter einem Kleid verschwinden lassen, während ich duschen gehe, damit wir aufbrechen können.«

Als ich durch den Raum ging, schwang ich meine Hüften besonders aufreizend. Ein Schulterblick zeigte mir ein breites Grinsen von Reid. Mein Herz fühlte sich an, als wäre es zehnmal größer als normal. Ich wollte jeden Moment genießen, und anscheinend färbte meine Einstellung auf ihn ab. Auftrag erledigt!

19

Hailey

»Hey, hör auf. Du darfst das nicht tragen«, erklärte ich Val am Freitag, als wir das Essen ins Wohnzimmer brachten.

»Hailey, das wiegt nicht mal ein Pfund.«

Ich biss mir auf die Lippe. »Du hast recht, tut mir leid. Ich überreagiere.«

»Glaubst du wirklich? Ihr habt mich bereits aus meiner eigenen Küche verbannt.«

»Hey, so wie du es jetzt darstellst, war es nun wirklich nicht«, protestierte Lori.

Val war gerne die Herrin ihrer eigenen Küche, aber gemeinsam war es uns gelungen, sie zu überzeugen, lediglich die Aufsicht zu führen und uns das Abendessen kochen zu lassen.

»Du durftest uns rumkommandieren; wir hatten tatsächlich das Gefühl, uns nützlich zu machen, also war das für alle eine Win-win-Situation.«

Für mehr als ein Dutzend Leute zu kochen, war kein leichtes Unterfangen. Bei der Geschwindigkeit, in der unsere

Familie wuchs, würden wir für unsere freitäglichen Abendessen bald einen Caterer beauftragen müssen.

»O Mann. Das werden lange sechs Wochen, oder?«, fragte Val, bevor sie sich umdrehte, um Koriander für den Salat zu hacken.

»Jetzt hast du es kapiert«, meinte Lori.

»Aber ich fühle mich gut. Es war nur eine Vorsichtsmaßnahme, schon vergessen? Ihr müsst keinen solchen Wirbel um mich veranstalten.«

»Es geht dir gut, bis es plötzlich nicht mehr so ist«, sagte Lori. »Mir ging es auch gut, bis mir auf einmal Bettruhe verschrieben wurde. Und hast du schon vergessen, dass Mom gesagt hat, alle ihre Schwangerschaften wären schwierig gewesen? Fordere das Schicksal nicht heraus.«

Darauf hatte Val keine Antwort. Gemeinsam mit den Jungs trugen wir die Gerichte zum Tisch. Lecker … Safranreis mit Rindfleisch und Tomatensalat mit Koriander. Mir lief bereits das Wasser im Mund zusammen.

Da wir in der Küche von so vielen männlichen Ohren umgeben gewesen waren, hatte ich den Mädchen bisher nichts von meinem Ausflug nach Chicago erzählen können, doch als wir uns gerade an den Tisch setzten, flüsterte Val: »Also, wie war Chicago?«

»Ich fand es wunderbar. Reid ist der beste Reisebegleiter überhaupt.«

Mir wurde erst klar, was ich da gesagt hatte, als Val das Gesicht verzog. So viel dazu, Reid auf Geheimhaltung einzuschwören. Ich war selbst ins Fettnäpfchen getreten.

»Autsch.«

»Tut mir leid. So habe ich es nicht gemeint.«

Sie lachte. »Ich bin nicht beleidigt. Ich hatte sowieso nicht vor, mich in Konkurrenz zu ihm zu stellen. Also … wie war's?« Dann sah sie über die Schulter nach hinten. Die gesamte Gang – inklusive unserer Brüder – näherte sich dem Tisch. »Oder wir reden nach dem Essen darüber. Will und Jace wirken jetzt schon misstrauisch.«

»Das tun sie wirklich, nicht wahr? Manchmal habe ich das Gefühl, sie besitzen übersinnliche Kräfte.«

Als wollten sie meine Vermutung bestätigen, sagte Jace, sobald wir alle am Tisch saßen: »Was habe ich da über ein Rendezvous in Chicago gehört?«

Ich lachte. »O Jace. Eines Tages werde ich herausfinden, woher du immer weißt, worüber wir sprechen, obwohl du dich am anderen Ende des Raums aufhältst.«

»So schwer ist das gar nicht. Ihr beide habt geflüstert. Val hat immer wieder über die Schulter geschaut. Sichere Anzeichen, dass ihr nicht wollt, dass wir lauschen, was mich darin bestärkt hat, genauer hinschauen zu müssen. Du warst mit dem Kerl unterwegs, der dich an dem Abend begleitet hat, an dem wir nach Milo gesucht haben?«

»Ja.«

»Wann bringst du ihn mal mit zum Abendessen?«

»Freut mich wirklich, dass du diese Frage gestellt hast«, antwortete ich freundlich. »Heute hat er noch ein Meeting am Abend, aber nächste Woche wird er dabei sein. Was bedeutet, dass ich den Connor-Männern vorher noch ein paar Dinge einbläuen muss.« Ich sah meinen Neffen an. »Auch dir.«

Milo grinste begeistert. »Ich bin ein Connor-Mann?«

»Ganz genau. Was bedeutet, dass du die Tendenz hast, das Falsche zu sagen.«

Will und Jace sahen Landon an. »Du bist der Älteste. Willst du kein Machtwort sprechen?«, fragte Jace.

Landon lehnte sich in seinem Stuhl zurück und verschränkte die Arme vor der Brust. Seine Lippen zuckten. »Ich glaube, wir haben diesen Vortrag alle nötig. Mich eingeschlossen.«

Will blinzelte. Jace schüttelte nur den Kopf und murmelte etwas, das wie *Verräter* klang.

»Ihr dürft nicht schwierig sein.«

Landon lächelte. »Ich denke, das solltest du noch genauer ausführen.«

»Ihr wisst schon. Lasst es einfach ein normales Abendessen sein, statt einen Test draus zu machen. Spielt nicht die Bruder-Karte aus.«

Jace grinste. »Wir können einfach nicht anders.«

»Da stimme ich Jace zu. Irgendjemand muss den Job ja erledigen«, warf Will ein.

Ich schüttelte den Kopf und rieb mir dann das Gesicht. »Nun, ich musste es zumindest versuchen. Aber bloß damit ihr es wisst, das setzt mich unter Druck.«

Will und Jace verzogen das Gesicht. »O verdammt. Gleich kommt sie uns mit emotionaler Erpressung«, meinte Jace.

Landons Lächeln wurde breiter, als hätte er genau damit gerechnet. Tja, wahrscheinlich stimmte das sogar. Als der älteste Bruder hatte er die längste Erfahrung mit Geschwistern und ihren Taktiken.

Aber ich wusste auch, dass ich mich darauf verlassen konnte, dass er nächste Woche die Ruhe bewahrte.

Es war schon spät, als ich Vals Haus verließ. Während ich ins Auto stieg, zog ich mein Handy heraus, um nachzusehen, ob ich eine Nachricht von Reid hatte. Stattdessen entdeckte ich eine dringende Benachrichtigung. Ich hatte seinen Namen gekennzeichnet, sodass ich sofort erfuhr, falls er in den Medien auftauchte.

Im Moment zeigte mir die App »eine neue Meldung« an. Ich hatte mir selbst streng verboten, abends noch Artikel zu lesen, weil ich dann nicht abschalten konnte … was wiederum dazu führte, dass ich schlecht schlief. Aber hier ging es um Reid.

Ich tippte auf den App-Button, und natürlich war das der Moment, in dem der Akku meines Handys aufgab. So ein Mist.

Ich griff auf die Rückbank und holte meinen Laptop. Auch auf meinem Parkplatz konnte ich noch ein schwaches WLAN-Signal von Vals Haus empfangen.

Mein Herz verkrampfte sich, als ich die neueste Nachricht ganz oben auf der Seite las.

Marion hatte eine Gegenerklärung zu Reids Artikel in *L. A. Lifestyle* veröffentlicht.

Sofort klickte ich auf den Link und las den Artikel so schnell wie möglich. Diese Frau war echt das Letzte! Mein Blut kochte förmlich, als ich mich zwang, bis zum Ende zu lesen. Sie beschuldigte Reid, ein unverbesserlicher Fremdgänger zu sein, der sie ihre gesamte Beziehung über betrogen hatte. Ich strich mir über die Haare, ließ mich im Sitz nach hinten sinken und schloss für einen Moment die Augen, um mich zu beruhigen.

Hatte Reid das schon gelesen? Unwahrscheinlich. Ich

hätte das gerne vor ihm geheim gehalten. Nicht besonders professionell … aber andererseits fühlte ich mich in Bezug auf Reid auch nicht professionell. Im Moment wollte ich ihn einfach nur schützen, weil ich wusste, wie sehr ihn diese Anschuldigung verletzen würde.

Ich fuhr direkt zum Hotel. Für den Fall der Fälle wollte ich diejenige sein, die ihn darüber informierte. Für gewöhnlich plante ich erst die nächsten Schritte, bevor ich mit meinen Klienten sprach. Und ich wusste, dass Reid das zu schätzen wusste, weil er Pragmatiker war. Doch eine Strategie auszuarbeiten würde ein paar Stunden dauern, und ich wollte auf keinen Fall, dass er von jemand anderem über den Artikel informiert wurde.

Reid saß immer noch in seinem Meeting, als ich ankam. Selbst seine Assistentin war bereits gegangen, doch ich konnte gedämpfte Stimmen aus einem der Konferenzzimmer hören. Ich hatte meinen Laptop mitgenommen, war allerdings zu aufgewühlt, um mehr zu tun, als im Wartezimmer auf und ab zu wandern.

Ich wusste nicht, wie viel Zeit vergangen war, ehe die Stimmen näher kamen und Reid und sein Gesprächspartner den Raum betraten.

Reid legte leicht den Kopf schräg, als er mich sah.

Nachdem wir einander kurz vorgestellt hatten, ging sein Geschäftspartner.

»Was für eine angenehme Überraschung«, sagte Reid. »Hast du mich so sehr vermisst?«

Ich räusperte mich und strich meinen Rock glatt. O nein. Er grinste mich breit an, und ich musste schlechte Nachrichten überbringen. Als er den Blick auf meine Hände senkte, erstarb das Lächeln auf seinen Lippen, dann ergriff er meine Finger.

»Was ist los?«

»Marion hat als Antwort auf den Artikel eine Stellungnahme veröffentlicht.«

Er packte meine Hände fester. »Zeig es mir.«

Wir setzten uns nebeneinander auf eine Couch, und ich öffnete meinen Laptop. Ich hatte die Seite mit dem Artikel nicht geschlossen, und auch beim dritten Lesen wurde der Inhalt nicht angenehmer.

»Das ist Bullshit«, rief er. Er stand auf und begann, hin und her zu tigern, die Hände in den Hosentaschen vergraben, den Kopf gesenkt. Er erinnerte mich an ein Raubtier kurz vor dem Angriff.

»Wir hatten mit einem Gegenschlag gerechnet«, meinte ich sanft.

Er stieß ein humorloses Lachen aus. »Schon. Aber ich hatte nicht gedacht, dass sie noch mehr Lügen erzählt. Ich werde sie vernichten, und wenn es das Letzte ist, was ich tue.«

»Reid, als deine PR-Beraterin rate ich dir dringend, nicht überstürzt zu handeln. Der einfachste Weg, dagegen vorzugehen, wäre, öffentlich zu erklären, dass sie eine Affäre mit deinem damaligen Geschäftsführer hatte. Sie sind nicht mehr zusammen, also wird er deine Version der Geschichte vielleicht sogar bestätigen.«

»Ich soll mich mit dem Mann treffen, der mir jeden Tag ins Gesicht gesehen und mich angelogen hat, um anschließend hinter meinem Rücken über mich zu lachen?«

»Okay, dann bitte ihn nicht, die Affäre zu bestätigen.

Lass mich einfach eine PR-Mitteilung für dich verfassen, in der du das öffentlich bekannt gibst.«

Seine Miene wurde hart. »Das kann ich nicht. Tut mir leid. Alles, aber nicht das.«

»Du treibst mich noch in den Wahnsinn! Du machst die ganze Sache unnötig schwierig.«

»Ich bin kein Promi, der es gewöhnt ist, dass sein Privatleben im Internet ausgebreitet wird. Ich bin Geschäftsmann. Ich will nicht zu einer Lachnummer verkommen.«

»Darum geht es nicht. Und das weißt du auch.«

»Ich habe meine Position klar dargelegt.«

Ich schüttelte den Kopf. »Du alter Sturkopf!«

»Was könnten wir noch tun?«

»Vielleicht sollten wir uns eine Weile bedeckt halten.« Mein Mund war ein wenig trocken. Ich sah ihn nicht an, als ich die Worte aussprach, doch ich war angespannt, als er näher kam und meinen Kopf anhob.

»Nein.«

»Was?«

»Ich werde niemandem erlauben, über mein Leben zu bestimmen oder mich davon abzuhalten, das zu tun, was ich will. Mit der Person, die ich will.«

O Gott. Seine Nähe, die Entschlossenheit in seinen Augen, die Hitze seines Körpers sorgten dafür, dass ich zitterte.

Für gewöhnlich hätte ich gedrängt, bis der Kunde mir zustimmte. Ich hätte mich behauptet. Doch das konnte ich nicht. Dafür war die Sache zu persönlich. Allein die Vorstellung, unsere Beziehung mehr oder weniger verheimlichen zu müssen, sorgte schon dafür, dass meine Kehle eng wurde.

»Das wäre das Einfachste für dich«, sagte ich trotzdem.

»Ich gehe aber nicht danach, was das Einfachste für mich wäre. Dazu bist du mir zu wichtig. Ich werde meine Gefühle für dich nicht verstecken.« Er zog mich näher an sich, schob mir das Haar aus dem Gesicht, ließ den Daumen über meine Lippen gleiten und musterte mich mit einem warmen Lächeln. Er sah glücklich aus.

»Übrigens hat Bianca mich informiert, dass ihr morgen gemeinsam einkaufen geht«, meinte er.

»Ja.«

»Wann brechen wir auf?«

»Du willst uns begleiten? Warum?«

»Normalerweise gehe ich mit Bianca einkaufen. Das ist unser Ding. Und ich kann dabei Zeit mit meinen zwei Lieblingsmenschen verbringen.«

»Hmmm … ich gehöre auch zu Jace' Lieblingsmenschen, aber er würde sich nicht mal tot beim Shopping mit mir erwischen lassen.«

»Soll mir das Angst einjagen?«

»Zumindest sollte es dir eine Warnung sein.«

»Ich denke, wir haben bereits in Chicago festgestellt, dass ich mutig bin, nicht wahr?«

»Stimmt. Nun, dann schließ dich uns gerne an. Aber ich möchte noch eine Warnung aussprechen: Versuch nicht, uns zu bremsen.«

»Ich werde mein Bestes geben. Ich kann nicht glauben, dass du angeboten hast, das mit ihr zu machen.«

»Hey, zufällig gehe ich gerne shoppen. Und der Abschlussball gehört zu den wichtigsten Ereignissen im Leben.«

Er zog die Augenbrauen hoch. »Wirklich?«

»Na ja, zumindest für Teenager. Ich verstehe Bianca. Im

Grunde meines Herzens bin ich noch jung. Dad hat immer gesagt, dass die Seele niemals altert, sondern wir nur vergessen, Kinder zu sein. Und ich kann es kaum erwarten, Bianca endlich persönlich kennenzulernen. Ich will sie fragen, ob sie noch Ärger in der Schule hatte.«

»Du bist unglaublich«, murmelte er. In seinen Augen erkannte ich ein Funkeln, das ich noch nie zuvor gesehen hatte.

Er ließ seine Fingerspitzen in kleinen Kreisen über meinen Hals gleiten, bevor er mit den Händen über meine Arme strich. Schließlich umfasste Reid meine Taille und fing meinen Mund ein. Ich öffnete mich ihm sofort, weil ich mich nach allem verzehrte, was er mir geben konnte. Wie konnte ich ihn ständig so sehr begehren? Ihn jedes Mal vermissen, wenn wir nicht zusammen waren? Das war etwas ganz Neues für mich.

Reids Mund war sündhaft heiß und entschlossen. Seine Hände kühn. Er umfasste meinen Hintern und zog mich an sich.

Er war hart.

Meine Nippel verhärteten sich. Ich presste die Schenkel zusammen, in dem Versuch, die Hitze zu unterdrücken, die plötzlich meine Mitte erfüllte.

»Reid«, mahnte ich, »vergiss nicht, wo wir gerade sind.«

»Mir gehört diese Firma. Dieses Gebäude.« Seine Stimme klang heiser, und er sprach die Worte leise, ehe sein Mund über meinen Hals nach unten glitt. Ich schlang die Arme um seinen Hals, um ihn aufzuhalten. Er hob den Blick und sah mich erheitert an.

»Und was willst du jetzt tun, hm?«

Seine Augen blitzten auf. »Dich über den Schreibtisch beugen und nehmen.«

Okay. Ich konnte mein Verlangen nicht mehr unterdrücken.

»Darüber denke ich nach, seitdem du das erste Mal hier warst.«

»Wow. Das hast du wirklich gut verborgen. Für mich wirktest du einfach nur äußerst irritiert.«

»Ich wollte dich nicht anziehend finden, doch ich konnte nichts dagegen tun.«

»Musik in meinen Ohren«, zog ich ihn auf. »Aber ich bin eine echte Dame. Ich möchte mit Abendessen und gutem Wein umworben werden, bevor ich dir erlaube, mich deinem Willen zu beugen.«

Er richtete sich auf. »Das ist leicht zu arrangieren.«

»Nun, leider habe ich schon zu Abend gegessen, also ist dieser Zug für heute bereits abgefahren.«

Reid lächelte anzüglich, dann flüsterte er an meinen Lippen: »Mir fallen da ein oder zwei Dinge ein, mit denen ich dich bestechen könnte.«

Seufzend trat ich aus seiner Umarmung. »Ich möchte unsere nächsten Schritte planen. Darüber nachdenken, welche Medien wir nutzen können und wie unsere neue Strategie aussehen soll.«

»Es ist Freitagabend. Du kannst am Montag wieder darüber nachdenken. Du arbeitest nicht an den Wochenenden, schon vergessen?«

»Sicher, aber bei dir geht es nicht mehr um Arbeit.«

»Aber was für eine Art von Partner wäre ich, wenn ich dich nicht bei mir behalte?«

»Was?«

»Sonst fährst du nur nach Hause und schuftest an deinem Laptop.«

»Ufff … seit wann kennst du mich so gut?« Genau das würde passieren. »Also … wie genau willst du mich hier festhalten?«

»Ein zweites Abendessen?«

»Und im Anschluss wirst du versuchen, mich zu überzeugen, die Nacht hier zu verbringen. Glaubst du, ich durchschaue deine Pläne nicht?«

»So leicht bin ich also zu durchschauen, hm?« Er legte die Hände auf meine Schultern. Ich spannte mich an, weil ich mir durchaus bewusst war, dass dieser sexy Mann mich gleich wieder gegen den Empfangstisch drängen würde, wenn ich nicht aufpasste.

»Nun, ich kenne dich auch. Schön, du hast gewonnen. Einem zweiten Abendessen werde ich mich genauso wenig verweigern wie schönen Stunden mit dir.«

Ehrlich, ich konnte ihm einfach nichts abschlagen, und das machte mir Angst.

20

Reid

»Ich kann nicht glauben, dass Mom und Dad dich vor mir kennengelernt haben«, rief Bianca am nächsten Morgen. Wir hatten den Tag mit einem Frühstück begonnen, und die beiden Damen verstanden sich wunderbar.

»Na ja, das war so nicht geplant«, antwortete Hailey. Bianca wedelte nur mit der Hand, als spiele das keine Rolle. Sie hatte den Artikel heute Morgen bereits entdeckt, und Hailey hatte ihr Tipps gegeben, wie sie mögliche Fragen abwehren konnte. Wut durchfuhr mich, wann immer ich an diesen verdammten Beitrag dachte. Ich wusste, warum Marion das getan hatte: Wenn sie weiter in den Schlagzeilen blieb, würde es ihr leichter fallen, Investoren für ihre neue Show zu finden. Besonders, da sie sich selbst als das arme Opfer hinstellte. Doch die Gründe für ihr Verhalten zu kennen minderte meinen Zorn kein bisschen. Tatsächlich hatte ich beschlossen, dass ich jetzt meine Taktik ändern und vehement gegen sie vorgehen würde. Ich hatte eine Familie zu beschützen. Und Hailey. Fair Play würde nichts ausrichten. Ich hatte heute Morgen, während Hailey unter der Dusche stand, schon ein paar Anrufe getätigt und einige Dinge ins Rollen gebracht.

Ich war so in Gedanken versunken, dass ich erst mal gar nicht bemerkte, dass meine beiden Begleiterinnen über mich sprachen.

»Was glaubst du, wie lange er durchhält, bevor er die Flucht ergreift?«, flüsterte Hailey.

»Nun… ich will ihn nicht unterschätzen, da er sonst ja immer supergeduldig ist, aber er hat sich jetzt bereits geistig ausgeklinkt. Ich gebe ihm zwei Stunden.«

»Na. Drei hält er schon durch«, hielt Hailey dagegen.

Ich grinste die beiden an. »Ich kann euch hören, dessen seid ihr euch bewusst, oder?«

Hailey erwiderte mein Grinsen. »Nur ein Test. Du hast uns vollkommen ignoriert.«

»Lasst uns losziehen«, meinte Bianca. »Wir haben eine Menge Läden abzuklappern.«

Fast hätte ich gefragt, von wie vielen Läden sie genau sprach, bevor ich beschloss, dass ich das lieber nicht so genau wissen wollte. Manchmal war Unwissenheit wirklich ein Segen.

Zehn Geschäfte später begann ich meine Entscheidung zu bereuen. Wie viele Kleider konnte man anprobieren, bis man endlich eines kaufte?

»Okay, neue Regel«, erklärte mir Hailey, als wir den nächsten Laden betraten. Bianca wanderte bereits an den Kleiderstangen entlang. »Keine finstere Miene mehr und auch kein Augenrollen.«

Ich starrte sie an. »Wir sind seit sieben Stunden unterwegs.«

»Ich weiß. Ich hatte dich vorgewarnt.« Mit einem koketten Lächeln fügte sie hinzu: »Du hast gesagt, du wärst mutig, schon vergessen?«

Ich schüttelte den Kopf. »Schön. Ich werde mich hier in diesen Sessel setzen und so tun, als gäbe es mich gar nicht.«

»Das ist eine tolle Idee.«

Von den Qualen mal abgesehen, machte es durchaus Spaß, Hailey mit meiner Schwester zu beobachten. Bianca hatte nie ein Geheimnis daraus gemacht, dass sie gerne eine Schwester gehabt hätte. Und Hailey, nun… es war unmöglich, sie zu beobachten und mir nicht einzugestehen, dass ich über beide Ohren in sie verliebt war.

Als sie auf mich zukam und sich dabei aufgeregt die Hände rieb, hätte ich sie fast gegen die Wand gedrängt und geküsst, einfach hier und jetzt.

»Bianca hat sich für ein Kleid entschieden. Bist du bereit?«

»Sicher.«

»Schau.« Hailey deutete zu den Umkleiden. Meine Schwester trat hinter dem Vorhang heraus, gekleidet in ein bodenlanges dunkelgrünes Kleid. Es stand ihr fantastisch, doch dasselbe hatte ich über quasi jedes andere Kleid gedacht, das sie bisher anprobiert hatte.

»Du siehst darin wunderschön aus, Bee-Bee.«

Bianca verzog das Gesicht. »Reid, ich hatte dich gebeten, mich vor anderen nicht so zu nennen.«

»Das ist sein Spitzname für dich?«, fragte Hailey verblüfft.

»Ja.«

Hailey rieb sich die Wangen. »O Mann. Also ist er einer *dieser* Brüder.«

»Kannst du mir helfen?« Bianca presste beinahe flehend die Hände aneinander.

»Leider nein. Mein Bruder Landon nennt meine Schwester Val immer noch manchmal Zwerg.«

Bianca zog einen Schmollmund. »Also gibt es keine Hoffnung.«

»Eher nicht.«

Ich schüttelte den Kopf, mischte mich aber nicht ein. Dafür machte mir die Sache zu viel Spaß.

»Ich werde dir verschiedene Schuhe bringen.«

Sobald Hailey außer Hörreichweite war, sagte Bianca: »Ich liebe Hailey. Wirklich. Nun verstehe ich, wieso Mom ständig über Enkelkinder redet.«

Ich stöhnte. »Bianca.«

»Ach, jetzt bin ich plötzlich wieder Bianca, hm? Tja, betrachte das als Rache dafür, dass du mich vor Hailey Bee-Bee genannt hast.«

Bianca wirkte, als wolle sie noch etwas sagen, doch in diesem Moment kehrte Hailey mit fünf Paar Schuhen zurück.

Während sie die Vor- und Nachteile der verschiedenen Schuhe diskutierten (und mich glücklicherweise aus der Diskussion heraushielten, weil die Schuhe für mich alle gleich aussahen), rief Mom an.

Ich entfernte mich ein paar Schritte von Hailey und Bianca, bevor ich abhob.

»Hey, Mom!«

»Liebling, wie läuft der Shoppingtrip?«

»Wir sind fast fertig. Glaube ich.« Hoffte ich inständig.

»Du klingst vollkommen erschöpft.«

»Shopping mit Bianca ist nichts für Feiglinge.«

»Wieso schaut ihr nicht zum Abendessen vorbei? Hailey ist natürlich mit eingeladen.«

»Hailey und ich haben heute Abend bereits etwas vor.«

»Pläne kann man ändern«, meinte sie. »Frag sie einfach und sag mir dann Bescheid. Ich wäre begeistert, mich noch mal mit ihr unterhalten zu können.«

Ich bemerkte Biancas Blick und konnte mich des Eindrucks nicht erwehren, dass sie genau wusste, mit wem ich sprach.

Sobald Bianca wieder in die Umkleide verschwunden war, zog ich Hailey zur Seite.

»Was ist los?«

»Mom hat angerufen. Sie hat gefragt, ob wir zum Abendessen vorbeischauen wollen. Ich weiß, dass wir schon etwas vorhaben, also müssen wir nicht hin.«

»Oooh … Abendessen mit deinen Eltern? Ich denke, das wäre eine tolle Gelegenheit, diesmal einen guten Eindruck zu hinterlassen.«

»Du hast schon beim ersten Mal einen guten Eindruck hinterlassen.«

»Glaubst du? Trotzdem sollten wir die Einladung annehmen. Dann kann ich diesen Eindruck festigen.«

»Hast du das mit Mom gemeinsam geplant?«, fragte ich Bianca, als wir zusammen an der Kasse anstanden.

»Natürlich. Du erzählst uns nie irgendwas. Also mussten wir eigene Wege finden, um zu checken, was vor sich geht. Ich habe euch beide den ganzen Tag ausspioniert und Mom regelmäßig Bericht erstattet.«

Zumindest war ich in dieser Hinsicht aus dem Schneider.

»Fantastisch.«

»Oh, sei nicht so unausstehlich.«

Nachdem wir bezahlt hatten, gingen wir direkt zum Auto. Bianca kletterte mit all ihren Tüten auf den Rücksitz. Hailey dagegen musterte ihr Spiegelbild im Beifahrerfenster.

»Was tust du da?«, fragte ich.

»Ich versuche, mich selbst davon zu überzeugen, dass ich halbwegs okay aussehe. Aber es funktioniert nicht. Können wir kurz bei meinem Haus vorbeifahren, damit ich mich umziehen kann?«

»Warum?«

»Für ein Abendessen mit deinen Eltern bin ich nicht richtig gekleidet.«

Ich zog die Augenbrauen hoch. »Wieso nicht?«

»Ich trage ein trägerloses Kleid und Flip-Flops.«

»Es ist nur ein Abendessen.«

Sie verschränkte die Finger auf dem Schoß, doch ihre Daumen bewegten sich unablässig.

»Bist du schon wieder nervös?«

»Offensichtlich.«

»Das musst du nicht. Du siehst toll aus. Und wenn meine Schwester nicht auf dem Rücksitz säße, würde ich dir deutlich zeigen, wie sehr mir dieses Kleid gefällt.«

Sie schubste mich spielerisch. »Es soll aber nicht dir gefallen, sondern deinen Eltern. Und mach jetzt keine anzüglichen Bemerkungen mehr. Das hier ist ernst.«

»Ich meine es ernst.«

Sie seufzte, anschließend nahm sie die Schultern zurück.

»Okay. Dann mal los. Zu spät kommen ist noch schlimmer, als zu leger gekleidet sein.«

Sobald wir die Villa erreicht hatten, wurde klar, dass dies kein kurzfristig geplantes Abendessen war. Es bestand aus fünf Gängen. Und was alles verriet: In der Mitte des Tisches stand ein aufwendiges Blumengesteck. Blumengestecke waren bei Mom immer wichtigen Gästen vorbehalten.

»Also ja. Alles bereit für den Abschlussball«, sagte Bianca.

»Ich verstehe einfach nicht, wieso du mir nicht erlaubst, dir bei der Organisation der kleinen Party vorher zu helfen«, beschwerte sich Mom.

Bianca und ich wechselten einen kurzen Blick, bevor sie höflich sagte: »Du hast schon genug zu tun, Mom. Wir haben alles unter Kontrolle.«

»Du hältst mich absichtlich raus, oder?«

Oh verdammt. Woher wusste sie das?

Hailey schaltete sich ein und setzte ihre Fähigkeiten als PR-Agentin ein. »Es ist gut, wenn ältere Brüder sich nützlich fühlen können, Mrs Davenport. Sonst werden sie … unruhig.«

Mom lachte. Hailey zwinkerte mir zu.

»Bravo«, meinte Dad. »Hailey, ich glaube, du wirst endlich Frieden an diesen Tisch bringen. Diese beiden kabbeln sich bereits, seitdem Bianca auf die Highschool geht.«

»Um ehrlich zu sein, dagegen werde ich nicht viel unternehmen können. Ich kabbele mich auch noch mit meinen Brüdern. Aber immerhin habe ich zwei Schwestern, die sich mit mir gegen sie verbünden.«

Mom und Dad lächelten beide, und Bianca musterte Hailey, als könne sie übers Wasser wandeln.

»Bianca, wie läuft es in der Schule?«, fragte Hailey. »Macht dir noch jemand Schwierigkeiten?«

Ich richtete mich höher auf und sah zu meiner Schwester.

»Nun, deine Strategien haben geholfen. Aber manche Typen reden immer noch.«

»Irgendwann werden sie damit aufhören«, erklärte Hailey selbstbewusst. Ich war mir da keineswegs so sicher.

Nach dem Abendessen bot Mom an, Hailey durchs Haus zu führen. Ehe Hailey antworten konnte, bot ich an, ihr erst die Vorratskammer zu zeigen. Wir brauchten mehr Brie und Camembert, weil es als Dessert Käse mit Früchten gab. Aber es war auch der perfekte Vorwand, ein paar Minuten allein mit meiner Freundin zu verbringen.

»Wahnsinn. Ich kann nicht glauben, dass ihr tatsächlich ein ganzes Regal nur für Käse reserviert habt«, rief Hailey, als sie die Wandnischen aus roten Ziegeln ansah. »Val braucht so was. Ich meine, ich bräuchte auch so was, aber mein Haus ist winzig.«

»Willst du die Käsesorten aussuchen?«

»Das ist das Romantischste, was ich je gehört habe.« Sie verschränkte die Arme vor der Brust und wandte sich ab, um die Auswahl zu studieren.

»Sollen wir hier verschwinden?«, fragte ich.

»Deine Eltern haben fantastische Käsevorräte und sind wirklich nett. Wie kommst du also auf diese Idee?«

»Ich habe dir einen Abend in der Stadt versprochen. Du wolltest in dieses Freiluftkino. Wenn wir jetzt aufbrechen, können wir es noch zum Film schaffen. Oder etwas anderes unternehmen. Ich bin bereit, mich in die Öffentlichkeit zu begeben, wenn du das möchtest.«

Sie drehte sich, um mich anzustarren. »Reid, glaubst du, du müsstest mich dafür belohnen, dass ich Zeit mit deiner Familie verbringe?«

»Nein.« Verdammt, das stimmte, oder? »Vielleicht. Ich habe dir versprochen, dass wir heute etwas Aufregendes machen. Und nun verbringst du Zeit mit mir und meiner Familie.«

»Zufällig mag ich dich und deine grüblerische Art. Und den Rest brauche ich nicht, Reid. Ich bin sehr anpassungsfähig. Genau wie du. Tut mir leid, dir das sagen zu müssen, aber so schrecklich ist das alles gar nicht. Überhaupt nicht.«

Sie braucht all diese anderen Dinge nicht. Ich bin wichtiger.

Ich küsste sie voller Leidenschaft, erkundete ihren Mund mit meiner Zunge, ihren Körper mit meinen Händen. Je mehr ich mich in ihr verlor, desto leichter fiel es mir, die Angst zu verdrängen, dass sie ihre Meinung bald schon ändern würde.

Hailey gehörte mir, und ich hatte vor, sie zu behalten. Noch nie in meinem Leben hatte ich mir etwas mehr gewünscht.

Hailey

21

Ich war nie ein Mensch gewesen, der endlos über die Männer nachdachte, mit denen ich ausging. Das allerdings änderte sich gerade vollkommen. Und dafür war Reid verantwortlich. Hin und wieder ertappte ich mich dabei, wie ich albern vor mich hin lächelte oder einfach nur ins Leere starrte. Natürlich half es auch nicht, dass Reid mir den Tag über immer wieder Nachrichten schickte, manchmal vollkommen ohne Grund. Es war fast, als könnte er genauso wenig aufhören, an mich zu denken, wie es bei mir mit ihm der Fall war. Das Spiegelbild im Laptop-Display zeigte, dass ich wie so oft in letzter Zeit selig lächelte, also versuchte ich, mich zu kontrollieren. Das gelang mir gerade mal zwei Sekunden lang… dann piepte mein Handy erneut.

Reid: Wie wäre es, wenn ich zum Mittagessen in deinem Büro auftauchen und dich überzeugen würde, dir den Rest des Tages freizunehmen?

Hailey: Du wirst noch dafür sorgen, dass ich gefeuert werde.

Reid: Vielleicht ist das ja der Plan.

Hailey: Hmmm ... ich kann nicht erkennen, dass das für dich von Vorteil wäre. Wenn das passiert, WIRST DU LANGE ZEIT KEINEN SEX KRIEGEN.

Reid: Ich vertraue auf meine Fähigkeiten als Verführer.

Ich wollte schon eine freche Antwort geben, doch dann sah ich, dass er immer noch schrieb, und wartete ungeduldig, während ich mit dem Fuß auf den Boden trommelte.

Reid: Und es hätte gewisse Vorteile. Ich würde dich überzeugen, stattdessen für mich zu arbeiten.

Ich gluckste, dann begann ich, meine Antwort zu tippen. Er hatte wirklich Nerven.

Hailey: Inwiefern wäre das ein Vorteil?

Reid: Zum Mittagessen würde ich mir dich direkt hier im Büro schmecken lassen. Ich würde deine Beine spreizen und dafür sorgen, dass du mich anbettelst, dich zu nehmen. Allein bei dem Gedanken daran werde ich schon hart.

Ach du Scheiße! Was stimmte nicht mit ihm? Er konnte mich doch nicht einfach so scharfmachen. Nun, wahrscheinlich sagte das mehr über mich aus als über ihn, dass mein Körper auf diese Weise reagierte, aber trotzdem ... ich fühlte mich verpflichtet, ihn zu ermahnen.

> **Hailey:** Mein Chef wäre nicht gerade erfreut, wenn er wüsste, wie viel Zeit ich mit Nachrichtenschreiben verbringe.

> **Reid:** Siehst du? Noch ein Grund mehr, für mich zu arbeiten. Ich bin ein nachsichtiger Chef. Hätte überhaupt nichts dagegen, wenn du mir während der Arbeitszeit heiße Nachrichten schickst.

Ich stöhnte. Natürlich nicht.

> **Hailey:** Das wird nicht passieren.

> **Reid:** Wir werden sehen.

Er wollte mich herausfordern, doch ich antwortete nicht. Ich hatte so eine Ahnung, wie seine weiteren Argumente aussehen würden, und die wollte ich mir lieber nicht anhören, weil ich mir solche Gedanken nicht erlauben wollte. Für den Mann zu arbeiten, mit dem ich ausging, konnte schnell schiefgehen (selbst wenn die Vorteile wirklich verlockend waren, wie er unglücklicherweise klargestellt hatte). Mit einem Klienten ausgehen war etwas anderes. Er würde nicht für immer mein Klient sein. Sobald die Sache mit Marion geregelt war, würde er mich nicht mehr brauchen.

Ich schob mein Handy zur Seite, in der Hoffnung, dass die Redewendung *Aus den Augen, aus dem Sinn* der Wahrheit entsprach. Tat sie nicht. Meine Hand kribbelte förmlich von der Versuchung, nach dem Handy zu greifen. Doch ich war entschlossen, mich dieser Versuchung zu widersetzen.

Und außerdem hatte ich alle Hände voll zu tun. Ich hatte den gesamten Morgen damit verbracht, nach Möglichkeiten zu suchen, wie wir auf Marions Anschuldigungen reagieren konnten, bisher war mir allerdings nichts eingefallen. Reid machte die Sache mit seiner Weigerung, die Wahrheit preiszugeben, unnötig kompliziert.

Doch es war mein Job, einen Ausweg zu finden, und ich war entschlossen, diese Aufgabe zu erfüllen.

Am Nachmittag kümmerte ich mich um zwei andere Klienten. Beim ersten standen wir noch ganz am Anfang unserer Zusammenarbeit, während der Fall des zweiten abgeschlossen war. Es war immer eine bittersüße Erfahrung, wenn ein Klient meine Dienste nicht mehr brauchte, aber gleichzeitig auch ein Beweis dafür, wie gut ich meinen Job erledigte.

Natürlich hatte ich auch dauerhafte Engagements. Stars, die ständig Hilfe brauchten. Doch da die Agentur auf Krisenmanagement spezialisiert war, hatten wir es überwiegend mit Menschen zu tun, die uns nur brauchten, bis die jeweilige Krise bewältigt war.

Mir wurde klar, dass irgendetwas nicht stimmte, als ich meine Mailbox kontrollierte, nachdem ich ein Telefonat mit einem Klienten beendet hatte. Eine der Nachrichten war von Cameron. Offensichtlich war irgendwo die Kacke am Dampfen! Mein Posteingang füllte sich lediglich dann so schnell, wenn ein neuer Artikel erschienen war, aber bisher hatte meine Benachrichtigungssoftware keinen Treffer gemeldet. Der Artikel musste also so neu sein, dass die Software ihn noch nicht registriert hatte.

Ich öffnete als Erstes Camerons Mail, um danach zur Salzsäule zu erstarren. Er hatte mir tatsächlich einen Beitrag geschickt … bloß dass es darum nicht nur um einen meiner Klienten ging, sondern auch um mich.

Jemand hatte Fotos von Reid und mir geschossen, als wir Samstag beim Shoppen gewesen waren. Da waren wir – Händchen haltend und uns küssend.

Ich zwang mich dazu, den Artikel zu lesen. Nicht schön. Reid wurde darin erneut als Frauenheld dargestellt, ich als ahnungslose Idiotin. Ich schloss die Augen und atmete ein paarmal tief durch, um meine Gedanken zu ordnen. Doch es funktionierte nicht. Meine Hand zitterte, als ich die anderen E-Mails durchging. An jede einzelne davon war der Artikel angehängt, ab und zu ergänzt durch einen Kommentar. *Verdammt.* Ich sollte PR-Krisen lösen, nicht selbst welche verursachen.

Oh, und er war von Victor geschrieben worden, für die Online-Ausgabe von *L. A. Lifestyle*. Mistkerl.

Ich ließ die Stirn in die Hand sinken und versuchte mich erneut an meinen Atemübungen. Diesmal funktionierten sie besser, sodass ich eine Liste der wichtigsten Maßnahmen aufstellen konnte. Ich musste mit Reid reden. Herausfinden, wie ihn dieser Artikel beeinflusste, und planen, wie unsere nächsten Schritte aussehen sollten. Die Tatsache, dass mein Name jetzt öffentlich bekannt war, machte mir meine Arbeit ungleich schwerer.

Wie sollte ich bei etwas vermitteln, wenn ich selbst Teil des Problems war? Himmelherrgott.

Außerdem musste ich mit Cameron sprechen. Er hatte in der E-Mail nichts gesagt, sondern nur den Artikel angehängt. Das war nicht besonders beruhigend. Als mein Telefon klingelte, zuckte ich zusammen, weil ich mir sicher war, dass Cameron anrief. Doch es war nicht mein Chef, sondern Reid.

»Hailey, jemand hat mir einen Artikel geschickt …«

»Ich habe ihn auch bekommen.«

»Bist du noch im Büro?«

»Ja … ich versuche gerade, meine Gedanken zu ordnen. Warte. Mein Chef ist soeben zurückgekommen. Ich werde dich später noch mal anrufen, okay? Ich muss mit ihm reden.«

Ich fing Camerons Blick ein, und er bedeutete mir, in sein Büro zu kommen. Die meisten meiner Kollegen schienen glücklicherweise noch keine Ahnung zu haben, was geschehen war, da sie genug mit ihren eigenen Klienten zu tun hatten.

»Schließ die Tür hinter dir«, wies Cameron mich an. Ich folgte seiner Aufforderung, dann begann ich, im Raum auf und ab zu tigern. Er hatte sich nicht gesetzt, und ich war einfach zu unruhig. Ich musste mich bewegen.

»Seit wann bist du mit Davenport zusammen?«

»Schon seit einer Weile.«

»Kannst du die Beziehung beenden?«

»N-nein«, stammelte ich überrascht. »Das will ich nicht.«

»Ich musste fragen. Eine schnelle Trennung hätte alles einfacher gemacht. Wir können seinen Fall an eine andere Agentur abgeben. Wir sind nicht verpflichtet …«

»Er ist mein Klient. Und mein Freund.«

»Also ist es etwas Ernstes.«

»Ja.« Hoffte ich. Er hatte mich seinen Eltern vorgestellt. Wir hatten Zeit miteinander verbracht und … Mist, riskierte ich meine Karriere für eine kurze Affäre? Ich rieb mir den Nacken und versuchte, tief durchzuatmen. Ich verfiel vollkommen grundlos in Panik. Natürlich war die Beziehung mit Reid nicht nur eine Affäre.

»Du klingst nicht, als wärst du dir wirklich sicher.«

»Cameron, ich werde das in Ordnung bringen.«

Er setzte sich auf den Rand seines Schreibtisches und verschränkte die Arme vor der Brust. »Ich will einfach nicht, dass du verletzt wirst. Dein Privatleben bleibt natürlich privat. Ich hoffe nur, dass du weißt, was du tust.«

Und jetzt hatte ich ihn enttäuscht. Super. Er war mein Mentor gewesen, hatte etwas riskiert, indem er mich eingestellt hatte … und ich hatte ihn im Stich gelassen.

»Offensichtlich hatte ich nicht mit so etwas gerechnet. Reid war bisher noch nie im Fokus von Paparazzi. Aber ich bringe das in Ordnung.«

Doch ich brauchte einen guten Plan, verdammt noch mal.

Cameron nickte nachdenklich. »Nimm dir den Rest des Tages frei.«

»Was? Du gibst uns nie frei. Skandale schlafen nicht, schon vergessen?«

Das Lächeln, das er mir schenkte, wirkte fast traurig. O ja, stimmt. *Ich* war gerade zum Skandal geworden.

»Du musst dich erst einmal beruhigen. Morgen früh setzen wir uns zusammen und entwerfen eine Strategie.«

»Okay.« Ich nickte, dann verschränkte ich die Finger hinter dem Rücken, damit er nicht sah, wie ich nervös zappelte. »Okay.«

Nichts war okay, aber ich wusste nicht, was ich sonst sagen sollte. Ich vermochte noch nicht abzuschätzen, welche Auswirkungen das auf die Agentur haben konnte … und Cameron ging es wahrscheinlich genauso. Doch ich war dankbar für den freien Tag, denn ehrlich, mein Hirn war wie vernebelt. Rastlose Energie erfüllte meinen Körper. Ich trommelte mit dem Fuß auf den Boden. Langsam verlor ich die Fassung.

Als ich wieder an meinem Schreibtisch saß, gelang es mir nicht einmal, eine vorläufige To-do-Liste zu erstellen. Ich starrte einfach nur ins Leere, den Stift in der Hand, unfähig, auch nur einen klaren Gedanken zu fassen. Also ließ ich den Stift fallen und schnappte mir meine Handtasche, dankbar, dass ich die Erlaubnis hatte, den Rest des Tages blauzumachen.

Es schockierte mich fast, Reid vor der Agentur zu entdecken. Er ging neben seinem Auto auf und ab, nur um anzuhalten, als er mich entdeckte.

»Was tust du hier?«

»Ich bin ins Auto gesprungen, sobald du aufgelegt hattest. Anrufen wollte ich dich nicht, für den Fall, dass du noch mit deinem Chef sprichst.«

»Er meinte, ich solle mir den Rest des Tages freinehmen, aber wenn du über unsere nächsten Schritte reden willst …«

»Die nächsten Schritte sind mir vollkommen egal. Ich will wissen, wie es dir geht.«

»Ehrlich, ich bin … ich kann kaum klar denken. So was ist mir noch nie passiert.«

Er öffnete die Beifahrertür für mich. »Steig ein, meine Schöne. Wir sollten hier verschwinden.«

Mir fiel kein einziger Grund ein, mich zu widersetzen, also stieg ich ein.

Auf der Fahrt wurden meine Gedanken langsam wieder klarer, doch ich fühlte mich immer noch angeschlagen.

Wir schwiegen, bis Reid fragte: »Käsekuchen? Oder Eis?«

Ich lachte. »Was tust du?«

»Ich versuche, einen Weg zu finden, deine Laune zu heben.«

»Und dank deiner herausragenden Beobachtungsgabe ist dir aufgefallen, dass diese beiden Dinge regelmäßig in meiner Ernährung auftauchen.«

»So in der Art.«

»Nun … zu Süßigkeiten sage ich eigentlich nie Nein. Nichts gegen deine Küchenchefs im Hotel, aber sie machen nicht den besten Käsekuchen der Stadt. Diese Ehre gehört *Sweet Spot*. Willst du kurz dort vorbeifahren und uns ein paar Stücke holen?«

Er lächelte anzüglich. »Ich bin dir einen Schritt voraus. Du musst bloß wissen, dass der Kuchen schon im Hotel auf uns wartet.«

Ein Teil von mir vermutete, dass er lediglich angab, doch als wir im Hotel ankamen, standen auf der Ecke der Bar in seinem Apartment zwei Stücke Käsekuchen.

»Ich will verdammt sein. Du wächst mir langsam ans Herz, Mr Davenport.«

Dann setzte ich mich auf einen Hocker und ließ mir jeden einzelnen Löffel schmecken. Reid nahm neben mir Platz, was mich erstaunlicherweise beruhigte. Obwohl ich immer noch das Gefühl hatte, die Situation wäre meiner Kontrolle vollkommen entglitten.

Nachdem ich alles ratzeputz aufgegessen hatte, drehte Reid meinen Hocker, sodass ich ihn ansah. Er stand auf und lehnte sich vor, um eine Hand auf den Tresen zu stemmen und die andere auf meinen Schenkel zu legen. Er sah mit so warmem, sorgenvollem Blick auf mich herunter, dass ich ihn bitten wollte, mich einfach in eine Umarmung zu ziehen und festzuhalten.

»Wie war das Gespräch mit Cameron?«

»Er macht sich Sorgen um mich. Er ist ein toller Chef. Ich will ihn nicht im Stich lassen.«

Ich biss mir auf die Unterlippe und starrte auf meine Hände.

»Da ist noch mehr«, flüsterte Reid. »Sag es mir.«

»Was soll ich dir sagen?«

»Was für Befürchtungen hegst du? Wovor hast du Angst? Ich muss das wissen. Nur so kann ich an deiner Seite dagegen kämpfen.«

»Ich weiß es nicht genau. Ich habe Angst davor, dass es mir nicht gelingt, diese Sache in Ordnung zu bringen. Dass ich Cameron enttäusche – er war mein Mentor. Und was, wenn ich entlassen werde und niemand in der Branche mich noch einstellen will?«

»Ich werde nicht zulassen, dass diese Sache irgendwen

beeinflusst, der mir am Herzen liegt. Ich werde meine Familie genauso beschützen wie dich. Hast du verstanden?«, sagte er an meinen Lippen.

»Ja.«

Ich empfand es als Ehre, zu den wenigen Leuten zu gehören, die Reid wichtig genug waren, dass er sie beschützen wollte.

»Ich werde dich auf dieselbe Weise beschützen, wie ich meine Familie beschütze, Hailey. Egal, was auch passiert. Ich werde nicht zulassen, dass du ins Kreuzfeuer gerätst. Wenn ich jede PR-Agentur in dieser Stadt kaufen muss, damit du einen Arbeitsplatz hast, dann werde ich das tun. Siehst du? Und wahrscheinlich ist das sogar der einzige Weg, wie ich dich dazu bringen kann, für mich zu arbeiten. Eine Win-win-Situation.«

»Oh.«

»Wieso überrascht dich das?«

Er musterte mein Gesicht, doch ich antwortete nicht. Was sollte ich auch sagen? Dass ich noch nie mit jemandem zusammen gewesen war, der sich so viele Gedanken um mein Wohlergehen gemacht hatte? Der mich schützen wollte? Seit meiner Kindheit war ich von dem Bedürfnis erfüllt, niemanden mit meinen Problemen zu belasten. Die Gefühle zwischen uns, die Beziehung mit ihm, war wunderbar … aber gleichzeitig machte mir das alles auch Angst.

Nicht nur die Sache mit den Fotos war außer Kontrolle geraten, sondern auch meine Gefühle für Reid. Mein Herz schlug schneller, und ich schaute angestrengt auf die Arbeitsfläche vor mir.

»Was denkst du gerade, Hailey?«

Ich trommelte mit den Fingern auf den Oberschenkel, während ich meinen gesamten Mut zusammennahm.

»Als wir bei deinen Eltern waren, habe ich an die freitäglichen Abendessen mit meiner Familie gedacht, und mir ist aufgefallen, dass du der erste Mann seit unendlich langer Zeit bist, von dem ich mir vorstellen kann, ihn dorthin mitzunehmen.«

O Gott, ich hatte diesen Gedanken laut ausgesprochen, oder? Ich musterte Reid aus den Augenwinkeln. Seine erstaunte Miene sorgte dafür, dass mein Puls raste … und zwar nicht vor Glück. Ich senkte den Blick wieder auf die Arbeitsfläche und sprach so schnell weiter, dass die Worte quasi ineinander übergingen.

»Und ich weiß, dass das aus dem Nichts kommt. Ich erwarte nicht … Das ist nicht – das ist allein mein Problem.«

»Hailey, hör auf, zu reden, als hättest du etwas falsch gemacht.«

»Das ist es nicht. Aber ich will nicht, dass du dich unter Druck gesetzt fühlst.«

»Ich fühle mich nicht unter Druck gesetzt. Sondern geehrt.«

Meine Muskeln entspannten sich. Ich hatte nicht einmal bemerkt, wie angespannt ich gewesen war. Erneut hob ich den Blick.

»Ich will alles sein, was du brauchst, Hailey. Verdammt, du hast ja keine Ahnung, wie sehr ich mir das wünsche. Ich will dich glücklich machen. Will, dass du zu mir gehörst.« Er küsste meine Wange, meine Schläfe, dann zog er mich auf dem Hocker nach vorne. »Ich will alles mit dir teilen. Hast du das verstanden?«

Ich nickte. Und als er mich küsste und gleichzeitig mit einer Hand den Reißverschluss meines Kleides in meinem Rücken nach unten zog, schmolz ich von der Hitze seines Körpers förmlich dahin. Und als wir den Kuss kurz unterbrachen – nur für ein paar Sekunden, um zu Atem zu kommen –, machte mein Herz einen Sprung, als ich die Wärme in seinen Augen sah. Doch da war noch mehr: Entschlossenheit und sogar ein Anflug von Dominanz.

Er verlangte, dass ich mich ihm unterwarf, und genau das wollte ich tun. Ich wollte ihm Lust bereiten. Seine Welt in den Grundfesten erschüttern. Meine Gefühle in Bezug auf diesen Mann waren einfach unwirklich.

Er sorgte dafür, dass ich mich begehrt, angebetet und wichtig fühlte.

Erregt glitt ich vom Hocker und stürzte mich bereits auf ihn, bevor meine Füße tatsächlich auf dem Boden standen. Ich riss ihm das Hemd vom Körper, schob seine Hose nach unten; entfernte eilig jedes Kleidungsstück, bis er nackt vor mir stand. Dann küsste er mich leidenschaftlich und riss unsanft mein Kleid nach unten. Ich keuchte und zerrte protestierend an seinen Haaren.

»Ich werde dir ein neues kaufen. Ich werde dir einen ganzen Schrank voller neuer Kleider kaufen.« Er sagte noch etwas, doch ich konnte ihn nicht verstehen, weil er die Lippen an meine Haut presste und langsam immer tiefer sank. Reid schob eine Hand zwischen meine Beine und schob mein Höschen zur Seite, um mich zu streicheln. Eine Welle der Lust überschwemmte mich. Seine Berührung konnte das Sehnen stillen, doch Reid kniete vor mir und blies kühle Luft über meine feuchten Schamlippen. Danach ließ er zwei Finger in mich gleiten, den Daumen auf meiner Klitoris, um mich in den Wahnsinn zu treiben.

»O Gott, o Gott. Gleich komme ich«, flüsterte ich, weil ich fühlte, wie die Lust sich immer höher aufbaute, bis ich mir sicher war, dass meine Knie nachgeben würden. Reid gewährte mir keine Gnade. Er liebkoste mich, bis mein Blick verschwamm. Als ich den Höhepunkt erreichte, vergrub ich meine Finger so fest in Reids Schultern, dass ich einfach blaue Flecken hinterlassen musste. Vage bekam ich mit, dass er aufstand und einen Arm um mich legte, um mich zu stützen und an sich zu drücken.

»Du bist so verdammt sexy. Ich werde niemals genug davon bekommen, dich zum Orgasmus zu bringen und zu hören, wie du aufschreist.« Er küsste meine Wange, dann glitten seine Lippen zu meinem Ohrläppchen. Er knabberte leicht daran. »Fürchte dich nicht vor deinen Gefühlen für mich, Hailey. Wir werden alles gemeinsam durchstehen. Das verspreche ich.«

Mir stockte der Atem, als ich seine Worte verarbeitete. Mit Lippen und Händen erkundete ich seine Brust. Seine harte Länge war zwischen uns gefangen. Zu wissen, dass er mich so sehr begehrte, entzündete erneut Verlangen in mir, obwohl ich gerade erst gekommen war. Ich war unersättlich, und ich wollte ihm genauso viel Lust verschaffen wie er mir. Ich ließ mich auf die Knie sinken, leckte einmal kurz seine Eichel, bevor ich eine Spur von Küssen über seine Länge zog.

»Hailey, verdammt.« Reid stemmte beide Hände auf den

Tresen hinter mir und sah auf mich herunter, um jede meiner Bewegungen zu beobachten.

Langsam nahm ich ihn in meinen Mund, Zentimeter für Zentimeter, und trieb ihn damit in den Wahnsinn. Er bewegte sanft die Hüften, dann erklang ein Geräusch, das sich so anhörte, als hätte er die Bar hinter mir verschoben, ehe er sich mir entzog.

»In dich. Ich muss mich in dir vergraben, Hailey.«

Er zog mich auf die Füße, bevor er mich stürmisch küsste und die Hände an mein Kreuz legte. Seine Härte fand meine Mitte und meine Klitoris, sodass Schockwellen der Lust mich durchfuhren.

Ich konnte vor Verlangen kaum noch atmen. Wir schafften es nicht mal ins Schlafzimmer. Er nahm mich direkt dort, auf der Bar.

22

Reid

Viel später trug ich Hailey ins Schlafzimmer. Sie war auf der Couch eingeschlafen, an meine Brust gekuschelt. Als ich sie auf die Matratze legte, griff sie unbewusst nach mir und zog mich an sich, um erneut meine Brust als Kissen zu verwenden. Jedes Mal, wenn ich versuchte, mich zu bewegen, kuschelte sie sich noch enger an mich, bis sie schließlich auch ein Bein über meinen Körper warf. Ich lachte leise, dann strich ich ihr übers Haar. Meine Gedanken rasten, um eine Lösung für unser Problem zu finden. Erste Schritte hatte ich bereits unternommen, dieses Chaos in Ordnung zu bringen … doch offensichtlich hatte ich zu lange gezögert.

Ich war kein rachsüchtiger Mensch, aber Marion hatte ihren eigenen Niedergang eingeleitet, als sie jemanden angeheuert hatte, diese Fotos zu schießen. Das war kein zufälliger Paparazzo gewesen; dahinter steckte Marion.

Ich würde ihr nicht erlauben, Hailey zu verletzen. Niemals. Ich wollte diese Frau mit allem beschützen, was ich zu geben hatte. In dieser Nacht tat ich kein Auge zu, und am nächsten Morgen hatte ich eine Entscheidung getroffen.

Ich sorgte dafür, dass uns Frühstück ins Zimmer geliefert wurde, zusammen mit Stift und Papier.

Dann schrieb ich Hailey eine kurze Nachricht und klemmte den Zettel unter ihre Kaffeetasse, ehe ich das Tablett ins Schlafzimmer trug. Sie schlief noch.

Meine Freundin war eine Naturgewalt – und doch war sie gestern so niedergeschlagen gewesen. Zu wissen, dass ich dafür verantwortlich war, sorgte dafür, dass ich wütender auf mich selbst war, als es je zuvor der Fall gewesen war.

Wäre es nach mir gegangen, hätte ich sie überredet, auch den heutigen Tag freizunehmen, aber ich wusste, wann ich mich zurückhalten musste.

»Ich habe Kaffee für dich«, sagte ich, als ich das Tablett auf dem Nachttisch abstellte.

Sie regte sich leicht.

»Und Pfannkuchen.«

Sie rollte sich auf den Rücken und öffnete sogar für einen Moment die Augen.

»O Mist. Ich bin eingeschlafen. Wie viel Uhr ist es?«

»Entspann dich. Es ist noch früh genug, dass du nach Hause fahren und dich umziehen kannst.«

»Puh.« Sie musterte das Tablett. »Ist das für mich?«

»Ja.«

Sie setzte sich auf, sodass ich das Tablett über ihren Schoß stellen konnte. Sofort griff sie nach ihrer Kaffeetasse und nahm zwei tiefe Schlucke, noch bevor sie den Zettel bemerkte.

Sie riss die Augen auf. Daraufhin stellte sie das Tablett

wieder auf den Nachttisch, die Nachricht in der Hand. Gespannt hielt ich den Atem an, als ich auf ihre Reaktion auf meine Worte wartete.

Ich liebe dich, Hailey Connor. Wir werden das gemeinsam durchstehen, das verspreche ich dir.

Sie sprang aus dem Bett direkt in meine Arme.

»Diese Nachricht ist einfach bezaubernd.«

»Bezaubernd? Nicht ganz das, was ich im Sinn hatte.«

»Was hattest du denn im Sinn?«

»Sie sollte romantisch sein.«

»Das auch.« Sie vergrub das Gesicht an meinem Hals und flüsterte: »Ich liebe dich auch.«

Ich setzte mich aufs Bett, mit Hailey auf dem Schoß. Verdammt, ich wollte sie nicht gehen lassen. Die Idee, sie einfach bei mir zu behalten, gefiel mir immer besser.

»Wie fühlst du dich, meine Schöne?«

»Ähm, ganz gut… sexy Aktivitäten helfen immer. Und natürlich neben dir zu schlafen.«

»Auf mir«, stellte ich richtig.

»Na ja, das auch. Die Kissen sind bequem, aber warum soll ich sie benutzen, wenn es doch dich gibt? Und die Nachricht hat auch geholfen.«

Sie rutschte auf meinem Schoß hin und her.

»Wenn du rechtzeitig nach Hause kommen willst, solltest du besser damit aufhören.«

Sofort erstarrte sie.

»Aber wenn ich noch mal darüber nachdenke, werde ich dich heute einfach hierbehalten.«

»Vergiss es, Mister. So gerne ich faul wäre und mir noch mehr sexy Zeit gönnen würde, das geht nicht. Ich muss mir

Gedanken machen, wie wir dieses Feuer löschen können.« Entspannter fügte sie hinzu: »Ich kann wieder klar denken, und ich glaube nicht, dass die Pfannkuchen dafür verantwortlich sind.«

»Wenn wir gerade davon reden, dieses Feuer zu löschen… Ich werde eine Stellungnahme zu Marion und Lincoln abgeben.«

Stirnrunzelnd hob sie den Kopf. »Was? Wieso jetzt?«

Ich sah ihr tief in die Augen. »Weil ich dich liebe, Hailey. Und ja, ich habe meinen Stolz – aber ich werde nicht zulassen, dass dieser Stolz dich verletzt. Auf diesen Fotos wirkt es, als wärst du einfach irgendeine Frau, und das werde ich nicht zulassen.«

»Reid, ich finde eine andere Lösung. Das ist mein Job.«

»Ich will es so machen.«

»Bist du dir sicher?«

»Ja.«

»Okay. Dann werde ich alles Nötige in die Wege leiten.«

»Tut mir leid, dass ich so lange gezögert habe.«

»Besser spät als nie.«

Ich küsste sie zärtlich, rieb sanft ihre Schenkel und zog sie noch näher an mich.

Hailey grinste. »Willst du mich so motivieren, meinen Hintern aus der Tür zu schaffen? Kleiner Tipp: funktioniert nicht so toll.«

»Könnte sein, dass ich andere Hoffnungen hege.«

Sie deutete anklagend mit dem Finger auf mich. »Vergiss es.«

»Entspann dich. Ich will dich einfach noch ein paar Minuten im Arm halten.«

Seufzend schlang sie die Arme um meinen Hals. »Hier zu schlafen hat definitiv einige Vorteile. Frühstück im Bett und deine Brust als Kissen? Daran könnte ich mich mühelos gewöhnen.«

»So lautet der Plan.«

Ich brachte den Ball so schnell wie möglich ins Rollen. Erster Schritt: Ich rief Marion an und lud sie in mein Büro ein. Ich wartete neben der Tür auf sie. Dieses Gespräch sollte nicht besonders lange dauern, aber ich regelte solche Dinge gerne persönlich – besonders, wenn es knifflig wurde.

Während ich auf und ab tigerte, sah ich ein paarmal auf die Uhr. Sie kam zu spät.

»Wir hätten uns zumindest in der Hotelbar treffen können«, meinte sie träge, als sie mich endlich mit ihrer Anwesenheit beehrte.

»Das ist kein freundschaftlicher Plausch. Und du kommst zu spät.«

»Derselbe Roboter wie eh und je.« Sie verdrehte die Augen und ließ sich auf dem Sofa in der Ecke nieder. Ich blieb stehen.

»Und du zeigst immer noch keinen Respekt für meine Zeitplanung.«

»Kann ich zumindest einen Kaffee haben?«

»Nein. Das hier wird nicht lange dauern.«

Sie lächelte künstlich. »Also, welchem Umstand verdanke ich dieses Vergnügen?«

Ich war nicht in der Stimmung für Small Talk, also kam ich direkt zum Punkt. »Ich habe mit jedem einzelnen Fernsehproducer und Investor gesprochen, der sich an deiner Show beteiligen wollte. Sie ist abgeblasen.«

Das Lächeln erstarb auf ihren Lippen. »Das kannst du nicht machen.«

»Doch, kann ich. Habe ich bereits.«

»Ich habe zwei Jahre mit dir verbracht. Weißt du, wie langweilig das war? Du schuldest mir etwas.«

Noch vor ein paar Monaten hätten mich ihre Worte tief getroffen, doch ehrlich, inzwischen ließen sie mich vollkommen kalt. Ich wollte nichts weiter als Hailey und meine Familie vor diesem Mist beschützen.

»Du bist diejenige, die mich provoziert hat. Ich war bereit, die Sache einfach zu vergessen – ich wollte einfach nur, dass du und Lincoln aus meinem Leben verschwindet. Aber du musstest ja unbedingt einen Medienzirkus daraus machen. Dachtest du wirklich, ich würde nicht zurückschlagen?«

»Geht es hier um diese PR-Tusse, mit der du herumgelaufen bist? Wenn du tatsächlich geglaubt hast, du könntest mich damit eifersüchtig machen …«

»Halt Hailey da raus.«

Sie grinste. »Oder was?«

»Ich bin noch nicht fertig mit dir, Marion. Die Show ist nicht das Einzige, was du zu verlieren hast.«

Ich würde weder ihr noch der Presse oder irgendwem anders erlauben, Hailey auf irgendeine Art zu verletzen. Nur über meine Leiche. Was der Grund war, warum ich die Taktik geändert hatte. Ich musste meine Macht demonstrieren, eine Botschaft aussenden. Und zwar klar und deutlich.

Am Nachmittag traf ich mich mit Lincoln. Mich mit beiden an einem Tag zu treffen war vielleicht etwas zu viel des Guten, doch ich wollte das Pflaster schnell abreißen. Es würde nichts helfen, die Sache in die Länge zu ziehen. Mich mit Lincoln zu treffen war mir noch unangenehmer als die Begegnung mit Marion, aber solche Dinge ging ich eben nun mal gerne persönlich an.

Kaum hatte er mein Büro betreten, öffnete Lincoln auch schon den Mund. »Reid, es tut mir leid ...«

»Ist mir egal.«

»Wieso bin ich dann hier?«

»Weil ich die Affäre öffentlich machen werde. Dein Name wird genannt werden. Und ich will, dass du alles bestätigst, wenn die Presse bei dir nachfragt.«

Er starrte mich nur an. »Du willst öffentlich darüber reden? Ich kann es nicht glauben.«

»Glaub es einfach.«

»Du wolltest nicht mal eine Pressemeldung herausgeben, als du die Hotels übernommen hast, um Himmels willen.«

»Das ist etwas anderes.«

Wäre es nur um mich gegangen, hätte ich das nach wie vor nicht getan. Doch ich würde meinen Stolz herunterschlucken, bevor Hailey in der Öffentlichkeit als die Böse dargestellt wurde, die eine Beziehung zerstört hatte. Ich konnte bloß hoffen, dass ich die Situation nicht schon zu sehr hatte entgleisen lassen.

»Was, wenn ich nicht zustimme?«

»Du weißt genau, dass es nicht klug ist, mich zu reizen. Marion dachte, sie könnte es tun; jetzt weiß sie es besser.«

»Was hast du getan?«

»Heute Morgen musste sie überraschend feststellen, dass jeder Investor ihrer Show abgesprungen ist. Lass uns einfach sagen, dass das Format gestorben ist.«

Lincoln blinzelte, dann vergrub er eine Hand in der Hosentasche. Mit der anderen fuhr er sich durchs Haar. Das war ein nervöser Tick, den er schon hatte, seitdem wir uns kannten.

»Ihre Show ist gestorben? Mann, das ist ein harter Schlag.«

»Ist ja nicht so, als hätte sie es nicht verdient. Also, wenn die Presse dich um eine Erklärung bittet, wirst du sagen …?« Ich sah ihm direkt in die Augen, um keinen Zweifel daran aufkommen zu lassen, dass es nur eine richtige Antwort darauf gab.

»S-s-schön«, stammelte er. »Ich werde die Affäre nicht leugnen. Es ist ja nicht so, als wären wir noch zusammen. Sie wollte sich mit mir nur ein wenig ablenken und Spaß haben. Das hat sie absolut klargestellt, sobald ich meinen Job verloren hatte.«

Typisch Marion. Ich war nicht überrascht.

»Gut. Den Weg nach draußen findest du selbst. Wir sind hier fertig.«

Ich wollte keine Sekunde länger in seiner Gegenwart verbringen als notwendig.

»Wieso hast du das nicht schon früher getan?«

»Ich wasche meine dreckige Wäsche nicht gerne in der Öffentlichkeit.«

Doch aus irgendeinem Grund fiel es mir leichter, über meinen Schatten zu springen, wenn es nicht um mich ging, sondern um die Leute, die mir am Herzen lagen. Jetzt konnte ich bloß hoffen, dass es reichen würde.

23 Hailey

»Sie schweifen ab. Mein persönliches Leben ist hier nicht von Interesse«, sagte ich zum gefühlt hundertsten Mal ins Telefon.

»Kommen Sie schon, Hailey. Seien Sie nicht so. Geben Sie mir etwas, worüber ich schreiben kann.«

»Das werde ich, wenn Sie bereit sind, über meine Klientin zu reden.«

»Davonport ist auch Ihr Klient.«

Ich bewegte die Finger meiner freien Hand, um nicht auf den Tisch zu schlagen.

»Wir sprechen aber gerade über Cynthia.«

»Hören Sie, ich habe kein Interesse daran, über dieses Thema zu reden, wenn es da draußen doch eine viel heißere Story gibt. Sie sind im Besitz von Insiderwissen. Verdammt, Sie poppen mit Davenport …«

Sofort legte ich auf und ließ dann den Kopf in die Hände sinken. Reids Stellungnahme war letzte Woche erschienen, und seitdem war der Medienrummel nicht mehr zu stoppen. Ich persönlich hatte nichts mehr zu befürchten, doch trotz meiner Anstrengungen wurde es immer schwerer, meinen Job anständig zu erledigen. Meinen Klienten war meine Beziehung mit Reid vergleichsweise egal – doch das galt nicht für die Medien, die ich im Namen meiner Klienten kontaktieren musste.

Das war schon das fünfte Telefonat heute, das vollkommen aus dem Ruder gelaufen war. So konnte ich nicht weitermachen. Meine Klienten verließen sich darauf, dass ich die Kohlen für sie aus dem Feuer holte, doch im Moment goss ich eher Öl hinein.

Ein Klopfen an meiner Tür riss mich aus meinen Gedanken.

»Cameron! Hi.«

»Wie läuft es?«

Ich versuchte zu lächeln, versagte allerdings kläglich. »Um ehrlich zu sein, nicht besonders gut. Ich kann nicht im Sinne meiner Klienten handeln, und das macht mich sauer.«

»Willst du, dass Angela ein paar dieser Telefonate für dich übernimmt?«

Ich griff mir einen Stift und spielte damit herum. Mein Herz raste. Wenn ich Angelas Hilfe akzeptierte, gab ich damit zu, dass ich meinen Job nicht machen konnte. Aber letztendlich musste ich die Interessen meiner Klienten in den Vordergrund stellen.

»Ja. Ich denke, in den nächsten paar Tagen wäre es besser. Es geht nur um die Telefonate. Mit den E-Mails komme ich klar, weil ich die persönlichen Fragen darin ignorieren kann. Aber bei Anrufen endet es jedes Mal damit, dass ich nur sinnlos Zeit verschwende.«

»Ich werde mit ihr sprechen.« Cameron schien noch

etwas sagen zu wollen, doch letztendlich schüttelte er den Kopf und verließ mein Büro. Mein Magen verkrampfte sich vor Angst.

Irgendwann wird sich das alles wieder legen, ermahnte ich mich selbst. *So ist es immer.*

Für ein paar Sekunden ließ ich die Stirn auf den Schreibtisch sinken, um meine Gedanken zu sortieren, dann richtete ich mich wieder auf.

Ich war entschlossen, den Rest des Tages über gute Arbeit zu leisten und mir von nichts die Laune verderben zu lassen. Wie um zu beweisen, dass die aufmunternden Worte für mich selbst erfolgreich gewesen waren, arbeitete ich die nächsten Stunden effektiver – besonders, nachdem Angela die Anrufe übernommen hatte.

Als ich aus der Agentur schließlich herauskam, pfiff ich tatsächlich vor mich hin. Ja, ich pfiff!

Ich wollte noch zur Präsentation der neuen Kollektion eines örtlichen Designers, dann gingen mein sexy Freund und ich zum freitäglichen Familienabendessen.

Reid hatte seinen ersten Besuch mit Bravour gemeistert – auch wenn ich das nagende Gefühl nicht abschütteln konnte, dass Jace und Will einfach zu viel Mitleid mit uns beiden gehabt hatten, um Reid anständig in die Mangel zu nehmen.

Das würde sich noch zeigen.

Obwohl die Gala heute Abend streng genommen eine berufliche Verpflichtung war – ich hatte letztes Jahr für Carlo, den Designer, gearbeitet –, war ich entschlossen, mich zu amüsieren.

Als ich zu Hause ankam, schlüpfte ich schnell in ein

kurzes, orangefarbenes Cocktailkleid. Dann drehte ich mich einmal vor dem Spiegel im Kreis, um mein Outfit zu bewundern. Ich sah umwerfend aus.

Dann schoss ich ein Foto von mir selbst und schickte es Val. Reid würde sich auf mich stürzen, wenn er mich abholte, und ich hatte nicht vor, mich ihm zu widersetzen. Ich schlüpfte in meine Pumps, drehte mich noch einmal im Kreis und bestellte mir danach ein Uber.

»Du hast fantastische Arbeit geleistet«, beglückwünschte ich Carlo, nachdem wir uns alles angesehen hatten. Er hatte sich gegen eine typische Laufstegshow entschieden. Stattdessen hatte er Schaufensterpuppen mit seinen Kreationen im gesamten Raum verteilt – ein sicherer Weg, die Kosten niedrig zu halten.

»Finde ich auch. Das ist bisher meine beste Kollektion. Ich muss jetzt meine Runden drehen. Lass mich wissen, wenn du irgendetwas kaufen willst. Du bekommst einen Freundschaftsrabatt von fünfzehn Prozent.«

»Oh, das hättest du besser nicht gesagt.« Ich wackelte mit den Augenbrauen. »Schließlich will ich die Hälfte der Kollektion kaufen.«

»Mach nur. Sag mir einfach, welche Stücke dein Interesse geweckt haben.«

Oh, Carlo, Carlo.

Sofort wanderte ich zurück zu meinem Lieblingsstück: einem bodenlangen roten Organza-Kleid mit asymmetrischer Schulterlinie.

Im Kopf ging ich die Vor- (ich würde darin aussehen wie

Grace Kelly) und Nachteile (der Preis überstieg mein Budget) durch, als Marion an mich herantrat. Bereits vorhin hatte ich sie unter den Gästen bemerkt, aber beschlossen, mir nichts anmerken zu lassen.

»Ich hatte mich schon gefragt, ob ich Ihnen hier begegnen würde«, meinte Marion. »Ich wusste, dass Carlo einmal Ihr Klient war.«

»Ich habe Ihnen nichts zu sagen«, antwortete ich ruhig.

»Für mich gilt dasselbe. Na ja, vielleicht möchte ich doch eine freundliche Warnung aussprechen: Machen Sie sich nicht allzu große Hoffnungen. Ich bezweifle, dass Sie Reid noch lange halten können.«

»Wie gut, dass mir Ihre Meinung vollkommen egal ist.«

»Reden Sie sich ruhig ein, dass er an Ihnen wirklich interessiert ist. Aber Sie glauben doch nicht im Ernst, dass er seine Ansprüche so schnell herunterschraubt, oder? Ich meine: Sehen Sie erst mich an und dann sich selbst.«

Ich packte meine Handtasche fester, den Kopf erhoben. Ich würde mich von niemandem drangsalieren lassen, am wenigsten von Marion.

»Ich schaue Sie an. Und ich sehe einfach nur eine gewissenlose Person. Jemanden, der die Gefühle anderer vollkommen missachtet. Sie bedeuten Reid nicht das Geringste.«

Marion grinste fies. »Nun, er erzählt Ihnen nicht alles, oder? Sie wären überrascht.«

Was sollte das heißen? Mein Magen verkrampfte sich, doch ich reagierte nicht. Marion versuchte, mich zu verunsichern. Es war offensichtlich, dass sie einen Keil zwischen Reid und mich treiben wollte. Das würde ich nicht zulassen.

»Lassen Sie mich Ihnen einen Rat geben: Hören Sie auf,

aus den falschen Gründen Aufmerksamkeit auf sich zu ziehen. Wenn Sie so weitermachen, werden Sie sich in der Branche nicht lange halten können.«

Marion verzog gereizt das Gesicht, doch ich ging einfach in ihr vorbei, weil ich keinerlei Interesse verspürte, dieses Gespräch weiterzuführen. Außerdem war ich nicht mehr in der Stimmung, mir neue Kleider anzusehen.

Trotz meiner Entschlossenheit, mich von Marions Worten nicht beeinflussen zu lassen, fühlte ich mich ein wenig aus dem Konzept gebracht. Ich versuchte, mich zu sammeln, bevor ich um sechs Uhr den Veranstaltungsort verließ. Reid wollte mich abholen und parkte bereits auf dem Parkplatz des Gebäudes. Sobald er mich sah, stieg er aus und öffnete die Beifahrertür für mich.

Grinsend schlenderte ich in seine Richtung.

»Okay. Wir müssen ein paar Regeln festlegen«, sagte er neckend, als er mich an sich zog. »Wenn du so fantastisch aussiehst, muss ich dich überallhin begleiten.«

Reid ließ eine Fingerspitze über meine Wange gleiten, um im Anschluss die Konturen meiner Lippen nachzuziehen, ehe er den Kopf an meinen Hals senkte. Mit der Nasenspitze strich er über meine Haut, bis mich ein Schauder überlief.

»Ich kann an nichts anderes denken, als dir dieses Kleid auszuziehen.«

»Reid …«

Er ließ die Lippen über meine Ohrmuschel gleiten. »Und ich würde nicht sanft vorgehen.«

Meine Knie wurden weich, doch ich hielt die Stellung, stieß ihn gespielt empört von mir und wedelte anklagend mit dem Finger vor ihm herum.

»Kein Dirty Talk mehr, bis wir alleine sind.«

»Das werden wir noch sehen.« Er schenkte mir ein anzügliches Lächeln und deutete dann auf die offene Beifahrertür.

»Wie war dein Tag?«, fragte er, sobald wir im Auto saßen.

»Ich möchte ebenfalls eine Regel festlegen: Wir reden nicht über die Arbeit.«

Doch es war zu spät. Ich dachte bereits darüber nach, wie in letzter Zeit jedes Telefonat vollkommen entgleist war. Und Marions Worte hingen mir ebenfalls noch nach.

Ich erzählte ein wenig von Carlo, in der Hoffnung, dass Reid nichts bemerkte, aber natürlich tat er das.

»Bist du in Ordnung?«, fragte er sanft, als wir Vals Haus fast erreicht hatten. »Du klingst ein wenig seltsam.«

Ich nickte. Gleichzeitig versuchte ich, entweder meinen Mut zusammenzunehmen, um die Fragen zu stellen, die mich beschäftigten … oder Marion einfach zu vergessen. Eine Nachfrage wäre der einfachste Weg, meine Zweifel zu bannen. Doch ich hatte Angst davor, dass er wütend werden und mich beschuldigen könnte, ich würde ihm nicht vertrauen … und noch mehr fürchtete ich, dass Marion die Wahrheit gesprochen hatte. Ich hielt sehr viel von Kommunikation, aber ich konnte mir nicht vorstellen, dass dieses Gespräch etwas anderes erreichen konnte, als uns den Abend zu verderben.

Schubladendenken, Hailey. Komm schon, das kannst du gut.

Wann immer es in meinem Berufsleben schlecht lief, klammerte ich mich an mein Privatleben und andersherum.

Doch im Moment fühlte ich mich zerrissen. Ich beschloss, die Begegnung mit Marion nicht anzusprechen. Sie war eine bösartige Person, und jede Nachfrage würde mich nur unsicher wirken lassen. Verdammt, ich war auch unsicher, und das gefiel mir gar nicht.

»Ich frage mich bloß, ob meine Brüder sich auch heute benehmen werden«, sagte ich. Und das war keine Lüge.

»Letzte Woche ist doch alles gut gelaufen.«

»Ha! Ich glaube immer noch, dass sie dich geschont haben.«

»Baby, alle mögen mich.«

»Mir gefällt dein Selbstvertrauen, Reid. Ich bin mir nicht sicher, ob es gerechtfertigt ist, aber ich bewundere es.«

»Ich verlange, das Event in allen Einzelheiten beschrieben zu bekommen«, befahl Val.

»Ja, Ma'am.«

»Ist dir ein Kleid ins Auge gestochen?«, fragte Lori mit funkelnden Augen. »Hast du Fotos gemacht?«

»Unglücklicherweise habe ich massenweise Bilder. Carlo ist einfach zu talentiert. Aber er hat gesagt, er würde mir fünfzehn Prozent Rabatt geben.«

Val klimperte mit den Wimpern. »Gilt der auch für Schwestern? Ich frage nur für eine Freundin.«

Wir saßen gemeinsam auf der Hollywoodschaukel, die Carter auf der Veranda aufgestellt hatte. Ich saß in der Mitte, meine Schwestern rechts und links neben mir. Ich saugte all die schwesterliche Liebe in mich auf, um meinen inneren Aufruhr zu beruhigen.

Ich liebte Vals Garten. Landons Frau hatte ihn vor ein paar Jahren angelegt. Besonders die Jacaranda-Bäume waren wunderschön, ebenso wie die Azaleenbüsche. Ende Mai stand bereits alles in voller Blüte, sodass der Garten in allen Farben leuchtete. Strahlendes Grün und helles Pink, mit hier und da kleinen Flecken in Gelb und Violett.

Ich scrollte durch die Bilder, und gemeinsam bewunderten wir die Kleider, begleitet von begeisterten Ausrufen.

»Das ist toll. Wisst ihr was? Langsam hab ich den Dreh raus, alle rumzukommandieren«, meinte Val und rieb sich den Bauch.

Genau. Da Carter Lori und mir befohlen (!) hatte, Val zu unterhalten, während der Rest das Abendessen fertig kochte und den Tisch deckte, hatte sie den Dreh offensichtlich noch nicht raus, aber, ähm … sie zeigte gewisses Potenzial. Dafür, dass man sie aus ihrer eigenen Küche vertrieben hatte, wirkte Val recht ruhig.

»Ein kleiner Appetithappen für die Damen?«, meinte Reid, als er mit einem Tablett voller Sandwiches aus dem Haus trat.

»Oh, gib her, gib her«, sagte ich. Ich war am Verhungern. »Danke dir.«

»Wie läuft es da drin?«, fragte Val, als wir uns jeweils ein Sandwich nahmen.

»Alles unter Kontrolle. Ihr könnt weiterhin den Sonnenuntergang genießen.« Er zwinkerte uns zu und verschwand dann wieder im Haus.

»Also … Reid scheint sich einfach nicht längere Zeit von dir fernhalten zu können«, kommentierte Val.

»Wirkt so, nicht wahr?« Ich sank tiefer in die Hollywoodschaukel und grinste schelmisch, bevor ich meine Schuhe abschüttelte und die Knie an die Brust zog. »Mädels, ich muss euch etwas gestehen.«

Lori zwinkerte mir zu und band ihre langen blonden Locken zu einem Pferdeschwanz. »Wir wissen bereits Bescheid. Du bist total verliebt.«

Ich lächelte noch breiter, dann sah ich von rechts nach links. Wir standen kurz vor einem Connor-Sandwich. Und tatsächlich, meine Schwestern umarmten mich gleichzeitig. Gott, wie ich sie doch liebte! Sie sorgten dafür, dass ich mich geborgen und sicher fühlte.

»Also, wenn du ihn so sehr liebst, wieso hast du ihn da drin ganz allein gelassen?«, fragte Lori.

»Auf der Fahrt hierher war er ein wenig selbstgefällig. Hat sich eingebildet, er hätte schon alle in der Tasche. Ich dachte, er sollte erfahren, worauf er sich eingelassen hat.«

»Verdammt, Mädel.« Val kicherte, anschließend strich sie mir eine Strähne aus dem Gesicht, wie sie es in meiner Kindheit immer getan hatte. »Wie läuft es in der Arbeit?«

»Darüber will ich heute Abend auf keinen Fall reden. Es ist noch zu früh, um mir die Laune zu versauen. Wie wäre es, wenn wir uns noch eine Weile Carlos Kreationen ansehen und beschließen, welche davon es wert sind, unser hart verdientes Geld dafür auszugeben?«

Val öffnete den Mund. Es war klar, dass sie mir widersprechen wollte, doch Lori deutete auf mein Handy. »Val, du hast sie gehört. Richte den Blick auf die Bilder, Schwester.«

Sobald wir am Tisch saßen, wandte sich das Gespräch natürlich wieder Jace' und Brookes Hochzeit zu.

»Die Sitzordnung ist eine Heidenarbeit«, meinte Brooke. »Oh, Reid, ich wollte kurz mal fragen, hast du an diesem Wochenende Zeit?«

»Ich weiß es nicht.« Er drehte sich mit einem herausfordernden Lächeln zu mir um. »Bin ich eingeladen?«

Ich tippte mir ans Kinn, als müsste ich angestrengt darüber nachdenken. »Hmmm … Das würde mir die Peinlichkeit ersparen, der einzige Connor-Single auf der Hochzeit zu sein, also würde ich sagen, du hast dir eine Einladung verdient.«

Lachend drückte er mir einen Kuss auf die Schläfe. »Abgemacht.«

Ich ertappte meine Schwestern und Schwägerinnen dabei, wie sie lächelnd verschwörerische Blicke austauschten.

»Was hat es damit auf sich?«, fragte ich und deutete von einer zur anderen.

»Die Mädels haben gewettet«, informierte mich Jace.

Ich legte die Gabel ab. »Einen Moment mal. Das Damenteam hat gewettet, und ich war nicht beteiligt?«

Val warf Jace einen bösen Blick zu. »Du musstest uns einfach verraten, oder?«

»Worum ging es bei der Wette?«, fragte ich neugierig.

»Ob du eine Verabredung mit zur Hochzeit bringst«, erklärte Brooke.

»Na ja, streng genommen hatten wir gesagt, es ginge um die nächste Connor-Hochzeit«, fuhr Val fort. »Aber da ja Carters und meine Hochzeit schneller stattgefunden hat als erwartet, galt sie nicht.«

»Also ist das die erste Hochzeit, zu der du mit einem gut aussehenden Mann gehst, hm?«, fragte Reid.

Ich errötete.

»Ja, genau. Willkommen im Connor-Clan, Reid«, sagte Jace. »Bald genug werden wir auch Wetten darüber abschließen, was dich betrifft, keine Sorge.«

Ich beobachtete Reid aus den Augenwinkeln. Er lachte.

»Keine Peinlichkeiten«, warnte ich Jace.

»Wofür hat man denn sonst einen jüngeren Bruder?«

Lächelnd schüttelte ich den Kopf und lenkte dann das Gespräch auf andere Themen, bevor Reid schon beim zweiten Abendessen zu viele peinliche Dinge über mich erfahren konnte. Ich versuchte herauszufinden, ob irgendwer in Schwierigkeiten steckte oder meine PR-Fähigkeiten brauchte, doch scheinbar war alles ruhig.

»Der Akku meines Handys ist fast leer. Hast du ein Ladegerät?«, fragte Reid nach dem Hauptgang.

»Oh, Val hat dasselbe Handy. Ihr Ladegerät ist in der Küche. Gib her, ich mache das für dich.«

Ich ging mit Reids Telefon in der Hand in die Küche und steckte es an. Sobald der Strom floss, leuchtete das Display kurz auf … und ich erstarrte.

Die Vorschau auf eine E-Mail leuchtete auf dem Bildschirm auf. Der Absender war ein gewisser Mr Lawson. Ich hatte keine Ahnung, wer das sein sollte, doch die ersten Worte erregten meine Aufmerksamkeit.

Ihr Treffen mit Marion …

Dann verblasste das Display wieder zu Schwarz, mit dem Ladesymbol in der oberen Ecke. Ich stand wie angewurzelt da und fühlte mich, als hätte sich mein gesamtes Blut in meinen Füßen gesammelt.

Ich legte das Handy auf die Arbeitsfläche. Mein Herz raste so heftig, dass ich meinen eigenen Puls hören konnte. Was ging hier vor sich?

Marions Worte hallten in meinem Kopf wider, und ich erinnerte mich viel zu deutlich an ihre selbstgefällige Miene. Langsam massierte ich mir die Schläfen und atmete ein paarmal tief durch.

Ich bildete mir etwas ein. Ich musste einfach nur Reid fragen. Bestimmt gab es eine absolut logische Erklärung dafür, warum er sich mit seiner Ex getroffen und wieso zum Teufel er das vor mir geheim gehalten hatte. Ich wollte keine voreiligen Schlüsse ziehen … aber gleichzeitig wusste ich auch nicht, wie ich mich davon abhalten sollte.

24 Reid

Hailey hatte mir ihre Familie in den schillerndsten Farben geschildert, doch das selbst zu erleben war wunderbar. Hailey allerdings wirkte ein wenig bleich, als sie aus der Küche zurückkehrte.

»Geht es dir gut?«

Sie nickte, ohne mir in die Augen zu sehen. Verdammt, es ging ihr definitiv nicht gut, aber bevor ich noch einmal nachhaken konnte, wandte sie sich an Brooke und stellte Fragen zur Sitzordnung auf der Hochzeit.

Landon erkundigte sich bei mir, wie ich vorhatte, das neue Hotel zu finanzieren, und schon bald waren wir in eine Diskussion über die Vor- und Nachteile von bankgestützter Finanzierung vertieft. Immer wieder warf ich Blicke zu Hailey und wartete darauf, dass sie sich entspannte, doch ihre Schultern blieben hochgezogen, und ihr Lächeln wirkte fast gezwungen. Es kostete mich all meine Kraft, ruhig sitzen zu bleiben und mich weiter zu unterhalten.

Als alle den Tisch abräumten, nutzte ich die Gelegenheit, um sie zur Seite zu ziehen.

»Hailey, was ist los? Du bist … gestresst, seitdem du aus der Küche zurückgekommen bist.«

»Es ist nichts.« Ihr bissiger Tonfall konnte nur eines bedeuten: Was auch immer sie unter Druck setzte, es hatte mit mir zu tun.

»Habe ich etwas getan, das dich wütend gemacht hat? Lass uns darüber reden.«

»Nicht hier vor meiner Familie, okay? Sie werden etwas mitkriegen und sich Sorgen machen. Später.«

Ich verspannte mich. Was zum Teufel ging hier vor sich? Ich wollte nicht abwarten. Doch gleichzeitig konnte ich nicht anders, als Hailey für ihre Stärke zu bewundern. Obwohl sie offensichtlich tief erschüttert war, hatte sie für jeden ein Lächeln übrig und spielte sogar eine Partie Monopoly mit April und Milo.

Ich war hin- und hergerissen zwischen dem Drang, sie einfach in ein leeres Zimmer zu zerren oder sie über meine Schulter zu werfen und mit ihr aus dem Haus zu stürmen. Ich wollte wissen, was passiert war. Und zwar jetzt sofort.

Am Ende des Abends, als alle sich zum Aufbruch fertig machten, lehnte Hailey sich stöhnend ans Sofa.

»O Gott, und jetzt muss ich nach Hause fahren«, jammerte sie.

»Du kannst auch hier schlafen. Es gibt genügend freie Zimmer«, bot Val an.

»Weißt du was? Ich glaube, ich werde dieses Angebot annehmen«, sagte Hailey.

Was?

Ich starrte sie an, kurz davor, vor ihrer gesamten Familie

auszurasten. Zuerst hatte sie erklärt, wir würden später reden, und nun wollte sie die Nacht hier verbringen.

Val sah grinsend zwischen uns hin und her. »Oder auch nicht. Ich sehe da jemanden, der bereits Pläne mit dir hat, Hailey.«

Ich schlang einen Arm um ihre Taille.

»Anscheinend«, antwortete sie.

»Das habe ich.«

Ich konnte spüren, wie ihre Muskeln sich anspannten, als sie den Kopf in meine Richtung drehte. Die Herausforderung in ihrem Blick war nicht zu übersehen, doch ich gab nicht nach.

Val lächelte uns an. »Nun, dann mal los mit euch, ihr Turteltäubchen. Fangt nur nicht schon auf der Veranda an. Es sind Kinder anwesend.«

Hailey war wütend. Das konnte ich an ihrer steifen Haltung genauso ablesen wie an der Geschwindigkeit, mit der sie sich von mir löste, sobald wir die Steinstufen im Garten erreicht hatten.

»Hailey, wir müssen reden.«

»Das hätten wir auch später machen können.«

»Wirklich? Du hast auf mich eher gewirkt, als wolltest du mich kaltstellen.«

»Es geht nicht immer um dich. Vielleicht wollte ich einfach mal bei meiner Schwester übernachten.«

»Das kaufe ich dir nicht ab. Was ist los? Ich will es wissen, und zwar jetzt.«

»Auf deinem Handy ist eine Mail von einem Mr Lawson aufgepoppt, wegen deines Treffens mit Marion.« Sie atmete tief ein, dann sprach sie so schnell weiter, dass ich sie kaum verstehen konnte. »Als ich das Handy eingesteckt habe, hat das Display aufgeleuchtet, und darauf waren die neuesten Eingänge zu sehen.«

»Es spielt keine Rolle, wie du es gesehen hast.«

»Ich will nicht, dass das zu einem Gespräch darüber wird, wieso ich in deinem Handy herumgeschnüffelt habe. Das habe ich nicht getan.«

»Ich habe nichts zu verbergen, Hailey. Und es ist feige, seinem Gegenüber in einer Diskussion einzureden, er oder sie hätte etwas falsch gemacht.«

Sie hatte die Schultern hochgezogen, als wollte sie sich verstecken. Verdammt. Das hatte ich ihr angetan.

»Ich wollte ihr ins Gesicht sagen, wie meine nächsten Schritte aussehen.«

»Reid, ich bin deine PR-Agentin. Ich muss über so etwas informiert werden. Weißt du, wie schwer es mir momentan fällt, meinen Job überhaupt zu erledigen? Mein Chef sitzt mir im Nacken, meine Klienten sind nervös. Das Letzte, was ich brauchen kann, ist, von Fotos von Marion und dir irgendwo in der Stadt überrumpelt zu werden.«

»Das Treffen hat in meinem Büro stattgefunden. Ich habe mich auch mit Lincoln getroffen.«

»Du bringst mich noch um.« Sie fuhr sich mit der Hand durchs Haar und biss sich auf die Unterlippe. »Lass uns einfach gehen.«

Auf der Fahrt zum Hotel schwieg Hailey. Zuerst dachte ich, sie wäre einfach nur müde, doch als wir mein Wohnzimmer betraten, fiel mir auf, wie angespannt sie immer noch wirkte. Ihre Schultern schwebten nach wie vor neben ihren Ohren, und ihr Rücken war steif.

»Ich werde heute früh ins Bett gehen«, sagte Hailey eilig. »Ich bin einfach müde … und …«

Sie verstummte, als ich einen Arm um ihre Taille schlang, aber ich konnte spüren, wie all ihre Muskeln sich verkrampften.

»Du bist immer noch wütend auf mich?«, fragte ich an ihrem Scheitel.

»Nein, nein. Das ist es nicht. Ich … es ist bloß …«

»Ich lasse nicht zu, dass du so ins Bett gehst.«

»Was? Ich habe gesagt, dass ich genau das tun möchte.«

»Und das stimmt nicht. Du willst etwas anderes. Aber was auch immer es ist, du willst es mir nicht sagen. Ich werde einfach abwarten, bis du so weit bist.« Ich fühlte mich, als ständen wir an einem Scheideweg. Wenn ich jetzt nachgab, würde sie mich ausschließen. Wenn ich sie weiter unter Druck setzte, riskierte ich, dass sie wütend wurde. Doch ich konnte das nicht einfach ignorieren.

»Hör mal, es tut mir leid, dass ich bei Val so überreagiert habe. Es ist nur … ich weiß nicht, ich habe diese Nachricht gesehen und … Marion war heute Abend auf der Design-Gala, und sie hat mich glauben gemacht, du würdest mir nicht alles erzählen.«

Verdammter Mist.

»Also warst du eifersüchtig?«

Sie schluckte schwer, dann zeigte sie mit dem Finger auf mich. »Verspotte mich nicht.«

»Das tue ich nicht. Ich will dich nicht verspotten.« Ich berührte sanft ihre Wange, bevor ich ihren Hinterkopf umfasste. »Tatsächlich fühle ich mich auf seltsame Art geschmeichelt.«

»Jetzt bist du einfach bloß gemein.«

»Ich bin nur ehrlich. Dass ich dir genug bedeute, um eifersüchtig zu werden … ich kann dir gar nicht beschreiben, was das mit mir anstellt, Hailey. Du hast wirklich keine Ahnung, wie viel Macht du über mich besitzt.«

Sie entspannte sich unter meinen Fingern, verschränkte aber trotzdem die Arme vor der Brust. »Du bist immer noch gemein. Du hast nur Glück, dass ich dich so sehr liebe, Mr Einsiedler.«

25 Hailey

Das Wochenende verbrachte ich damit, meinen kleinen Ausraster in Vals Haus wiedergutzumachen. Ich hatte ernst gemeint, was ich zu Reid gesagt hatte – dass ich als seine PR-Agentin über seine Pläne informiert werden musste. Doch ich konnte nicht so tun, als wäre das der einzige Grund gewesen, warum ich ausgetickt war. Ich gestand mir meine Fehler lieber ein.

Am Sonntagabend flog Reid nach San Diego.

Er hatte früh am Montagmorgen ein Meeting, weswegen es Sinn ergab, wenn er gleich in San Diego übernachtete. Ich war nicht in der Stimmung, allein zu bleiben, also fragte ich Val, ob das Angebot noch stand, bei ihr zu übernachten.

»Ähm … ist die Erde rund? Natürlich.«

Val verstand sofort nach meiner Ankunft, dass ich nicht unbedingt bester Laune war. Mir graute vor dem morgigen Tag, dabei hatte ich in Bezug auf Montage seit meinem Jobwechsel nicht mehr so empfunden.

Wir blieben noch wach, als Carter und die Mädchen ins Bett gingen, und es wurde ziemlich spät. Mit dem Ergebnis, dass ich am nächsten Tag mit Kopfweh und so wenig Energie aufwachte, dass es mir kaum gelang, mich aus dem Bett zu quälen. Doch Val war vorbereitet.

Als ich in die Küche kam, hatte sie schon Kaffee und Pfannkuchen gemacht.

»Frühstück für Gewinner, hm?«, murmelte ich. »Wo sind die anderen?«

»Carter bringt die Mädchen zur Schule. Aber ich bin hier und sorge für mein Schwesterherz.«

Ich lachte, dann widmete ich mich den Pfannkuchen. Tja, Val wusste genau, wie sie mich aufmuntern konnte. Wir unterhielten uns über nichts Bestimmtes, sondern genossen einfach den angenehmen Morgen.

»Gehst du heute ins Büro?«, fragte Val irgendwann.

»Ich muss. Jeden Montagmorgen gibt es ein Team-Meeting. Wenn das nicht wäre, hätte ich heute von zu Hause aus gearbeitet.«

»Schade. Du hättest mir Gesellschaft leisten können.« Meine Schwester arbeitete nur noch im Homeoffice, weil der Geburtstermin näher rückte.

»Ich könnte vielleicht nach der Sitzung vorbeischauen. Keine Ahnung.«

»Hmmm, ich könnte mein Angebot versüßen, indem ich zum Mittagessen selbst gemachte Burger anbiete.«

»Val, damit versüßt du nichts, sondern bestichst mich offen.«

Val lächelte geziert. »Du kennst mich doch. Damit kriege ich euch alle. Und du darfst dir auch eine Jogginghose von mir leihen. Wenn wir beide von zu Hause aus arbeiten, können wir es uns gemütlich machen.«

»Jetzt hast du mich überzeugt. Es gibt Burger in der Jogginghose.«

Ich beschloss, vor dem Aufbruch noch kurz meine Mails zu checken. Eine gute Idee, weil mir Cameron geschrieben hatte.

Hast du nach der Morgensitzung Zeit? Ich müsste mit dir sprechen.

Ich umklammerte mein Telefon mit der einen Hand, mit der anderen rieb ich mir den Nacken. »Sieht aus, als müsste ich doch ins Büro. Mein Chef braucht mich.«

»O verdammt. Und ich war schon in Jogginghosenlaune. Egal. Auf sie mit Gebrüll.«

Ich freute mich nicht besonders auf die Arbeit, weil ich mir eigentlich nur wünschte, noch mehr schwesterliche Liebe in mich aufzusaugen.

Doch ich riss mich zusammen und fuhr in die Agentur. Dort herrschte Hochbetrieb, wie immer montagmorgens. Zum ersten Mal seit langer Zeit hatte ich selbst keinerlei Highlights zu präsentieren.

Danach winkte Cameron mich in sein Büro.

»Willst du dir noch einen Kaffee holen?«

»Nein, danke. Lass uns den Ball ins Rollen bringen.«

Bisher hatte mich jedes Mal Aufregung erfüllt, wenn Cameron mich in sein Büro gerufen hatte, da er mir dabei spannende neue Projekte übertragen hatte, die es mir erlaubten, mich selbst zu beweisen. Heute allerdings graute mir davor.

»Du erinnerst dich, dass ich immer mal wieder davon gesprochen habe, unseren Aufgabenbereich zu erweitern und vielleicht auch in Firmen-PR einzusteigen?«

»Ja.« Eventuell würde dieses Gespräch ja doch positiv verlaufen. Ich wollte keine schlechten Nachrichten hören, denn mehr Belastungen konnte ich jetzt wirklich nicht verkraften.

»Nun, ich habe genau das vor einer Weile angestoßen, und ich glaube, wir sind bereit für den nächsten Schritt. Du bist ein wertvolles Mitglied unseres Teams. Jemand mit deinem Tatendrang ist schwer zu finden. Mit deinen Fähigkeiten bist du perfekt für Hollywood-PR geeignet, doch bis alles glattläuft, wirst du dich auf den Geschäftszweig der Firmen-PR konzentrieren.«

»Total gerne.« Hoffnung flackerte in mir auf.

»Okay, also, bevor ich dir Genaueres erkläre, möchte ich dich darüber informieren, dass dieser Firmenzweig seinen Hauptsitz in Houston haben wird.«

»In… Moment, was? Warum?«

»Dort sind viele große Unternehmen ansässig, aber der PR-Markt ist noch nicht so übersättigt wie in New York oder Washington. Und meine Schwester lebt in Houston. Sie möchte sich ebenfalls gerne einbringen. Nach der Geburt ihres Babys ist es ihr schwergefallen, wieder einen Job zu finden, also wäre das eine tolle Chance für sie.«

Ich schob mir eine Strähne hinters Ohr, weil ich meine Hände einfach nicht mehr stillhalten konnte. Ich konnte kaum ruhig stehen bleiben.

»Es wäre gut für dich, dich eine Weile nicht zu zeigen«, fuhr Cameron fort.

»Wegen der Fotos.«

»Hör mal, ich weiß, dass das nicht deine Schuld war. Ich werfe dir nicht das Geringste vor. Es wäre allerdings gut, wenn du eine Weile aus dem Rampenlicht verschwindest.«

»Aber in Houston kann ich mich nicht um meine Klienten in L. A. kümmern. Du weißt, wie wichtig persönliche Treffen sind. Es ist schon ein paarmal passiert, dass ich jemanden nur dann beruhigen konnte.«

»Jemand anders kann sich für eine Weile um deine aktuellen Klienten kümmern.«

Ich fühlte mich, als müsste ich Schläge aus allen Richtungen einstecken, und ehrlich: Langsam ging mir die Kraft aus.

»Ich kann nicht nach Houston ziehen, Cameron. Ich meine, natürlich könnte ich das tun, doch ich will nicht.«

Er trommelte mit den Fingern auf den Schreibtisch, dann nickte er. »Ich weiß, wie nah du deiner Familie stehst. Aber es ginge hier nur um ein paar Monate.«

»Ergäbe das wirklich Sinn?«

»Du kannst alles in Gang bringen. Und während du dort bist, könntest du auch jemanden suchen, der das Büro zusammen mit meiner Schwester dauerhaft führen soll.«

»Wie viele Monate?«

»Zwei? Drei? Das werden wir spontan entscheiden. Du musst nicht sofort antworten. Nimm dir Zeit, um darüber nachzudenken.«

»Was passiert, wenn ich nicht nach Houston gehe?«

»Dann werde ich dich bitten, dich für zwei oder drei Monate aus der Firma zurückzuziehen. Unbezahlten Urlaub zu nehmen.«

Genau, weil ich es mir leisten konnte, drei Monate lang nichts zu verdienen.

»Es ist wichtig für die Firma, dass ich verschwinde.«

Camerons Schultern sackten nach unten. »Der Rummel

muss sich legen. In dieser Stadt heißt aus den Augen auch aus dem Sinn.«

»Das musst du mir nicht erzählen. Ich weiß.«

»Es ist keine Bestrafung.«

»Fühlt sich aber so an. Ich habe nichts falsch gemacht.«

Cameron schenkte mir ein mitfühlendes Lächeln. »Ich habe viel über das Problem nachgedacht. Das ist die beste Lösung, die mir eingefallen ist. Die einzige, wenn ich ehrlich bin. Ich würde dich wirklich ungern verlieren.«

Übersetzt hieß das: Du hast keine andere Wahl.

»Ich werde es machen. Danke, dass du mir diese Chance gibst.« Ich fühlte mich, als spräche jemand anders die Worte, während ich nur die Bauchrednerpuppe war, die ihre Lippen bewegte.

Camerons Angebot wusste ich wirklich zu schätzen. Ich wollte es bloß nicht annehmen. Ich war mir bewusst, dass die meisten Chefs mich einfach als Verlust verbucht und mich gefeuert hätten. Cameron war mehr als nur fair. Ich fand es furchtbar, dass ich ihn enttäuscht hatte. Zwar kannte ich ihn erst seit ein paar Jahren, doch er war für mich mehr geworden als lediglich ein Mentor. Von Anfang an hatte er auf mich aufgepasst und tat es immer noch. Und ich hatte ihn im Stich gelassen … und jetzt konnte ich meinen Job nur behalten, wenn ich nach Houston umzog.

Normalerweise hätte mich eine solche Chance mit Begeisterung erfüllt – besonders, da es zeitlich begrenzt war. Ich konnte regelmäßig am Wochenende einfliegen, um meine Familie zu sehen, um nicht allzu viel zu verpassen. Doch jetzt war das anders, weil es Reid in meinem Leben gab.

»Wann soll ich anfangen?«

»So bald wie möglich. Annalise, meine Schwester, hat das Büro letzten Monat eröffnet, aber ehrlich, sie braucht jede Hilfe, die sie kriegen kann.«

Ich strich mit den Händen über meinen Rock, dann zügelte ich meine Nervosität und zwang mich, ruhig zu erscheinen.

»Okay, ähm … Ich werde alles Nötige in die Wege leiten.«

»Natürlich. Lass dir nur nicht zu viel Zeit damit.«

Dann verließ ich Camerons Büro mit weichen Knien. Ich fühlte mich, als würden die Wände immer näher kommen. Irgendwie schaffte ich es zu meinem Schreibtisch und ließ mich in meinen Stuhl sinken, bevor mir klar wurde, dass ich auf keinen Fall den Tag im Büro verbringen konnte. Die Agentur war seit meiner Rückkehr nach L. A. ein Quell der Freude für mich gewesen, doch momentan schien mich die Umgebung zu ersticken.

Ich nahm mir ein Stück Papier und öffnete meine Bank-App auf dem Handy, um ein paar Zahlen herauszuschreiben und so herauszufinden, ob ich es mir leisten konnte, meine Hypothek zu bezahlen und gleichzeitig unbezahlten Urlaub zu nehmen. Es war unmöglich. Und außerdem sagte mir mein Bauchgefühl, dass das sowieso nicht der richtige Weg war. Was, wenn Cameron mich noch länger aus allem heraushalten musste? Was, wenn …?

Ich konnte nicht denken. Ich konnte nicht atmen. Ich musste hier raus, und ich musste meine Panik unter Kontrolle kriegen. Ich warf mein Telefon in meine Handtasche, schnappte mir meinen Laptop und verließ das Büro.

Wie hatte es so weit kommen können? Wieso hatte ich das nicht vorhergesehen? Wie sollte ich das in Ordnung bringen? Ich war total frustriert und hatte solche Angst, dass alles, wofür ich gearbeitet hatte, vergebens gewesen sein könnte. Endlich hatte ich meinen Platz in der Welt gefunden, hatte endlich einen Beruf gefunden, der mich begeisterte, und jetzt … jetzt hatte ich es geschafft, mich selbst vollkommen zu sabotieren.

Ich machte einen Spaziergang durch den Griffith Park, in der Hoffnung, so meine Gedanken zu ordnen und den Kopf freizubekommen. Aber es gelang mir nicht. Wenn doch nur Reid bei mir wäre … Er besaß die wunderbare Fähigkeit, mir das Gefühl zu vermitteln, als könnten wir gemeinsam immer alles in Ordnung bringen. Und selbst wenn uns das nicht gelänge … ich wünschte mir, ich könnte seine starken Arme um mich fühlen und mich in ihm verlieren.

Ich fragte mich gerade, ob sein Meeting wohl schon vorbei war, da vibrierte mein Handy. Als ich den Namen auf dem Bildschirm sah, lächelte ich zum ersten Mal, seit ich zur Arbeit aufgebrochen war: Es war Reid.

Hatte er gespürt, dass ich an ihn dachte? Dass ich ihn brauchte?

»Hey. Ich habe gerade an dich gedacht. Wie war dein Meeting?«

»Ein totaler Flop. Aber wenigstens bin ich schon wieder in L. A.«

»Das ging ja schnell.«

»Du klingst niedergeschlagen.«

»Genauso fühle ich mich auch.«

»Was ist passiert?«

Es tat so gut zu wissen, dass er sich Sorgen um mich machte.

»Hast du Zeit für ein spätes Mittagessen?«

»Ja, ich hab nichts Wichtiges vor«, antwortete er sofort.

»Du musstest nicht mal in deinen Kalender schauen.«

»Baby, mein Kalender ist mir völlig egal. Wo wollen wir uns treffen?«

Ich nannte ihm die Adresse eines Cafés in der Nähe.

»Bin in einer halben Stunde da.«

Als ich den Anruf beendete, fühlte ich mich bereits besser. Als wäre nichts so schlimm, wie es auf den ersten Blick schien, weil Reid für mich da war. Mein Freund interessierte sich für nichts außer mir, nicht mal für seine Geschäftstermine. Konnte ich mich glücklich schätzen, oder was?

Beschwingten Schrittes ging ich zu dem Café. Nachdem ich Tee und Scones bestellt hatte, sah ich die Dinge schon positiver.

Als Reid ankam, lächelte ich fast wider Willen und sprang auf die Beine. Ein kleines Stück vor mir blieb er stehen.

»Du siehst aus, als müsstest du anständig geküsst werden«, sagte er.

»Worauf wartest du dann noch?«

Mit beiden Händen umfasste er mein Gesicht und küsste mich leidenschaftlich. Doch statt mein Verlangen zu befriedigen, machte mich das nur noch begieriger. Ich hob mich auf die Zehenspitzen, um die Arme um seinen Hals zu schlingen. Ich wollte nicht, dass dieser Kuss jemals endete.

Als Reid sich von mir löste, stieß ich ein protestierendes

Knurren aus. Sichtlich amüsiert lächelte er mich an. Oh, er fand das witzig, ja? Ich spähte erst nach rechts, dann nach links. Okay, vielleicht war es ein wenig witzig. Die Leute starrten uns an.

Ich verschränkte die Hände auf dem Rücken und trat zurück. Nur so konnte ich der Versuchung widerstehen, ihn erneut anzuspringen. Offensichtlich war mir nicht zu trauen.

»Willst du mir erzählen, was passiert ist, meine Schöne?«

Ich nickte, und wir setzten uns. Dann berichtete ich ihm genau, was Cameron gesagt hatte. Reid bestellte ebenfalls Tee.

»Er bläht diese Sache übermäßig auf.«

»Eigentlich nicht. Ich kann meinen Klienten momentan nicht von Nutzen sein … und das bedeutet, dass ich auch keinen Nutzen für die Agentur habe. Aber hey, der Umzug dürfte auch Vorteile haben. Ich bekomme die Chance, neue Fähigkeiten zu erwerben.« Ja! Endlich hatte ich einen Weg entdeckt, dieses ganze Desaster positiv zu sehen.

Reids Hand erstarrte in der Luft, die Teekanne noch in der Hand. »Moment. Du hast das Angebot bereits angenommen?«

»Was hätte ich sonst tun sollen?«

Seine Miene wurde hart. »Vielleicht ihm sagen, dass du Zeit brauchst, um darüber nachzudenken? Hast du überhaupt daran gedacht, mit mir darüber zu reden?«

»W-was?«

»Wir sind ein Paar. Wir sollten solche Dinge gemeinsam entscheiden.«

O verdammt. Ich verstand seine Sichtweise absolut. Doch

als ich vor Cameron gesessen hatte, war mir nicht einmal der Gedanke gekommen, etwas anderes zu tun, als seinem Angebot zuzustimmen. Weil es sich eigentlich nicht angefühlt hatte, als wäre es eine Frage.

Reid hatte recht, doch ich steckte in der Klemme. Ich brauchte seine Unterstützung, keine Anklagen. Ich könnte es wirklich nicht ertragen, wenn er sich gegen mich wendete und mich auch noch unter Druck setzte.

»Mein Boss hat mir erklärt, es hieße Houston oder gar nichts.«

»Okay.«

»Ich meine das ernst. Cameron schätzt mich, und ehrlich: Er hätte mir dieses Angebot nicht machen müssen. Stattdessen hätte er mir einfach sagen können, ich solle meine Sachen packen. Er gibt mir eine Chance. Ich habe keine andere Wahl.«

»Du könntest kündigen.«

Ich starrte Reid an. Wut verdrängte all die warmen Gefühle, die mich auf meinem Weg zum Café erfüllt hatten.

»Du kennst mich zu gut, um wirklich davon auszugehen, dass ich so was tun würde. Ich gebe nicht so einfach auf.«

Mit einem traurigen Lächeln spielte er mit seinem Teelöffel herum. »Spiele ich in deinen ganzen Erwägungen überhaupt eine Rolle?«

»Meinst du das ernst? Natürlich.«

»Das fühlt sich aber nicht so an.«

»Reid, wieso benimmst du dich so?«

»Weil ich bereit bin, alles für uns zu tun, und doch triffst du eine solche Entscheidung … einfach so?«

»Ich …«

Meine Stimme klang schwach. Ich wusste nicht, was ich sagen sollte. Ich wollte einfach nur dieses Café verlassen und seine Arme um mich spüren. Mir wurde bewusst, dass ich nicht besonders geschickt vorgegangen war. Wäre es andersherum, und er hätte mir gerade erklärt, dass er ein Projekt zugesagt hatte, das von ihm verlangte, ans andere Ende des Landes zu ziehen, wäre ich auch sauer gewesen. Doch ich war schon so gereizt, stand von allen Seiten unter solchem Druck, dass ich nicht mehr klar denken konnte.

»Du willst nicht, dass ich nach Houston gehe«, sagte ich, als ich endlich verstand.

»Ich kann dir nicht sagen, was du tun sollst. Und ich bin mir nicht mal sicher, ob es dich interessieren würde.«

»Reid, natürlich interessiert mich deine Meinung. Mach dich nicht lächerlich. Es geht nur um ein paar Monate. Ich kann jedes zweite Wochenende kommen …« Er runzelte die Stirn, und meine Stimme verklang für einen Moment. »Und … du könntest an den anderen Wochenenden zu mir kommen. Wenn … wenn du das möchtest.«

Plötzlich war ich mir gar nicht mehr so sicher, was er wirklich wollte.

»Du hast alles bereits durchgeplant«, murmelte er. »Was, wenn du länger bleiben musst?«

»Dann finden wir eine Lösung.«

»Wir? Bist du dir da sicher?«

Schmerzen pulsierten hinter meinen Schläfen. Ich presste die Finger an die Stirn und atmete einmal tief durch.

»Reid … ich weiß nicht, was du hören willst. Das ist

bestimmt keine einfache Situation, aber wir können eine Lösung finden.«

»Ich kann nicht einfach abwarten und das Beste hoffen, ohne zu wissen, was geschehen wird und welche Entscheidungen du treffen wirst.«

Und da war es wieder: Was ich entscheide.

»Hör mal, ich verstehe, dass es ungeschickt war, nicht vorher mit dir zu reden …« Erneut verklang meine Stimme, als mir seine Worte bewusst wurden. Mein Mund wurde staubtrocken. »Was meinst du mit: du kannst nicht?«

Er antwortete nicht, sondern schüttelte nur den Kopf. Jeder Muskel in meinem Körper verkrampfte sich.

»Also, habe ich das richtig verstanden: Wenn es nicht genau so läuft, wie du es haben willst, dann gibst du einfach auf?«

»Ich liebe dich, Hailey. Das weißt du.«

»Aber anscheinend nicht genug.« Ich blinzelte gegen das Brennen in meinen Augen an.

»Mach mir keine Vorwürfe«, sagte er. »Du bist diejenige, die gerade beschlossen hat, in eine andere Stadt zu ziehen, ohne vorher mit mir darüber zu reden.«

Meine Schultern sackten nach unten. Mir wurde schwer ums Herz. Angst schnürte mir die Kehle zu. Gott, ich fürchtete mich so sehr davor, dass mir all dieses Glück einfach genommen und ich mit nichts zurückbleiben würde. Ich biss mir auf die Wange. *Nicht weinen.*

Ich versuchte, mich in Reids Lage zu versetzen. Ich wusste, wer er war. Dass er gerne zehn Schritte vorausplante, bevor er wirklich eine Entscheidung traf. Ich wusste, dass sein Terminplan auf die Minute genau abgesprochen war, dass er nicht gerne reiste, dass er bereits tief verletzt worden war. Und dennoch … ich bat doch nur darum, mich ein paar Monate zu unterstützen. Und nicht mal das konnte er mir geben?

Sicher, Houston war nicht gerade ein Katzensprung. Es wäre nicht einfach, uns regelmäßig zu sehen. Aber verdammt, war ich die Mühe nicht wert?

»Ich habe fünfzehn weitere potenzielle Kunden auf unsere Liste gesetzt«, erklärte ich Annalise.

Meine vorübergehende Chefin nickte erleichtert. »Dich hat der Himmel geschickt, Hailey. Danke! Es ist schon spät. Wieso lassen wir es für heute nicht gut sein?«

»Geht klar, Chefin. Bis morgen.«

Ich war nicht besonders scharf darauf, das Büro zu verlassen. Zwar machte es nicht sonderlich viel her – es war nur ein kleines Büro in der Innenstadt von Houston, von wo aus Annalise, zwei andere Angestellte und ich potenzielle Klienten anriefen und uns um die wenigen Aufträge kümmerten, die wir bereits an Land gezogen hatten –, doch die Rückkehr in meine Mietwohnung erinnerte mich lediglich daran, wie leer mein Leben im Moment war. *Ich* fühlte mich leer.

Tagsüber konnte ich mich zusammenreißen, aber wenn ich allein war, schaffte ich es einfach nicht, so zu tun, als wäre alles okay. Es ging mir überhaupt nicht gut. Ich fühlte mich jämmerlich – weit weg von meiner Familie, mit einem Job, der mich zu Tode langweilte … und einem gebrochenen Herzen.

Seit zwei Wochen hatte ich nicht mit Reid gesprochen. Nach unserer Unterhaltung im Café wusste ich einfach nicht, wie ich mit ihm reden sollte; was ich sagen konnte, um die Dinge wieder in Ordnung zu bringen.

Also hatte ich ihm eine Sprachnachricht geschickt, in der ich meine Sicht der Dinge so gut wie möglich erklärt hatte.

Reid, das mit Houston tut mir leid. Ich verstehe, warum du wütend bist, aber bitte rede dir nicht ein, du würdest mir nichts bedeuten. Das tust du. Du bedeutest mir sogar sehr viel. Ich liebe dich. Das weißt du. Ich wollte nicht, dass du dich unwichtig fühlst. Ich wusste nur wirklich nicht, was ich sonst hätte tun sollen.

Ich liebte diesen Mann. Aber ich war auch sauer auf ihn. Er hatte nicht auf die Nachricht reagiert, was bloß eines bedeuten konnte. Er gab auf. Mein verdammtes gebrochenes Herz weigerte sich zu heilen. Die Risse darin waren so scharfkantig wie am ersten Tag. Als ich meine winzige Wohnung betrat, war mir zum Heulen zumute.

Nein, du wirst auf keinen Fall schon wieder weinen, sagte ich mir. Du bist gesund. Deine Familie liebt dich. Die Medien in L. A. haben bereits angefangen, dich zu vergessen. Du wirst bald in dein altes Leben zurückkehren. In mein altes Leben minus Reid. Und bei diesem Gedanken brach mein Herz gleich noch ein Stück mehr.

Allerdings weigerte ich mich, mich noch länger in Selbstmitleid zu suhlen. Es musste doch einen Weg geben, weiterzumachen, oder? Aber allein dieser Gedanke erschöpfte mich schon.

Nein, ich suhlte mich vielleicht nicht mehr in Selbstmitleid, aber ich war auch nicht bereit, einfach weiterzumachen.

Ich ging direkt ins Schlafzimmer, zog mir eine ausgeleierte Yogahose und ein weites T-Shirt an und glitt ins Bett, fest entschlossen, irgendetwas auf Netflix zu finden, was mich von allem ablenkte.

Grrr… wieso sorgte jede Serie in der »Für Sie empfohlen«-Rubrik dafür, dass ich an Reid denken musste? Ich musste echt nicht noch öfter an ihn erinnert werden.

Gerade wollte ich eine romantische Komödie starten – als Val mich anrief.

Ich lachte leise. Meine Schwestern riefen mich jeden Abend an. Jace fand ebenfalls mindestens einmal am Tag irgendeine Ausrede, um sich bei mir zu melden. Ich hätte darauf gewettet, dass sie einen Plan erstellt hatten, um auf mich zu achten. Ich hätte meine Geschwister ja darauf angesprochen, wenn ich es nicht so sehr genossen hätte. Ich brauchte alle Liebe, die ich kriegen konnte. Ein paar Umarmungen hätte ich auch vertragen können, aber man konnte nicht immer das bekommen, was man wollte, nicht wahr?

»Hey, Schwesterherz«, begrüßte ich sie, als ich den Laptop zur Seite schob.

»Störe ich gerade?«

»Nein, ich schaue nur Netflix. Das Übliche.«

»Ähm… soll ich mit dir schauen? Wir können am Telefon jedes Detail auseinandernehmen.«

Ich kicherte. Val und ich hatten die Angewohnheit, Filme förmlich zu sezieren.

»Macht keinen Spaß, wenn wir nicht zusammen sind.«

Ich brauchte wirklich dringend eine von Vals Umarmungen. Niemand umarmte besser als meine Schwester. Aber ich würde sie erst in zwei Wochen wiedersehen.

»Hmmm … wir könnten immer noch facetimen.«

»Hast du keinen Ehemann, der dich unterhält? Wieso kümmerst du dich jeden Abend um einen Jammerlappen wie mich?«

»Hey.«

»Dachtest du, ich würde nichts merken?«

»Hatte ich tatsächlich gehofft.«

»Val, ich bin schon groß. Ich will nicht, dass du dir Sorgen um mich machst.« Konnte ich all die Fürsorge und die Aufmerksamkeit nicht auch bekommen, ohne dass sie sich gleichzeitig Sorgen machte?

»Ich bin deine ältere Schwester. Das ist mein Job.«

»Hol Carter ans Telefon«, sagte ich streng.

»Ach du Schande. Okay, kapiert. Du bist hart im Nehmen. Ich schwöre hoch und heilig, dass ich mir keine Sorgen mache.«

»Hmmm. Erwartest du wirklich, dass ich dir das abnehme?«

»Na ja, nein. Aber du musst mir versprechen, Carter nichts zu sagen. Er ist wegen der Schwangerschaft bereits gestresster als ich.«

»Schön, versprochen.«

»Hailey, es wird wieder besser. Vertrau mir.«

»Ich vermisse ihn«, gab ich zu, dann biss ich mir auf die Lippen. »Dabei will ich das gar nicht.«

»O verdammt, Süße. Am liebsten würde ich sofort den nächsten Flieger nehmen und zu dir kommen.«

»Ich wünschte, das wäre möglich«, flüsterte ich.

»Wenn du uns besuchst, werden wir einen ganzen Tag lang ein reines Schwesternprogramm durchziehen.«

»Ja, ja, ja. Ich will geknuddelt werden.«

»Ja, Ma'am.«

»Ich kann es kaum erwarten.«

Ein paar Minuten unterhielt ich mich noch mit Val, dann wandte ich mich wieder meinem Laptop zu. Letztendlich entschloss ich mich, lieber keine romantische Komödie zu schauen, sondern stattdessen einen Horrorfilm. Das würde mich hoffentlich ablenken, an Reid zu denken.

Ich blinzelte gegen das Brennen in meinen Augen an, rollte mich auf die Seite und drückte *Play*. Bald schon würde ich mich besser fühlen. Ich musste nur durchhalten, bis es endlich so weit war.

26

Reid

»Schaut nur, wer noch lebt«, rief Bianca, als sie die Haustür unseres Elternhauses öffnete. »Wir hatten uns schon gefragt, ob du überhaupt auftauchst.«

»Natürlich tauche ich auf. Ich lasse mir doch unsere Abendessen nicht entgehen.«

»Nun ja, du hast zig Anrufe von mir verpasst.«

»Ich war sehr beschäftigt.« Das war nicht unbedingt eine Lüge, aber auch keine gute Erklärung dafür, wieso ich mich nicht bei meiner Familie gemeldet hatte.

Ich trat ein und hängte meinen Mantel auf.

»Du bist immer beschäftigt, aber bisher hast du meine Anrufe noch nie ignoriert.«

»Ich habe deine Anrufe nicht …«

Bianca verschränkte die Arme. »Das war keine Frage.«

Ich stöhnte. Bianca hatte eine Mission. Offensichtlich lag ihr etwas auf der Seele, und Widerstand war zwecklos. Ich musste es einfach hinter mich bringen.

»Du wusstest, dass ich dir wegen Hailey ins Gewissen reden würde.«

Und da war es.

»Bee-Bee.«

»Spar dir dein Bee-Bee. Ein Familienessen war die einzige Ausrede, die mir eingefallen ist, um dich überhaupt mal wieder zu Gesicht zu bekommen.«

»Liebling, du bist da«, rief Mom.

Ich fühlte, wie Biancas Blick sich in meinen Hinterkopf bohrte, als ich das Speisezimmer betrat. Dad saß bereits am Tisch.

Ich vermutete sofort, dass etwas nicht stimmte, als ich meine Eltern dabei ertappte, wie sie einen vielsagenden Blick wechselten. Als sie danach auch noch zu Bianca sahen, war es keine Vermutung mehr. Ich war mir sicher.

»Was geht hier vor sich?«, fragte ich.

»Liebling, wir haben uns Sorgen gemacht«, setzte Mom an. »Wir haben gehört, dass es zwischen Hailey und dir nicht gut läuft.«

Ich öffnete den obersten Knopf meines Hemdes, weil ich plötzlich zu wenig Luft bekam. »Nicht gut läuft« war eine ziemliche Untertreibung. Hailey war abgereist, ohne mich auch nur anzurufen. Sie hatte mir eine Sprachnachricht geschickt … und bevor ich wusste, wie mir geschah, hatte Cameron mich darüber informiert, dass Angela meinen Fall übernommen hatte, während Hailey in Houston arbeitete. Das hatte sich angefühlt wie ein Schlag in die Magengrube, von dem ich mich immer noch nicht erholt hatte.

Mom sah mich erwartungsvoll an. Offensichtlich rechnete sie mit einer Antwort.

»Das stimmt«, erklärte ich knapp.

»Aber ihr wart doch so glücklich«, hakte Mom nach.

»Hört mal, ich will wirklich nicht darüber sprechen.«

Ich konnte nicht mal darüber nachdenken, weil mich dann jedes Mal das Übelkeit erregende Gefühl überwältigte, dass ich einen schrecklichen Fehler begangen hatte.

»Was gibt es zum Abendessen?«, fragte ich, in der Hoffnung, das Gespräch so auf ein anderes Thema zu lenken.

Bianca feixte. »Als Vorspeise gibt es Soufflé, aber wir haben beschlossen, den Hauptgang vorzuziehen. Er heißt ›Reids Arsch gegrillt am Spieß‹.«

»Bianca!«, mahnte Dad.

»Was? Ist doch wahr.«

Ich musterte die drei aus zusammengekniffenen Augen. »Ihr habt mich zum Abendessen eingeladen, um mich in die Mangel zu nehmen?«

Für meine Familie hätte ich alles getan. Immer. Doch das hier konnte ich gerade einfach nicht.

»Natürlich nicht«, sagte Mom. »Wir haben dich hergebeten, um dir zu helfen.«

»Mir helfen?«, wiederholte ich.

Bianca lachte. »Ich habe euch doch gesagt, dass es ihn schockieren würde. Er hat das schlimmste Besserwisser-Syndrom, das mir je untergekommen ist.«

»Mein Sohn, deine Mutter und ich sind bereits sehr lange verheiratet, und auch unsere Beziehung hatte ihre Höhen und Tiefen. Wir wissen das ein oder andere darüber, wie man Probleme überwindet.«

Dagegen konnte ich nichts einwenden. Aber ich … konnte einfach nicht darüber sprechen. Selbst hier zu sein fiel mir schon schwer. Ich verstand nicht, warum, bis mir einfiel, dass Hailey bei meinem letzten Essen mit meinen

Eltern dabei gewesen war… und verdammt, wir hatten einen wunderbaren Abend gehabt.

Würde ich mich von nun an jedes Mal vollkommen leer fühlen, wenn ich dieses Haus betrat? Ich konnte das einfach nicht. Ich wollte nicht ohne Hailey hier sein.

Ohne sie wollte ich nicht mal in meiner eigenen Wohnung sein.

»Was genau ist schiefgelaufen?«, fragte Dad. Bianca schnalzte missbilligend mit der Zunge und verdrehte die Augen, als hätten sie das bereits besprochen. Moment mal. Woher wusste Bianca überhaupt irgendetwas? Hatte sie mit Hailey geredet?

»Reid?«, drängte Mom.

Ich wollte die Erinnerung nicht noch mal durchleben, doch ich wusste auch, wenn es Menschen in meinem Leben gab, die mir die Wahrheit sagen würden, dann waren das meine Eltern.

Es fiel mir schwer, wirklich in Worte zu fassen, was an diesem Tag im Café in mir vor sich gegangen war. Aber in dem Moment, in dem ich realisiert hatte, dass Hailey Cameron schon zugesagt hatte, hatte ich rotgesehen. Sie hatte ungezwungen darüber geredet, als spielte ich bei dieser Entscheidung überhaupt keine Rolle, nicht mal als Nebengedanke.

»Was hat sie denn erwartet? Dass ich einfach herumsitze und abwarte, was passiert?«, fragte ich niemand im Bestimmten. Ich musste einfach meinen Frust ablassen.

»Mein Sohn, ich weiß, dass du gerne en détail über alles informiert wirst. Dass du immer zwanzig Schritte vorausdenkst. Und du hast gute Gründe, immer die Kontrolle behalten zu wollen. Du hast eine große Verantwortung übernommen und bist ihr nicht nur gerecht geworden, sondern hast auch echte Erfolge erzielt. Doch letztendlich unterliegen bloß sehr wenige Dinge im Leben wirklich unserer Kontrolle. Den Großteil der Zeit müssen wir uns anpassen und einfach das Beste aus einer Situation machen. Und kämpfen. Selbst wenn wir nicht erkennen können, wie der Weg vor uns aussieht oder was das Ziel sein soll, dürfen wir nicht aufhören zu kämpfen.«

»Besonders, wenn es um die Person geht, die zu dir gehört.« Mom seufzte. »Du kannst Hailey nicht einfach gehen lassen, Reid. Sie war das Beste, was dir je passiert ist. Und eure Kinder wären so hübsch.«

Ich lachte kurz auf, dann schüttelte ich den Kopf.

»Es geht nicht nur um mich«, sagte ich leise, den Blick auf den Tisch gerichtet. »Sondern auch um sie. Sie hat mir einfach eine Sprachnachricht geschickt, und das war's. Ihr Chef hat mich darüber informiert, dass sie abgereist ist.«

»Du kennst Hailey besser als wir, Reid. Aber eines kann ich dir sagen: Diese Frau liebt dich«, sagte Mom. Ihre sanfte Stimme beruhigte mich.

Sie hatte recht. Ich kannte Hailey. Ihre Verteidigungsstrategie war es, sich selbst davon zu überzeugen, dass niemand dauerhaft in ihrem Leben bleiben würde. Ich hatte ihr erklärt, ich würde das verstehen. Und dann hatte ich sie in dem Moment, in dem sie mich wirklich brauchte, einfach sitzen gelassen.

Verdammt. Ich hatte alles falsch gemacht. Ich war ein Riesenidiot.

»Was, wenn sie mich nicht mehr will?«, fragte ich.

Mom warf mir einen strengen Blick zu. »Würde sie Bianca und uns immer noch coachen, wie wir mit Reporterfragen umgehen sollen, wenn du ihr egal wärst?«

»Das hat sie getan?«, krächzte ich.

»Ja. Und ich muss sagen, diese Frau weiß, wovon sie redet. Niemand hat ein zweites Mal angerufen.«

»Ihr habt mir nicht erzählt, dass ihr von Reportern belästigt wurdet.«

Ich hatte versucht, meine Familie aus diesem Shitstorm herauszuhalten, aber dabei kläglich versagt. Es war einzig Hailey zu verdanken, dass meine Eltern und meine Schwester gut damit umgehen konnten, und sie hatte das getan, obwohl ich sie einfach im Stich gelassen hatte.

Ich sah Bianca an. »Bist du wieder suspendiert worden?«

Sie legte den Kopf schief. »Ich stand kurz davor, doch letztendlich ist es nicht passiert. Aber rate mal, wer tatsächlich suspendiert wurde? Felton! Ha! Ein Lehrer kam zufällig vorbei, als er einen seiner Bullshit-Anfälle bekommen hat.«

»Das ist ja unglaublich. Es tut mir leid, Bianca.«

Meine Schwester zuckte mit den Achseln. »Weißt du, wem du dafür danken kannst, dass ich jetzt weiß, wie ich alle zum Schweigen bringe? Hailey. Deswegen sollten wir uns nun wichtigeren Themen zuwenden: Ich habe Haileys Adresse in Houston.«

»Woher?«, fragte ich misstrauisch. »Hailey hat keinen Grund, dir ihre Adresse zu geben.«

»Von ihren Schwestern.«

»Du hattest Kontakt zu ihnen?«

»Logo. Wir haben euch beide im Auge behalten, in der Hoffnung, dass du irgendwann … na ja, wieder zu Verstand kommen würdest. Aber das war nicht der Fall, also war es offensichtlich Zeit, die Dinge selbst in die Hand zu nehmen. Lass uns dieses Abendessen schnell hinter uns bringen. Wir haben viel zu tun und viele Pläne zu schmieden.«

Zum fünften Mal sah ich auf mein Handy. Ich saß in dem Restaurant im Gebäude neben der Adresse, die Bianca mir gegeben hatte. Es war sieben Uhr abends, doch Hailey war immer noch nirgendwo zu entdecken. Irgendwann gab ich es auf und schrieb Bianca eine Nachricht.

Reid: Bist du dir sicher, dass die Adresse stimmt?

Bianca: Aber ja. Für was für eine Spionin/Verschwörerin hältst du mich? Meine Fakten stimmen. Wahrscheinlich arbeitet sie einfach nur lange.

Vermutlich. Bestimmt war es so. Aber jetzt, wo ich hier war, konnte ich es nicht erwarten, Hailey zu sehen. Mit ihr zu sprechen. Sie im Arm zu halten.

Schließlich, um acht Uhr abends, parkte ein Auto vor dem Gebäude, und Hailey stieg aus. Plötzlich atmete ich freier. Ich eilte aus dem Restaurant, direkt zu ihr. Sie suchte gerade etwas in ihrer Handtasche, also bemerkte sie mich nicht, bis ich vor der Treppe stand. Und dann zuckte sie zusammen und stolperte einen Schritt nach hinten.

»Was tust du hier, Reid?«

»Ich bin gekommen, um dich zu sehen, meine Schöne.«

»Wie lange bist du schon hier?«

»Vier Stunden und dreiundzwanzig Minuten. Nicht, dass ich darauf geachtet hätte.«

Ich hatte gedacht, ich wäre mir bewusst gewesen, wie sehr ich sie vermisst hatte, doch jetzt, wo ich ihr so nahe war … Verdammt. Ich hatte noch nie jemanden gebraucht, wie ich in diesem Moment Hailey brauchte.

»Können wir reden?«, fragte ich, als sie stumm blieb.

»Ähm … du bist den ganzen Weg hierhergeflogen, um mit mir zu reden?«

»Ja.«

»Okay. Rede.«

»Könnten wir einen weniger öffentlichen Ort aufsuchen?«

Sie spielte an dem Schlüsselbund herum, den sie hielt, dann fuhr sie sich mit der Hand durchs Haar.

»Schön. Lass uns hochgehen.«

Verdammt. Sie wirkte, als hätte sie alles lieber getan, als mich in ihre Wohnung einzuladen.

Das Apartment lag im zweiten Stock und war nur spärlich möbliert. Was ihm vollkommen fehlte, war Haileys üblicher Flair und ihr *joie de vivre*.

Kaum hatten wir die Wohnung betreten, drehte sie sich zu mir um, die Arme vor der Brust verschränkt.

»Reid?«, hakte sie nach. »Du hast gesagt, du wolltest reden.«

»Ich möchte mich entschuldigen, Hailey. Dafür, wie ich im Café reagiert und wie ich mit dir gesprochen habe.

Dafür, dass ich nicht auf deine Sprachnachricht reagiert habe. Das war falsch.«

Ein weicher Ausdruck erschien in ihren Augen, doch er hielt nur ein paar Sekunden.

»Danke, dass du das sagst. Allerdings hättest du mir das auch am Telefon mitteilen können. Dafür musstest du nicht nach Houston fliegen.«

Ich trat näher an sie heran und freute mich unendlich, als sie nicht zurückwich. Stattdessen schnappte sie kurz nach Luft, als ich direkt vor ihr stehen blieb, den Blick auf ihre Lippen gerichtet.

»Das ist nicht das Einzige, was ich sagen wollte. Und den Rest muss ich dir persönlich sagen.«

»Und das wäre?«

»Ich liebe dich, Hailey. Und ich vermisse dich. Schrecklich.«

Sie schüttelte den Kopf, dann blinzelte sie schnell.

»Nein, sag das nicht. Ich weiß, dass ich falsch an die Sache herangegangen bin, indem ich die Entscheidung allein getroffen habe, und das tut mir wirklich leid. Aber du hast mir das Gefühl gegeben, ich wäre es nicht wert, um mich zu kämpfen.«

Herrje, das war inakzeptabel. Vollkommen inakzeptabel. Und ich würde das in Ordnung bringen. Alles.

»Hailey, hör mir zu. Ich war ... ich kann nicht gut mit Überraschungen umgehen. Das weißt du. Das ist keine Entschuldigung, aber die Wahrheit. Ich habe nur halb gehört, was du mir erklärt hast. In meinem Kopf habe ich mir bereits ausgemalt, wie alles laufen würde und warum das auf keinen Fall funktionieren könnte.«

»Und statt mit mir zu reden, hast du einfach beschlossen, dass es leichter wäre, dich in dein Schneckenhaus zurückzuziehen?«

»Aber jetzt bin ich hier«, sagte ich schwach.

Sie schüttelte erneut den Kopf, dann ging sie um mich herum. »Woher wusstest du, wo ich wohne?«

»Von Bianca.«

Hailey runzelte die Stirn. »Und woher wusste sie es?«

»Von deinen Schwestern.«

Sie schenkte mir das erste ehrlich gemeinte Lächeln des Tages. »Sie haben einen Hinterhalt organisiert.« Lachend ließ Hailey das Gesicht in die Hände sinken.

Ich trat näher heran. Es kostete mich all meine Kraft, sie nicht einfach in die Arme zu ziehen und zu küssen.

»Was?«

»Das hier ist ein Familienhinterhalt. Das ist mal was Neues. Sie treiben das System in ganz neue Höhen.«

Hailey spähte zwischen ihren Fingern zu mir mit großen Augen auf. Vielleicht wurde ihr in diesem Moment bewusst, dass ich nur eine Zehntelsekunde davon entfernt war, mir den Kuss zu holen, nach dem ich mich so sehr verzehrte.

»Reid, ich weiß nicht, was ich sagen soll«, murmelte sie.

»Du musst im Moment gar nichts sagen. Du musst nur wissen, dass ich hier bin, um dir zu zeigen, dass wir zusammengehören. Ich werde nicht abreisen, bevor ich dich zurückgewonnen habe, meine Schöne.«

27

Hailey

Nachdem Reid gegangen war, war ich vollkommen durch den Wind. Am nächsten Morgen erwachte ich erfüllt von dem seltsamen Gefühl, immer noch zu träumen. Aber es war ein schöner Traum gewesen, mit Reid in der Hauptrolle. Langsam öffnete ich ein Auge, dann das zweite. Mein Herz schlug schneller. Ach du Scheiße. Das war kein Traum gewesen. Reid war hier gewesen. Hier in Houston. Meinetwegen. Fahrig machte ich mich bereit für den Tag, wobei ich kaum darauf achtete, was ich eigentlich tat. Meine Gedanken kreisten um Reid. Was dachte er? Wo hielt er sich gerade auf?

Diese Frage beschäftigte mich nicht allzu lange, denn als ich den nächstgelegenen Starbucks betrat, entdeckte ich ihn sofort. Und er sah in seinen Jeans und dem Polohemd genauso unwiderstehlich aus wie gestern in seinem Anzug.

»Guten Morgen«, begrüßte er mich.

»Das ist ja eine Überraschung, dich hier zu sehen! Ist das Zufall?«

Ich hatte ein Déjà-vu der Filmpremiere, als ich ihm dieselbe Frage gestellt hatte. Seine Augen funkelten. Er erinnerte sich ebenfalls daran.

»Keineswegs.«

»Mmmm … hat Bianca wieder zugeschlagen?«

»Nein, das ist einfach meiner Beobachtungsgabe zu verdanken. Dies ist der einzige Starbucks in einem Umkreis von fünf Blocks.«

»Ich verstehe.«

»Ich hätte dir auch schon das Übliche bestellt, aber ich wollte nicht riskieren, dass der Kaffee kalt wird. Ich wusste ja nicht genau, wann du auftauchen würdest.«

Er hielt bereits einen Kaffee in der Hand, wartete jedoch geduldig, bis ich bestellt hatte.

»Wir können uns da hinsetzen.« Er deutete auf zwei gemütlich wirkende Sessel direkt am Fenster.

»Hmmm … ich kann mich des Gefühls nicht erwehren, dass du einen hinterhältigen Masterplan verfolgst.«

Sein Grinsen brachte mich fast um. »Was soll ich sagen? Du kennst mich einfach zu gut.«

Sobald wir uns gesetzt hatten, fragte er: »Wie ist der Job?«

»Langweilig. Wir haben noch nicht viele Klienten. Überwiegend sind wir mit Akquise beschäftigt, aber ehrlich, selbst die Arbeit für unsere bereits bestehenden Klienten ist nicht sonderlich fesselnd. Ich habe mit Cameron gesprochen, und scheinbar hat sich die Lage in L. A. inzwischen wieder beruhigt.«

Einer seiner Mundwinkel zuckte. Ich kniff die Augen zusammen.

»Ich habe gehört, dass Marions Model-Show plötzlich gestorben ist. Hattest du etwas damit zu tun?«

»Kommt es gut bei dir an, wenn ich Ja sage?«

Ich lächelte. »Vielleicht.«

»Du machst es mir wirklich nicht einfach. Aber das habe ich verdient. Ja, ich habe etwas damit zu tun. Und nur um gleich die Karten auf den Tisch zu legen, du wirst bald auch herausfinden, dass Victor Wie-auch-immer-er-heißt nicht länger für *L. A. Lifestyle* arbeitet. Damit hatte ich auch etwas zu tun.«

»Das hast du nicht getan!«

Reid beugte sich vor, bis sein Gesicht direkt vor meinem schwebte. »Ich habe dir gesagt, dass ich dich beschützen werde. Ich wollte nur mein Versprechen halten. Ich liebe dich, Hailey.«

»Reid …«

Er starrte einen Moment auf meine Lippen, doch als ich gerade dachte, er würde mich küssen, lehnte er sich wieder zurück.

»Also … Frühstück und Abendessen. Beides gehört mir.«

»Was?«

»Ich bin hier, um dich zurückzugewinnen. Dafür brauche ich Zeit.«

»Okay … Frühstück kriege ich wahrscheinlich hin.«

»Und Abendessen«, beharrte er.

»Ich muss Klienten treffen.«

»Du hast mir gerade erklärt, dass ihr noch nicht allzu viele Klienten habt. Wir werden auch zusammen zu Abend essen«, verkündete er.

Ich wusste nicht, was ich sagen sollte; was ich tun sollte.

Reid hatte mich tief verletzt, doch machte nicht jeder Mensch hin und wieder Fehler? Besonders, wenn man sich unsicher fühlte? In diesem Punkt war ich selbst nicht ganz unschuldig. Aber … was, wenn so was noch mal passierte? Noch mal könnte ich so was nicht ertragen. Ich beschloss, das Thema zu wechseln. Mich auf Reid zu konzentrieren.

»Wie kann es überhaupt sein, dass du hier bist? Wer kümmert sich um die Hotels?«

»Mein CFO hat das Kommando über alles.«

Ich riss überrascht den Kopf zurück.

Reid lachte. »Er hat ähnlich reagiert, als ich ihn über seine neuen Pflichten informiert habe.«

»Wie lange hat er das Sagen?«

Meine wahre Frage lautete allerdings: Wie lange würde Reid hierbleiben?

Und da sein Blick sich sofort auf meine Lippen senkte, wusste er also genau, was ich wissen wollte.

Er schenkte mir ein anzügliches Lächeln. »Solange es eben dauert.«

In den nächsten Tagen fühlte ich mich, als sähe ich das Leben durch eine Brille, die langsam ihre Schwarz-Weiß-Tönung verlor und mir erlaubte, wieder Farben zu sehen.

Das mochte durchaus etwas mit einem gewissen sturen Hotelbesitzer zu tun haben, der jeden Morgen bei Starbucks auftauchte. Ratet mal, wer sein Versprechen hielt und sich auch jeden Abend zum Abendessen in meine Wohnung einlud? Genau dieser sture Hotelbesitzer.

Er setzte mich in keiner Weise unter Druck, doch allein

die Tatsache, dass er hier war, reichte schon aus. An diesem schönen Donnerstagmorgen hatte er offensichtlich beschlossen, mal etwas Neues zu wagen, weil er mit Starbucks-Kaffee in den Händen vor meiner Wohnung auftauchte und darauf bestand, uns selbst Frühstück zu machen.

Er sah absolut heiß aus, als er am Herd stand und Pfannkuchen für uns beide buk. Ich nutzte seine Konzentration auf die Pfanne vor sich, um meinen Blick über seinen Körper wandern zu lassen.

»Hailey …«

»Was?«, fragte ich ein wenig zu unschuldig. Er hatte mich erwischt.

»Du darfst mich nicht so ansehen, wenn du nicht willst, dass ich dich küsse. Und ich werde dich nicht küssen, bevor du mir nicht versicherst, dass ich dich den Rest meines Lebens küssen darf.«

O Gott. Was sollte ich darauf erwidern?

Ich senkte den Blick auf meine Hände und spielte nervös mit den Daumen herum. Ich war nicht darauf aus, ihn zu bestrafen oder die Unnahbare zu spielen. Ich hatte einfach nur Angst davor, den nächsten Schritt zu wagen. Doch ich konnte mich meinen Gefühlen für ihn auch nicht ewig widersetzen.

Vorerst beschloss ich, den Tisch zu decken, wenn ich ihn schon nicht anstarren durfte. Ich war mir Reids Gegenwart ständig bewusst, als verzehre sich jede meiner Zellen nach seiner Nähe. Mein gesamter Körper kribbelte. Mein Herz schlug schnell, als wolle es mir sagen, dass es okay war, ihn zu begehren, ihn zu brauchen. Aber mein Kopf war noch nicht überzeugt.

Ich setzte mich an den Tisch und beobachtete, wie er zwei Pfannkuchen auf jeden Teller legte. Gerade wollte ich in die Küche gehen, um unsere Kaffeetassen zu holen, als eine Nachricht von Jace auf meinem Handy aufleuchtete.

»Ach du Scheiße«, rief ich.

»Was?«

Meine Hände zitterten leicht. »Val hat gerade Wehen bekommen. Der Geburtstermin sollte erst in zwei Wochen sein.« Auch meine Stimme zitterte.

»Okay. Wir bringen dich sofort nach L. A.«, sagte Reid ruhig.

Woher hatte er gewusst, dass ich genau das gedacht hatte? Genau das wollte?

»Ja … ich muss …« Mein Kopf war wie leer gefegt. »Meine Nichte kommt jeden Moment auf die Welt. Ich kann nicht klar denken.« Sofort sprang ich auf die Beine und begann, im Raum auf und ab zu tigern. Reid folgte mir, dann trat er mir in den Weg.

Er packte meine Schultern und sah mir tief in die Augen. »Erster Schritt: Pack eine Tasche mit allem, was du für ein paar Tage brauchst. Zweiter Schritt: Schick Cameron und Annalise eine Mail, um sie zu informieren, dass es einen Notfall in der Familie gibt. Um alles andere werde ich mich kümmern.«

Plötzlich verzog ein breites Grinsen mein Gesicht. Mein Herz raste wie wild. Und meine Ängste lösten sich einfach in Luft auf, verdrängt von einer klaren Erkenntnis: Ich hatte nicht vor, diesen Traummann jemals aufzugeben.

»Ja, Sir.«

Er trat um mich herum und kniff mich dabei leicht in den Hintern. »Los jetzt. Fang an zu packen.«

»Reid?«

»Ja?«

»Du kannst mich nun küssen.«

Er grinste genauso breit wie ich, dann senkte er den Mund auf meinen. Wahnsinn, dieser Kuss! Mein gesamter Körper reagierte. Mein Puls raste. Reid grub die Finger in meine Oberarme und schob mich mit seinem Körper durch den Raum, bis wir eine Wand erreichten. Dann zog er eine Spur aus Küssen über meinen Hals, um an meiner Schulter innezuhalten. Sein heißer Atem auf meiner nackten Haut war eine köstliche Folter.

»Komm schon, meine Schöne. Lass uns den Plan nicht vergessen. Später werde ich dich küssen, solange du willst.«

»Immer mit der Ruhe, sonst lässt du noch dein Handy fallen«, meinte Reid amüsiert, als das Flugzeug in L. A. landete. Den gesamten Flug über hatte ich versucht, mich mit dem WLAN zu verbinden, doch vergeblich. Wieso behauptete diese Airline, sie böte Internet an, wenn es dann nicht funktionierte?

Ich starrte atemlos auf das Display, in der Hoffnung, dass es mich mit dem Flughafen-Internet verbinden würde.

Als die ersten Balken erschienen, leuchteten auf meinem Display eine Nachricht und ein Bild von Val mit einem kleinen Baby im Arm auf. O mein Gott. Wie konnte sie so winzig sein?

Jace: Anbei ein Foto von unserer großen Schwester und Carla, dem neuesten Mitglied des Connor-Clans. Beide sind wohlauf.

»Gratuliere. Du bist noch mal Tante geworden«, flüsterte Reid.

»Sie ist bezaubernd.« Meine Stimme war belegt. Ich konnte keinen klaren Gedanken fassen, und ich war mir hundertprozentig sicher, dass Reid das auch wusste, weil er meine Hand ergriff und nicht mehr losließ.

Hätte er mich nicht begleitet, weiß ich nicht, ob ich heil am Krankenhaus angekommen wäre.

Jace und Will standen vor Vals Zimmer, als wir ankamen. Beide waren vollkommen durch den Wind, doch das hielt sie nicht davon ab, Reid mordlüsterne Blicke zuzuwerfen.

»Was zum Teufel willst du hier?«, blaffte Jace. Will stand neben ihm. Im Moment mochte er zwar schweigen, doch er strahlte dieselben überbehütenden Schwingungen aus.

Ich kniff die Augen zusammen. »Wollt ihr eure brüderlichen Beschützerinstinkte vielleicht zurückhalten, bis ich meine Nichte kennengelernt habe?«

»Nein, ich glaube nicht«, antwortete Jace.

»Er war bei mir in Houston.«

»Ich kann dir nicht folgen.«

»Weil es dich nichts angeht«, sagte ich süßlich.

Will verzog das Gesicht. »Jace, sie verwendet ihren PR-Tonfall. Wäre ich du, würde ich mich zurückziehen.«

»Hailey, wieso gehst du nicht zu Val ins Zimmer, und ich rede mit diesen beiden hier?«, fragte Reid.

Ich grinste. »Ich mag dich mit jeder Minute mehr.«

Sobald ich den Raum betreten hatte, sah ich mich um. Brooke und Paige flatterten um Val und das Baby herum. Lori und Carter führten in einer Ecke ein leises Gespräch.

»Hallo, zusammen«, sagte ich laut.

»Du bist da!«, rief Lori.

»Wo sind die anderen?«, fragte ich.

»Mein geliebter Ehemann ist mit allen Kindern etwas essen gegangen. Landon und Maddie begleiten sie. Es wurde ein wenig voll hier drin.«

Genau in diesem Moment sah ich Val an. Oooh, ich wusste, was dieser Blick bedeutete. Meine PR-Fähigkeiten wurden gebraucht.

»Wieso geht ihr nicht alle etwas essen? Ich werde Val Gesellschaft leisten.«

»Gute Idee«, meinte Lori. »Carter, komm. Du brauchst Koffein. Und etwas in den Magen.«

Ich hörte zustimmendes Brummen aus allen Richtungen, dann verließen sie den Raum. Als Lori an mir vorbeiging, flüsterte ich ihr zu: »Rette Reid.«

Es war ein deutlicher Beweis für die Macht schwesterlicher Kommunikation, dass Lori weder mit der Wimper zuckte noch eine Erklärung forderte. Andererseits vermutete ich, dass Lori bereits den gesamten Tag auf Rettungsmission unterwegs war – um genau zu sein, hatte sie wahrscheinlich versucht, Carter vor sich selbst zu retten.

Ich war dabei gewesen, als Willow und dann Evelyn geboren worden waren. Landon und Graham, Loris Ehemann, waren beide vollkommen aus dem Häuschen gewesen, hatten ständig nachgefragt, Listen erstellt und die werdende Mutter keinen Moment in Ruhe gelassen. Wieso verwandelte die Vaterschaft erwachsene Männer in beängstigend unsichere, aber gleichzeitig irgendwie putzige Kreaturen?

»Oh, danke, dass du alle losgeworden bist«, sagte Val. »Sie waren unglaublich lieb, aber ein wenig überwältigend.«

Val lag im Krankenhausbett, die kleine Carla auf der Brust, die scheinbar schlief. Carla war bezaubernd, doch ich konnte den Blick nicht von meiner Schwester abwenden. In diesem blauen Krankenhauskittel wirkte sie irgendwie strenger. Eine dünne Schweißschicht glänzte auf Gesicht und Nacken, und dunkle Ringe zogen sich unter ihren Augen entlang. Und doch hatte ich Val noch nie so glücklich gesehen.

»Wie fühlst du dich?«, fragte ich.

»Ich bin mir nicht sicher, wie ich es beschreiben soll.«

»Jetzt, wo ich Carla tatsächlich sehe, wirkt sie noch kleiner als auf den Fotos. Wie ist das möglich?«

»Ich weiß es nicht«, flüsterte Val.

Niemals hatte ich mich mehr danach gesehnt, meine Schwester zu umarmen. »Glaubst du, Carla ist noch zu klein für eine Connor-Sandwich-Umarmung?« Ich verzehrte mich danach, den kleinen Zwerg zu berühren.

»Ich glaube schon. Wir könnten sie zerquetschen.« Val lachte, doch sie durchschaute mich auch. »Willst du sie mal halten?«

»Ja, ja, ja.« Ich rieb mir aufgeregt die Hände, ehe ich die

Arme ausstreckte. »Aber warte … wacht sie dann nicht auf?«

»Sie wird wieder einschlafen, keine Sorge. Hier … Vorsicht mit ihrem Kopf.«

»Oh, ich weiß. Ich bin seit zehn Jahren Tante, schon vergessen?«

O mein Gott. Sie war so süß. Carla kuschelte sich sofort an mich, auf der Suche nach Körperkontakt, also legte ich sie so, dass ihr Kopf unter meinem Schlüsselbein ruhte. Val hatte recht. Sie wachte nur für einen Moment auf, um sofort wieder einzuschlafen.

Val musterte mich mit warmem Blick, danach spielte sie an der Bettwäsche herum und sah zur Tür. »Also bist du allein?«

Ich gluckste amüsiert. »Du hast dir wirklich keine detaillierte Erklärung verdient. Glaub ja nicht, ich hätte nicht durchschaut, was du getan hast.«

»Hat es funktioniert?«, fragte Val eifrig. »Hat er dich begleitet?«

»Ja, hat er.«

»Wo ist er?«

»Er stellt sich vor der Tür Jace und Will.«

»Du lieber Gott«, rief Val. »Müssen wir ihn retten?«

»Ich habe bereits Lori darauf angesetzt.«

»Schlau von dir.« Val klimperte mit den Wimpern. »Ein Detail. Bitte, bitte?«

»Nö.«

»Ich habe harte sieben Stunden hinter mir. Und du warst nicht hier, um alle zu beruhigen. Ich habe mir echt Einzelheiten verdient.«

»Ich kann nicht glauben, dass du versuchst, mich mit Schuldgefühlen zu erpressen. Schämst du dich denn gar nicht?«

»Ungefähr die Hälfte der Krankenhausangestellten haben mir zwischen die Beine gestarrt und ihre Meinung kundgetan. Ehrlich, Schamgefühle gehören der Vergangenheit an.«

Lachend setzte ich mich auf die Bettkante, Carla immer noch sicher im Arm, als ich anfing, Val in die Geschehnisse der letzten Tage einzuweihen.

»Wieso flüsterst du?«

»Weil vor dieser Tür zwei Paar brüderliche Ohren lauschen.«

»Oh, stimmt. Du bist echt clever.«

Ich konnte meine Geschichte nicht zu Ende erzählen, weil Reid persönlich den Raum betrat.

»Gratuliere, Val«, sagte er.

»Danke. Und ich gratuliere auch dir. Ich habe gehört, du hast es schließlich doch nach Houston geschafft.«

»Als hätte Bianca euch nicht auf dem Laufenden gehalten.«

»Du lernst schnell. Und Bianca ist eine wunderbare Mitverschwörerin. Aber die Details waren mir bis gerade eben verwehrt.«

Reid sah zwischen Val und mir hin und her. Als ich aufstand und mich ihm zuwandte, bemerkte er Carla. Er sah sie mit liebevollem Blick an, und sofort wurde mir ganz warm ums Herz. Ich hielt den kleinen Schatz noch fester. Eigentlich wollte ich sie nicht gehen lassen, doch ich wusste, dass wir das Zimmer verlassen mussten, weil Val gähnte. Meine Schwester musste sich ausruhen.

So vorsichtig wie möglich legte ich Carla in das Körbchen neben Vals Bett.

Val gähnte wieder. »Was tust du da? Nein, geh nicht. Den besten Teil habe ich noch nicht gehört.«

»Schlaf ein bisschen.«

»Du bist vielleicht herrisch«, murmelte Val. »Aber ich bin tatsächlich müde.«

»Ich werde allen sagen, dass du dich ausruhst, okay?«

Val nickte und rückte die Kissen unter ihrem Kopf zurecht, während ich ihr die Decke bis ans Kinn zog. Meine arme Schwester schlief fast sofort ein.

Reid und ich schlichen uns aus dem Raum. Der Flur davor war frei von jeglichen Connors.

»Wo sind Jace und Will?«, fragte ich.

»Lori hat verkündet, dass alle sich mal etwas zu essen besorgen sollten.«

»Und hat dir damit den Hintern gerettet.«

Er lächelte. »Wovon redest du? Ich habe deine Brüder vollkommen für mich eingenommen.«

»In den zwei Minuten, die du mit ihnen allein warst?«

»Ja.«

»Was hast du ihnen erzählt?«, fragte ich misstrauisch.

»Es geht das Gerücht um, dass du in Bezug auf Geheimnisse nicht unbedingt die vertrauenswürdigste Connor bist, also kann ich dir das leider nicht verraten.«

»Du hältst gemeinsam mit meinen Brüdern Dinge vor mir geheim?«

»Ja, Ma'am.«

Ich hatte schon den Mund geöffnet, doch Reid schüttelte nur den Kopf. »Frag nicht. Ich werde es dir nicht erzählen.«

Er zog mich an sich und schob seinen Mund neben mein Ohr.

»Aber ich werde dir etwas anderes sagen. Ich will das hier«, flüsterte er, als er die Arme um mich schlang. »Du, ich, ein kleines Mädchen. Oder einen kleinen Jungen.«

O Gott! Ich war mir seiner Gegenwart so unglaublich bewusst… dieser engen Verbindung zwischen uns, die ich nicht ansatzweise beschreiben konnte. Ich war mir bewusst, wie seine Arme mich fester an sich zogen, seine Fingerspitzen an meinem Kreuz. Ich spürte, wie sein Herz unter meiner Wange plötzlich schneller schlug, und zitterte leicht, weil all die Gefühle mich fast überwältigten.

»Es besteht eine realistische Chance, dass wir eins von beidem kriegen werden«, zog ich ihn auf, weil ich ernsthaft fürchtete, vor Rührung zu weinen, wenn ich uns nicht zum Lachen brachte. Ich war schon dreimal Tante geworden, aber noch nie zuvor hatte ich mir selbst mit solcher Dringlichkeit ebenfalls ein kleines Goldstück gewünscht. Und das nur wegen dieses wunderbaren Mannes.

»Ach ja?«, flüsterte Reid, dann zog er sich leicht zurück, um mich anzusehen.

Ich nickte. »Es ist fast beängstigend, hm? Aber ein gewisser Jemand hat mir gesagt, es wäre okay, uns Dinge zu wünschen, die uns Angst machen.«

»Dieser Jemand klingt, als wäre er ziemlich klug.«

»Ist er. Uuuund… ich warte nach wie vor darauf, dass er mich küsst.«

Reid lachte, küsste mich aber immer noch nicht. »Es wird von uns erwartet, dass wir uns den anderen anschließen, glaube ich.«

»Wirklich? Verdammt. Dabei hatte ich gehofft, du würdest mich einfach über deine Schulter werfen und nach Hause bringen.«

Seine Arme verspannten sich. Seine Augen begannen zu funkeln. Ich schluckte schwer.

Hitze durchfuhr mich. Ich konnte nicht glauben, wie dringend ich Reid in meinem Leben brauchte. Wie sehr ich ihn brauchen wollte. Und das machte mir überhaupt keine Angst.

»Das steht für heute auf jeden Fall auf der Agenda, Liebes. Wir haben noch ein paar Küsse aufzuholen.«

28 Reid

Es war bereits Nacht, als wir ins Penthouse zurückkehrten. Das Essen hatte sich bis in den Abend hingezogen, und dann hatten wir alle gemeinsam noch einmal Val besucht.

»Du hast meine Brüder tatsächlich auf deine Seite gezogen.«

»Du hast an mir gezweifelt?«

»Ich dachte, es wäre vielleicht nur Prahlerei.«

Ich zog die Augenbrauen hoch.

»Was? Manchmal tust du das. Ich verstehe allerdings nicht, wie du es geschafft hast. Sie haben sich geweigert, mir irgendetwas zu verraten. Haben sich einfach geweigert.« Sie hob entgeistert die Hände, als könnte sie den Gedanken nicht verarbeiten, dass ihre Brüder ihr etwas ausgeschlagen hatten.

»Komm her, meine Schöne. Wenn ich mich richtig erinnere, gibt es da noch ein paar unerledigte Dinge.«

Hailey lächelte kokett. »Ach wirklich? Was soll das genau sein? Ich fürchte, ich kann mich nicht erinnern.«

Schon in der nächsten Sekunde hob ich sie in meine Arme. Sie kreischte, nur um direkt im Anschluss zu lachen, als ich erst einen Kuss auf ihren Hals drückte, dann auf ihre Schulter.

Verdammt, ich stand so kurz davor, sie gegen eine Wand zu pressen, ihren Rock nach oben zu schieben und mich in ihr zu vergraben. Ich begehrte sie zu sehr. Ich musste sie haben, jetzt sofort. Es half auch nicht, dass Hailey sich bereits an meinem Gürtel zu schaffen machte und ein frustriertes Brummen ausstieß, als sie feststellte, dass zwischen uns einfach nicht genug Raum blieb, um die Schnalle zu öffnen. Stattdessen wandte sie sich meinem Hemd zu. Wir schafften es bis ins Schlafzimmer, doch es war knapp.

»Ich habe es vermisst, dich zu küssen.« Ich sprach die Worte an ihrer Haut, als ich sie auf dem Rücken aufs Bett legte. Ich gratulierte mir selbst dafür, dass ich es schaffte, ihr das Kleid auszuziehen, ohne es zu zerreißen, dann öffnete ich ihren BH und vergrub mein Gesicht zwischen ihren wunderschönen Brüsten. Ich ließ Küsse auf die empfindlichen Hügel niederregnen und umkreiste mit der Zunge ihre Nippel. Gleichzeitig wanderte eine meiner Hände zwischen ihre Beine, unter ihr Höschen. »Dich zu berühren. Die letzten Tage waren hart für mich. In deiner Nähe zu sein, aber dich nicht berühren zu dürfen.«

Hailey vergrub die Fersen in der Matratze, als ich kurz ihre Klitoris umkreiste, um dann zu wimmern, als ich zwei Finger in ihr versenkte.

»Zieh dich aus, Reid. Bitte.«

»Zieh du mich aus, meine Schöne.«

Hailey zögerte keinen Moment. Sofort stürzte sie sich

auf die Knöpfe, die sie noch nicht geöffnet hatte, und zerrte so heftig daran, dass der Stoff zerriss.

Sie grinste. »Ich nehme an, ich schulde dir ein Hemd.«

Lachend zog ich den Rest meiner Kleidung aus und entfernte auch ihr Höschen, bevor ich sie erneut küsste. Unsere Zungen duellierten sich, weil ich die Verbindung zwischen uns spüren musste. Sie berühren musste.

Ich küsste sie noch leidenschaftlicher, dann setzte ich mich aufs Bett und zog sie über mich. Ich wollte sie auf mir, damit ich beobachten konnte, wie sie ihren eigenen Höhepunkt jagte. Sie zog mich auf, rieb sich an mir, ohne mich in sich aufzunehmen. Ich ließ den Kopf in den Nacken sinken und atmete angestrengt durch die Nase, um mich zurückzuhalten. Aber ich verlor den Kampf um Kontrolle, als sie meine Spitze in sich aufnahm und keuchte. Daraufhin packte ich Haileys Hüften und zog sie nach unten, bis ich so tief in ihr versunken war, dass mein Blick verschwamm.

»V-verdammt, Hailey.«

Mit einem Keuchen verkrampfte sie sich in mir. Ich küsste sie wieder, führte ihre Hüften in einen Rhythmus. Ich wollte nicht aufhören, sie zu küssen, sie zu berühren.

Der rationale Teil meines Hirns wusste, dass sie nirgendwo hingehen würde, doch die Wochen ohne Hailey hatten Spuren hinterlassen. Das allumfassende Gefühl, meine Freundin zurückzuhaben, ihre nackte Haut an meiner und ihre Lippen auf meinem Mund zu spüren, überwältigte mich.

Ich konzentrierte mich auf ihre Lust, bis sie sich um mich verkrampfte. Oh, natürlich suchte ich auch meinen Höhepunkt, aber ich hielt mich zurück und wartete ab, um ihr wunderschönes Gesicht zu beobachten, als sie kam, in der Gewissheit, dass diese glückselige Miene allein mir gehörte.

Und so würde es für alle Zeit bleiben.

Nachdem wir gekommen waren, hielt ich sie lange Zeit einfach nur in den Armen, unwillig, sie freizugeben.

Sobald wir uns gewaschen hatten, lockte ich Hailey zurück ins Bett. Ich zog sie eng an mich und ließ sie nur los, um etwas vom Zimmerservice zu bestellen.

»Neeeeein… du verwöhnst mich schon wieder«, sagte sie, als sie den Blick über das ganze Essen schweifen ließ, das geliefert worden war. »In Houston habe ich all diese Köstlichkeiten vermisst. Und das Penthouse auch.« Sie sah sich im Wohnzimmer um und ließ die Hand über die Oberfläche der Bar gleiten.

»Und mich?«

»Vielleicht.«

Ich biss sie leicht in die Schulter. Sie zog einen Schmollmund.

»Ich will nicht zurück.«

»Es sind doch bloß ein paar Monate. Und nur, damit du es weißt: Ich werde die größte Suite im Westin buchen. Sie haben einen tollen Zimmerservice. Ich freue mich schon darauf, das Essen mit dir zu teilen.«

»Moment… was meinst du damit? Wieso solltest du das tun?«

»Weil ich vorhabe, gut die Hälfte meiner Zeit in Houston zu verbringen, solange du dort bist.«

Sie blinzelte, dann sah sie erst über meine rechte Schulter, dann über die linke. »Wo hast du den brummigen, einsiedlerischen Reid versteckt? Sag mir die Wahrheit.«

Ich schlang einen Arm um ihre Taille und drängte sie gegen die Bar.

»Den gibt es immer noch … aber ich mag dich mehr als mein Einsiedlerdasein.«

»Ach wirklich?«

»Ja. Und ich möchte nicht, dass du auch nur einen Moment daran zweifelst, dass ich an deiner Seite stehe, da komme, was wolle.«

»Wir können das schaffen«, flüsterte sie.

»Und das werden wir auch. Weil mein Platz an deiner Seite ist, Hailey Connor.«

Reid

Ein Monat später

Epilog

»Kannst du dir vorstellen, in dem Penthouse in L. A. zu wohnen?«, fragte ich Hailey eines Abends in Houston. Wir lagen nebeneinander auf der Couch in der Hotelsuite, die ich gemietet hatte.

»Zimmerservice rund um die Uhr und eine fantastische Aussicht? Ich bin dabei. Und übrigens, der Wellness-Bereich in deinem Hotel ist so viel besser als der hier. Als du letzte Woche in L. A. warst, habe ich eine Massage gebucht, und ich könnte schwören, dass die Frau mir die Wirbelsäule verschoben hat.«

»Ich kann dich auch massieren.«

»Oh, bitte.« Sie hob die Augenbrauen, dann rollte sie sich auf die Seite. »Du kannst mit dem Nacken anfangen.«

Ich legte eine Hand an ihren Nacken und ließ meinen Daumen über ihre Haut gleiten, bevor ich einen kurzen Kuss auf dieselbe Stelle drückte. Sie keuchte leise auf. Ich lehnte mich zurück und vergrub die Daumen in den harten Muskeln, um zu beobachten, wie sie sich unter meinen Berührungen entspannte.

Ich liebte diese Frau. Und ich hatte noch ein paar Überraschungen für sie im Ärmel. Doch ich wollte warten, bis wir wieder in L. A. waren, ehe ich meinen Plan in die Tat umsetzte.

»Ich kann es kaum erwarten, dass die Zeit hier endet«, murmelte sie. »Ich verzehre mich danach, mich wieder ins Getümmel der Hollywood-Skandale zu werfen. Ich vermisse das Adrenalin.«

Lachend vergrub ich mein Gesicht an ihrem Hals. »Ich liebe dich, Baby.«

Mit einem glücklichen Seufzen kuschelte sie sich enger an mich. »Ich fühle mich schuldig, weil du ständig zwischen L. A. und Houston hin- und herjetten musst.«

»Ich habe mich daran gewöhnt. Ist tatsächlich nicht so schlimm, wie ich dachte. Es hat sich herausgestellt, dass Reisen viel attraktiver wird, wenn es jemanden gibt, den man besuchen will. Du hast diesen Effekt auf mich, Hailey Connor.«

Nicht nur brachte Hailey mich dazu, meine Komfortzone zu verlassen, sie sorgte auch dafür, dass ich mir Dinge wünschte, die ich bisher niemals erwogen hatte. Durch Hailey hatte ich neue Dimensionen des Lebens entdeckt und konnte es kaum erwarten, noch mehr zu erkunden.

Hailey wollte sich gerade ganz zu mir umdrehen, da wurden wir von einem Brummen ihres Handys unterbrochen. Als sie das Gerät vom Boden aufhob, bemerkte ich, dass sie eine Nachricht von meiner Schwester bekommen hatte.

»Wieso schickt Bianca dir Bilder?«, fragte ich.

»Sie will wissen, was sie heute Abend anziehen soll, wenn sie mit ihren Freundinnen ausgeht.«

»Will ich Genaueres wissen?«

»Sicher nicht.«

Meine Schwester genoss den Sommer in vollen Zügen und nutzte ihre Freizeit, ehe sie im Herbst aufs College ging. Der letzte Monat vor ihrem Highschool-Abschluss war anstrengend gewesen, nicht zuletzt wegen des Medieninteresses an mir, doch meine Schwester war gut damit klargekommen. *Ich werde diese Leute nie wiedersehen*, hatte sie mir erklärt. *Wen interessiert es da, was die denken?*

»Schon kapiert. Wenn ich jetzt so darüber nachdenke, war es vielleicht auch ganz gut, dass ich bei ihrem Abschlussball nicht in der Stadt war. Ich habe gehört, sie hatte ein Date … Moment mal, du wirkst plötzlich schuldbewusst.«

»Ach, wirklich?«

»Definitiv. Was verschweigst du mir?«

Hailey konzentrierte sich auf ihr Handy. Es war offensichtlich, dass sie meinem Blick auswich.

»Hailey …?«

»Bianca hat mich gebeten, dich abzulenken, okay? Sag ihr nur bitte nicht, dass ich dir das erzählt habe.«

Ich fand es wunderbar, dass es Hailey nie gelang, etwas vor mir geheim zu halten. »Und du dachtest, das wäre eine gute Idee … weil?«

»Will und Jace mein Date zum Abschlussball vergrault haben. Ich wollte nicht, dass die arme Bianca dasselbe durchmachen muss.«

»Also hast du die Sache selbst in die Hand genommen.«

»Genau.«

»In diesem Fall wirkst du bei Weitem nicht schuldbewusst genug.«

Sie schenkte mir ein verlegenes Lächeln. »Das mag daran liegen, dass ich mich nicht besonders schuldig fühle. Ich wollte mir nur etwas Zeit verschaffen, bis ich ihr einen kompletten Einführungskurs in *Wie man mit Brüdern umgeht* geben kann.«

»Ich muss offensichtlich etwas unternehmen.« Ich presste ihre Handgelenke über ihrem Kopf auf die Sofalehne, dann beugte ich mich vor, um sie zu küssen.

»Ich hatte gehofft, dass du so was sagst.«

Epilog

Hailey

»Mmmm… ein halb nackter Reid, *und* wir haben den Pool ganz für uns? Natürlich, immer gerne«, sagte ich.

»Gut. Lass uns gehen. Ich habe die Angestellten gebeten, den Schwimmbadbereich extra für uns früher zu öffnen.«

»Du wusstest, dass ich im Morgengrauen aufwachen würde?«

»Baby, dein Bruder heiratet heute. Du wachst schon seit einer Woche im Morgengrauen auf.«

»Das stimmt tatsächlich, nicht wahr? Ich bin einfach so energiegeladen.«

»Komm. Lass uns einen Teil dieser Energie im Schwimmbad abarbeiten.«

Ich musterte ihn kritisch, weil ich mich fragte, wieso er nicht andere Aktivitäten vorschlug, mit denen man wunderbar Energie verbrennen konnte.

Das war meine liebste Tageszeit, um schwimmen zu gehen. Die Morgensonne schien durch die großen Fenster und tauchte alles in gleißendes Licht.

Ich konnte nicht glauben, dass der Tag von Jace' Hochzeit endlich gekommen war. Die letzten Monate waren ziemlich aufregend gewesen. Vor zwei Wochen war ich aus Houston zurückgekehrt. Cameron war überglücklich gewesen, mich zurückzuhaben. Und ich war einfach glücklich, dass ich die Plackerei von Firmen-PR hinter mir lassen und zu meinen üblichen Hollywood-Fällen zurückkehren konnte.

Das Medieninteresse an Marion hatte nach Reids Stellungnahme ziemlich nachgelassen und war fast vollkommen erloschen, sobald sich die Nachricht verbreitet hatte, dass Marions Model-Show abgeblasen war. Nicht mal mehr die billigsten Klatschseiten beschäftigten sich mit ihr … und es würde auch keine eigene Unterwäsche-Kollektion bei Macy's mehr geben.

Ich hatte den leisen Verdacht, dass das nicht einfach so passiert war. Tatsächlich ging ich davon aus, dass Reid im Hintergrund ein paar Strippen gezogen hatte. Einmal hatte ich ihn darauf angesprochen, und seine Reaktion hatte jeglichen Verdacht bestätigt: Er war meiner Frage ausgewichen und hatte mich dann mit anzüglichen Tätigkeiten abgelenkt. Aber ehrlich, ich musste nicht alles wissen.

Das Medieninteresse an Reid ließ ebenfalls langsam nach, obwohl ich vermutete, dass es nächstes Jahr wieder aufflackern würde – wenn er sein drittes Hotel eröffnete.

»Was für eine wunderbare Art, einen Samstag zu beginnen«, murmelte ich nach ein paar Bahnen Rückenschwimmen. Aus den Augenwinkeln bemerkte ich ein paar Kellner, die Tabletts auf die Poolbar stellten.

»Du hast Frühstück bestellt?«, fragte ich begeistert.

»Alles, was du liebst.«

»Du Teufel.«

Mmmm, lecker. Aus irgendeinem Grund sah Reid heute noch schärfer aus als sonst, was wirklich etwas heißen wollte. Mein Mund wurde trocken.

»Und was habe ich getan, um mir diesen Spitznamen zu verdienen?« Mit einem atemberaubend strahlenden Lächeln schwamm er auf mich zu.

Ich legte den Kopf schief, während ich über eine angemessene Antwort nachdachte. »Hmmm … es hat etwas damit zu tun, wie du in Boardshorts aussiehst.«

Er lachte. »Du kannst mir nicht zum Vorwurf machen, dass ich gut aussehe.«

»Oder dass du bescheiden wärst. Könntest du den Knoten an meinem Bikini fester binden?«

Gemeinsam verließen wir den Pool, dann trat Reid hinter mich. Er ließ seine Finger leicht über meine Schulterblätter gleiten, um sie dann unter dem Knoten verweilen zu lassen. Ein Schauder überlief meinen Körper, und ich leckte mir die Lippen.

»Ich würde dir das lieber ausziehen.«

»Siehst du? Und du fragst dich, wie du dir diesen speziellen Spitznamen verdient hast. Du, Mister, wirst nicht dafür sorgen, dass ich zu spät zur Hochzeit meines Bruders komme.«

Um ehrlich zu sein, wäre es unmöglich, zu spät zu kommen. Lori herrschte mit eiserner Faust über die Organisation. Doch ich wusste auch, dass dieser gut aussehende Teufel mich zu fast allem überreden konnte.

»Wir haben noch Zeit. Und da wäre etwas, worüber ich mit dir sprechen wollte.«

»Und das muss jetzt sein?«

»Ich fürchte, ja.«

Er trat einen Schritt zurück, dann drehte er mich um. Was ging hier vor sich? Mein Pulsschlag wurde schneller, und die Muskeln in meinem Bauch verkrampften sich.

»Was ist los?«

Er drückte mir einen kurzen Kuss auf eine Hand, ehe er seinen Daumen über meine Knöchel gleiten ließ.

»Ich überlege schon seit einer Weile, wie ich das hier am besten angehe.«

»Was genau?«

Er schenkte mir ein verschlagenes Lächeln, und erst in diesem Moment wurde mir klar, dass er mich aufzog.

»Reid! Was geht hier vor sich?«

Sein Lächeln wurde breiter, dann zog er mich zur Poolbar, wo unser Frühstück aufgebaut war.

Ich musterte all die Köstlichkeiten. Hart gekochte Eier mit Kräutern, Pfannkuchen, Waffeln, frischer Orangensaft, Kaffee, ein Apfel …

O mein Gott.

Direkt zwischen der Kaffeetasse und dem Apfel lag eine kleine Schmuckschatulle mit dem Bennett-Enterprises-Logo auf dem Deckel. Mein gesamter Körper begann zu kribbeln. Wollte er … O Gott, ja, er wollte genau das. Wie in Zeitlupe beobachtete ich, wie Reid die Schmuckschatulle hochhob.

Mein Blick verschwamm bereits, bevor er den Deckel geöffnet hatte. Als ich den wunderschönen Diamantring sah, begann meine Unterlippe zu zittern. Da ging mein Vorsatz dahin, heute nicht zu weinen.

»Hailey, du bist die Eine für mich. Ich möchte den Rest meines Lebens mit dir verbringen. Ich möchte alles mit dir teilen, was dieses verrückte Leben für uns in petto hält. Ich will dich für den Rest unseres Lebens lieben und verwöhnen. Willst du meine Frau werden?«

»Gott, ja. Ja.«

Ich nickte heftig. Kaum hatte er mir den Ring auf den Finger geschoben, warf ich die Arme um seinen Hals. Ich lachte, als er mich von den Beinen hob und mich küsste, als hätte er nicht vor, den Poolbereich in nächster Zeit zu verlassen. Und in diesem Moment war mir das Frühstück genauso egal wie die Frage, ob ich zu spät kommen würde. Ich wollte mich nur in diesem wunderbaren Mann verlieren. Meinem Mann.

»Ich kann nicht glauben, dass ich vorher nichts geahnt habe«, flüsterte ich.

»Nun, darum ging es ja. Jace hat mir geraten, mir keine Ringe auf einem Computer anzusehen, den du auch benutzt. Hat irgendetwas darüber gemunkelt, dass personalisierte Online-Werbung jede Überraschung verderben kann.«

Ich lachte, weil ich genau auf diesem Weg herausgefunden hatte, dass mein kleiner Bruder Brooke einen Antrag machen wollte.

»Ich wollte nichts dem Zufall überlassen«, sagte Reid.

»Offensichtlich. Aber einen Moment mal: Hast du so meine Brüder im Krankenhaus für dich gewonnen?«

Er lächelte verschlagen. »Was hat mich verraten?«

»Oh, nichts Besonderes. Ich habe nur einfach eins und eins zusammengezählt.«

»Ob du es glaubst oder nicht, fast hätte Bianca mich verraten.«

»O ja, sie hat die Kunst der Subtilität noch nicht wirklich gemeistert. Aber mach dir keine Sorgen, ich werde ihr das noch beibringen.«

Bianca bereiste gerade mit ihren Eltern Europa, sonst hätten auch diese drei heute die Hochzeit besucht. Ich vermisste das Mädchen. Glücklicherweise wollte sie in L. A. aufs College gehen und damit in der Stadt bleiben.

»Das weiß ich doch. Ich liebe dich, Hailey.«

»Ich liebe dich auch. Du hast keine Ahnung, wie sehr«, flüsterte ich. »Und danke.«

»Wofür?«

»Dafür, dass du mir gezeigt hast, dass es in Ordnung ist, sich Dinge zu wünschen, die einem Angst machen. Und dass ich mich nicht davor fürchten muss, dich zu lieben.«

Reid ließ seine Hände langsam über meine Seiten leiten. Tja… wir würden definitiv ein wenig zu spät kommen.

»Versprecht mir, dass ihr nicht anfangt zu heulen und alles verschmiert«, forderte Lori streng. Die Visagistin hatte gerade bei uns allen das Make-up perfektioniert. Wir waren eine ziemlich große Gruppe. Zusätzlich zu uns Connor-Mädchen waren auch meine Bennett-Cousinen dabei.

Wir saßen in einem kleinen Raum des Hochzeitslokals. Die Zeremonie fand am selben Ort statt wie der Empfang, einer wunderschönen Location ein kleines Stück außerhalb von Los Angeles, am Fuß der San Gabriel Mountains.

Wir nickten alle, doch Loris Blick saugte sich an mir fest.

»Ich spreche hier speziell dich an, Hailey.«

Ich räusperte mich, aber was sollte ich schon zu meiner Verteidigung anführen? Lori weinte sonst auch immer, doch sie war dabei diskret und verdrückte nur schweigend ein paar Tränen. Ich dagegen konnte für gewöhnlich gar nicht mehr zu weinen aufhören, was – wie Val es ausgedrückt hatte – ansteckend wirkte.

Ein Klopfen an der Tür ließ uns zusammenzucken. Reid stand im Türrahmen und musterte uns alle mit einem amüsierten Lächeln.

»Tut mir leid, dass ich die aufmunternde Rede unterbrechen muss, aber du hast mir gesagt, ich solle euch um zehn Minuten nach drei holen kommen, Lori.«

»Sicher, ich wollte nur …«

»Meine Frau zusammenstauchen? Das darf ich nicht zulassen, oder?«

Die Mädels lachten. Ich eilte zu Reid und hängte mich bei ihm ein.

»Danke, dass du zu meiner Rettung geeilt bist.«

»Immer gern.«

»Ach, wie schön es doch ist, einen Verlobten zu haben.« Meine Cousine Pippa musterte uns lächelnd.

»Netten Ring hast du da ausgesucht, Reid.« Sie war die Schmuckdesignerin für Bennett Enterprises und gehörte zu meinen absoluten Lieblingsmenschen.

»Oh, der hier?« Ich hob die Hand mit dem Ring. Alle lachten.

»Na ja, du hast ihn entworfen, also könnte es sein, dass du ein wenig voreingenommen bist. Aber zufälligerweise bin ich ganz deiner Meinung«, meinte Reid.

Pippa zwinkerte mir zu. »Eigentlich sollte ich alle Ringe gleichermaßen lieben, der hier ist allerdings mein Favorit. Also, wann findet die nächste Connor-Hochzeit statt? Und wird es deine sein oder die von Will?«

Ich lachte. »Wir haben noch keinen Termin festgesetzt. Aber hey, ich bin mir sicher, sobald wir das endlich tun, werden auch Will und Paige ein Datum finden.«

»Hat jemand Lust auf eine Wette?«, fragte Val und rieb sich aufgeregt die Hände.

Wir folgten Loris Anweisungen, als wir unsere Plätze einnahmen. Ich saß zwischen Val und Reid. Ich blieb ganz brav und verdrückte nur ein paar kleine Tränen ... bis die Gelübde abgelegt wurden.

Reid drückte mir die Hand und strich mit den Fingerspitzen über meine Augenwinkel. O verdammt.

»Du musst dich nicht zurückhalten, Süße.«

»Es ist nur ... Hochzeiten überwältigen mich immer ein bisschen. Meine Eltern hätten das so wunderbar gefunden. An solchen Tagen fühle ich mich ihnen stets besonders nahe ... als wären sie hier, um uns zu beobachten.«

»Ich weiß.«

O Gott. Deswegen hatte Reid heute um meine Hand angehalten. Ich wollte ihn sofort küssen, doch das ging einfach nicht. Ich hatte mich angeboten, Carla zu halten. Die Kleine schlief friedlich an meiner Schulter. Reid senkte den Blick auf Carla, bevor er mir wieder in die Augen sah. Und da war wieder dieser Blick, erfüllt von dem Versprechen, dass wir schon sehr bald versuchen würden, unseren eigenen kleinen Schatz zu zeugen.

Bis die Zeremonie vorbei war, hatte ich es geschafft, mich wieder unter Kontrolle zu bringen. Dann war es Zeit für die Gruppenfotos – auf denen ich einfach bloß strahlend lächelte. Ja, Hochzeiten waren wirklich eine emotionale Achterbahn.

»Oh, Mädel, wie willst du nur deine eigene Hochzeit überstehen?«, fragte Val.

»Mit deiner Hilfe natürlich. Wofür habe ich meine Familie, wenn nicht dafür, mich vor mir selbst zu retten?«

Wir gratulierten Jace und Brooke, die beide grinsten.

»Ich gratuliere dir auch«, meinte Jace.

»Oh, wir wollen euch nicht die Schau stehlen«, sagte ich eilig, obwohl ich darauf brannte, allen den Ring zu zeigen und den Antrag in allen Einzelheiten zu beschreiben. Bereits beim Schminken war es mir schwergefallen, den Mund zu halten. Doch diese Geschichte sparte ich mir besser für das freitägliche Abendessen auf. Heute feierten wir Jace und Brooke. Ich umarmte die beiden fest, aber bald schon musste ich sie freigeben, weil hinter uns noch eine ganze Reihe anderer Gratulanten wartete.

Es blieb hektisch, bis wir schließlich offiziell ins Restaurant gebeten wurden.

»Oooh, die Reden mag ich am liebsten«, informierte ich Reid, als Landon mit einem Glas Champagner in der Hand aufstand. Jace hatte sich für Will als Trauzeugen entschieden, doch er hatte Landon gebeten, die erste Rede zu halten.

»Ich möchte nur ein paar Worte sagen«, setzte unser ältester Bruder an. »Ich habe lange Zeit auf den Tag gewartet, an dem mein kleiner Bruder sich wirklich verliebt. Brooke, Jace, ich bin mir sicher, dass ihr eine glückliche Ehe führen werdet. Heißt alle Veränderungen in eurem Leben willkommen und genießt jeden Tag, den ihr miteinander verbringt. Ich glaube, ich spreche auch für Val, wenn ich sage, dass es eine Freude war, zu beobachten, wie alle in dieser Familie ihren Weg im Leben und ihre besseren Hälften gefunden haben. Ich glaube, Mom und Dad wären stolz auf uns alle. Ich bin mir sicher, dass sie uns jetzt gerade lächelnd beobachten und sich freuen, dass wir alle hier sind.«

Und mein Blick verschwamm schon wieder. Reid verschränkte zwischen den Stühlen seine Finger mit meinen und drückte leicht meine Hand. Ich liebte ihn so sehr. Er gab meine Hand nicht frei, bis alle Reden vorbei waren. Nachdem Jace und Brooke einen sensationellen ersten Tanz aufs Parkett gelegt hatten, den ich meinem Bruder niemals zugetraut hatte, strebten auch alle anderen auf die Tanzfläche.

Ich war die Erste an unserem Tisch, die aufstand. Reid seufzte, was mich zum Lachen brachte.

»Wir werden tanzen, Mr Einsiedler. Ein Nein lasse ich als Antwort nicht gelten.«

Mit einem leisen Lachen stand er auf. Die gesamte Familie ging zur Tanzfläche. Die Kleinen, Evelyn und Carla, wurden von ihren Vätern gehalten. Und ich musste sagen, die Mädels hatten wirklich einiges drauf. Oh, wir würden der neuen Connor-Generation all unsere Tricks beibringen. Die Nase in alles stecken? Ging klar. Alles tun, was nötig war, um die Familie zusammenzuhalten? Aber sicher. Ohne jede Zurückhaltung lieben? Auf alle Fälle. Wir hatten jede Menge weise Ratschläge auf Lager, wenn es um Liebe, Loyalität und das Leben im Allgemeinen ging.

Wir tanzten und lachten die gesamte Nacht und feierten so, wie es nun einmal die Connor-Art war: ausgelassen und fröhlich.

Von Layla Hagen liegen im Piper Verlag vor:
Diamonds For Love:
Band 1: Diamonds For Love – Voller Hingabe
Band 2: Diamonds For Love – Verlockende Nähe
Band 3: Diamonds For Love – Entflammte Sehnsucht
Band 4: Diamonds For Love – Verhängnisvolle Liebe
Band 5: Diamonds For Love – Verbotene Wünsche
Band 6: Diamonds For Love – Betörende Blicke
Band 7: Diamonds For Love – Heißes Herzklopfen
Band 8: Diamonds For Love – Vertraute Gefühle
Band 9: Diamonds For Love – Glühende Leidenschaft

Flowers of Passion:
Band 1: Flowers of Passion – Verführerische Rosen
Band 2: Flowers of Passion – Wilde Orchideen
Band 3: Flowers of Passion – Zärtliche Magnolien
Band 4: Flowers of Passion – Flammende Lilien
Band 5: Flowers of Passion – Sinnliche Lotusblüten
Band 6: Flowers of Passion – Verlockende Azaleen